les Ailes d'Alexanne

Tome 1 : 4 h 44

Du même auteur

Les Chevaliers d'Émeraude, tomes I à XII

A.N.G.E. 1
Antichristus

A.N.G.E. 2
Reptilis

A.N.G.E. 3
Perfidia

Les Héritiers d'Enkidiev 1
Renaissance

À paraître

Les Héritiers d'Enkidiev 2
Nouveau Monde

A.N.G.E. 4
Sicarius

Anne Robillard

les Ailes d'Alexanne

Tome 1 : 4 h 44

Michel Lafon

7-13, boulevard Paul-Émile-Victor – Île de la Jatte
92521 Neuilly-sur-Seine Cedex
www.michel-lafon.com

« L'esprit est comme un parachute :
il fonctionne mieux lorsqu'il est ouvert. »

Dan MILLMAN

Chapitre 1
L'accident

Un doux printemps tira le Québec de sa torpeur dès les premiers jours de mai. La neige disparut comme par enchantement, et le soleil hâta le renouveau de la nature. Soulagés, citadins et banlieusards rangèrent leurs chauds habits d'hiver et recommencèrent à se balader sur les trottoirs libérés de la glace.

Alexanne Kalinovsky, une adolescente de Montréal, s'était assise sur le balcon, au retour de l'école, afin de se débarrasser le plus rapidement possible de ses devoirs et de pouvoir profiter de plus de liberté durant la fin de semaine. Âgée de quinze ans, Alexanne était grande et mince. Ses cheveux châtains dépassaient à peine ses frêles épaules et ses yeux verts resplendissaient d'une vive intelligence. Alexanne habitait le même quartier et le même appartement depuis toujours et elle n'avait pas l'intention de déménager lorsqu'elle serait prête à gagner sa vie. Elle comptait même se marier et élever sa propre famille à Montréal.

Tous les samedis, ses parents, Vladimir et Marie Kalinovsky, rendaient visite à leurs amis à Laval et ils emmenaient toujours leur fille, même quand cette dernière aurait préféré s'amuser avec ses copines. Or, le lendemain, lorsque les Kalinovsky décidèrent d'aller dîner à Laval, Alexanne fut étonnée que sa mère lui donne enfin la permission de rester toute seule à la maison, à condition de n'inviter qu'une seule amie durant la soirée et pas de garçons. C'était la première fois qu'ils lui faisaient ainsi confiance.

Les parents d'Alexanne ne ressemblaient pas aux autres parents, probablement parce que Vladimir, son père, avait émigré de Russie quand il était enfant. Ayant reçu une éducation plutôt stricte, il élevait sa fille unique de la même façon. Sa mère, Marie Angers, une Québécoise douce comme de la soie, appuyait toujours les décisions de son mari. Plus important encore, Vladimir et Marie formaient un couple uni.

À vingt-trois heures, Marlène, la meilleure amie d'Alexanne, retourna chez elle, la laissant toute seule dans le grand logement silencieux. Celle-ci n'osa pas appeler ses amis à une heure aussi tardive et elle n'avait pas de cousins ou de cousines à qui confier ses craintes. Sa mère, une enfant unique, avait perdu ses deux parents avant de rencontrer son mari. Quant à Vladimir, ses parents étaient également morts et il n'avait qu'une sœur dont il ne voulait jamais parler.

Profondément inquiète, Alexanne se mit en boule sur le sofa et attendit en vain ses parents. Son père insistait pour qu'elle se serve du téléphone uniquement en cas d'urgence. Alors, elle n'y toucha pas. Elle tenta de se rassurer en se disant que s'ils rentraient plus tard, ses parents le lui feraient savoir. Mais le téléphone demeurait silencieux. Pour faire taire sa peur, elle se mit à respirer de plus en plus profondément et sombra dans une curieuse vision éveillée. Sans comprendre comment, elle se retrouva au beau milieu d'une grande route passante, vêtue de sa chemise de nuit, pieds nus sur l'asphalte tiède. « Est-ce un rêve ? » se demanda-t-elle en pivotant sur elle-même.

C'est alors qu'un énorme camion transportant une cargaison de billots de bois fonça droit sur elle. Alexanne étouffa un cri de terreur, mais fut incapable de bouger le moindre muscle. Au moment où le véhicule allait fondre sur elle, le conducteur en perdit la maîtrise. Sa cabine vira abruptement à droite et se renversa sur le côté. Paralysée, Alexanne assista à la scène cauchemardesque, les yeux écarquillés. À son grand étonnement, en grinçant sur la chaussée, le mastodonte lui traversa le corps, comme si elle avait été un hologramme.

Alexanne vit le conducteur s'extirper de la cabine par la fenêtre de sa portière, le visage couvert de sang. Il se planta alors au milieu de la rue pour signaler aux voitures de s'arrêter. Le fracas des billots se détachant de la remorque le fit sursauter. Sans qu'il puisse faire quoi que ce soit, ils s'éparpillèrent dans les trois voies. Les pneus crissèrent sur le bitume, et les automobiles s'emboutirent dans les tronçons de bois.

Alexanne tressaillit et constata qu'elle était assise en boule sur le sofa. Effrayée par ce songe, elle retrouva le carnet de téléphone de ses parents et composa le numéro de leurs amis de Laval.

– Ils sont partis vers neuf heures, Alexanne, l'informa Hélène Boulanger. Ils sont probablement coincés dans la circulation. Tu devrais aller te coucher maintenant. Ton père ne sera pas content s'il te trouve debout en rentrant.

– Oui, vous avez raison, déclara l'adolescente, d'une voix tremblante, pour se raisonner.

Alexanne raccrocha en se demandant pourquoi cette explication ne la rassurait pas. Elle suivit le conseil d'Hélène et fila à sa chambre pour éviter les foudres de Vladimir. Elle eut à peine le temps de défaire son lit que la sonnette de la porte principale retentit dans l'appartement, la faisant sursauter. Son cœur battant la chamade, elle retourna dans le corridor, pensant que son père avait oublié sa clé. Elle s'élança vers la porte et colla son œil sur le judas. Surprise d'apercevoir un policier et une femme sur le palier, elle arrêta de respirer.

La sonnette retentit de nouveau. Alexanne rassembla le peu de courage qu'il lui restait. Sans enlever la chaîne de sécurité, elle entrebâilla la porte.

– Êtes-vous Alexanne Kalinovsky ? demanda le policier.

Surprise que cet étranger connaisse son nom, l'adolescente se contenta de hocher la tête.

– Je suis le lieutenant Étienne Robert, et voici madame Danielle Léger des services sociaux.

– Des services sociaux ? répéta Alexanne, étonnée.

– Nous aimerions te parler de tes parents.

– Ils ne sont pas là et ils ne veulent pas que j'ouvre à des étrangers.

Danielle Léger s'avança à son tour. Son teint pâle et ses cheveux blonds bouclés lui donnaient un air de poupée en porcelaine. Alexanne ne la connaissait pas et, pourtant, son visage lui sembla familier. Où l'avait-elle déjà vue ?

– C'est une sage précaution, affirma Danielle d'une voix amicale, mais ce soir, c'est différent. Il s'est produit un accident sur l'autoroute et nous sommes ici pour t'en parler.

Alexanne hésita encore un moment, se rappelant le carambolage de sa vision. Toutefois, le regard de Danielle lui inspirait confiance, alors elle referma la porte pour retirer la chaîne. En tremblant, l'adolescente ouvrit aux inconnus et recula dans le vestibule. Le policier et la dame entrèrent avec, sur leur visage, un air sérieux qui lui fit tout de suite comprendre qu'il était arrivé un malheur. La travailleuse sociale prit les mains d'Alexanne dans les siennes avec beaucoup de douceur.

– Un peu plus tôt ce soir, sur l'autoroute, un camion est entré en collision avec plusieurs voitures, dont celle de tes parents.

– Non… fit Alexanne, livide.

Elle libéra ses mains et se mit à reculer dans le corridor.

– Je suis vraiment désolée…

– Vous mentez ! Allez-vous-en ! hurla l'adolescente.

– Il n'est pas question que je te laisse toute seule.

Se rappelant sa terrible vision, Alexanne tomba sur ses genoux et fondit en larmes. Danielle s'accroupit devant elle et la serra contre sa poitrine en lui murmurant des mots réconfortants, même si elle savait que seul le temps parviendrait à apaiser sa peine.

Chapitre 2

Une douloureuse séparation

Dans les jours suivant la tragédie, Danielle demanda aux parents de Marlène d'héberger Alexanne, tandis qu'elle retraçait d'autres membres de sa famille. Elle ne découvrit aucun Angers au Québec, ou ailleurs, lié de près ou de loin à la mère de l'adolescente, mais dénicha finalement une parente de Vladimir, soit sa sœur aînée, qui vivait dans un coin perdu des Laurentides. Par téléphone, Danielle informa Tatiana Kalinovsky du décès de son frère. Cette dernière garda le silence pendant quelques secondes, puis accepta de prendre sa nièce chez elle. Danielle n'annonça la nouvelle à Alexanne qu'après les funérailles de ses parents, auxquelles assistèrent leurs amis de Laval.

Dans la voiture qui la ramenait chez Marlène, Alexanne écouta d'une oreille distraite les propos de Danielle qui lui expliquait l'importance de passer du temps avec des membres de sa famille après un drame pareil. Renfermée sur elle-même, l'adolescente n'avait pas le cœur à songer à son avenir. Elle n'avait jamais été séparée de ses parents depuis sa naissance. Sans eux, elle était complètement désemparée.

– Il est préférable que tu habites désormais chez ta tante, lança Danielle pour conclure.

– Mais l'école ? demanda soudain Alexanne, inquiète.

– Nous allons te laisser terminer l'année à Montréal, puis nous discuterons de ton avenir scolaire avec ta tante. Sois sans crainte, je garderai un œil sur toi, Alexanne.

L'adolescente baissa la tête sans répliquer. Son éducation plus russe que québécoise lui interdisait d'afficher son indignation. Au fond d'elle-même, elle percevait cette décision comme une trahison de la part des services sociaux. Elle ne pouvait pas se confier à Danielle qui n'était, somme toute, qu'une employée du gouvernement, mais elle ouvrit son cœur à Marlène, dès qu'elles furent seules sur le balcon bordé de fer forgé, s'ouvrant sur la rue Saint-Denis.

– Si on m'oblige à aller vivre dans ce coin de pays perdu, je me suiciderai ! lança Alexanne.

Marlène lui rappela tous les projets qu'elles avaient ébauchés ensemble, mais Alexanne était bien trop meurtrie pour y prêter attention. Plus rien ne l'intéressait. Son chagrin devint de plus en plus profond et elle se mit à dépérir jusqu'à la fin des classes en juin.

Tout de suite après les examens de fin d'année, Danielle Léger accompagna l'orpheline au palais de justice de Montréal pour rencontrer avec elle la juge Félicité Moreau. C'était une dame aux cheveux blancs bien coiffés et aux yeux sympathiques derrière de petites lunettes cerclées d'or. La rencontre eut lieu dans son bureau privé. Alexanne se referma comme une huître, au lieu d'écouter les recommandations de la juge qu'elle connaissait déjà par cœur, car Danielle les lui avait répétées à maintes reprises depuis la mort de ses parents. Voyant que la jeune fille ne prêtait aucune attention à ses propos, madame Moreau les écourta.

– Si jamais tu n'arrivais pas à t'entendre avec ta tante, tu serais placée dans une famille d'accueil de Montréal, dit-elle pour conclure.

L'adolescente releva aussitôt la tête.

– Mais je ne la connais même pas, ma tante, protesta-t-elle.

– Madame Léger affirme que c'est une femme équilibrée et apparemment très sympathique. Tout ce que nous te demandons, c'est de passer l'été avec elle. Nous réviserons ton dossier en septembre.

Alexanne haussa les épaules, voyant bien que rien ne la ferait changer d'idée. La tête basse, elle quitta l'édifice, se sentant aussi impuissante qu'un petit chien dont on voulait se débarrasser. Danielle comprenait sa détresse, mais elle savait aussi qu'il n'était pas facile de rassurer une adolescente qui avait décidé de se boucher les oreilles.

– Je sais que c'est difficile à croire en ce moment, mais tu vas bientôt reprendre goût à la vie, lui dit-elle en marchant vers la voiture. Tu n'as que quinze ans, Alexanne. Repose-toi cet été et laisse-toi dorloter par ta tante.

Anéantie, Alexanne garda le silence jusque chez Marlène, où elle ramassa ses affaires. Les biens de ses parents ayant déjà été expédiés dans les Laurentides, madame Bernard avait rangé ses effets personnels et ses vêtements dans trois grosses valises. Pendant qu'elle aidait Danielle à les déposer dans le coffre de sa voiture, Alexanne étreignit longuement sa meilleure amie sur le trottoir.

– Il faut qu'on s'écrive tous les jours, exigea Marlène.

– Ma tante habite à l'autre bout du monde. Je ne suis même pas certaine que la poste s'y rende.

– Et le téléphone ?

– Elle doit en avoir un, puisque madame Léger l'a appelée, mais ce sera sûrement des appels interurbains.

– Pourquoi les services sociaux t'envoient aussi loin ?

– Ils n'ont pas le choix, apparemment. La loi les oblige à expédier les orphelins chez leur plus proche parent encore vivant. C'est ma seule tante. Mais la juge a aussi dit que si je n'arrive pas à m'entendre avec elle pendant l'été, je serai placée dans une famille d'accueil à Montréal.

– Donc, tout ce que tu as à faire, c'est de te montrer aussi odieuse que possible ?

– Peut-être bien.

– N'oublie pas le beau Louis-Daniel qui vient d'emménager au bout de la rue, lui rappela Marlène. Il est tout à fait ton genre.

– Je reviendrai.

Alexanne la serra une dernière fois dans ses bras et grimpa dans la grosse voiture de Danielle. Elle attacha sa ceinture de sécurité et s'écrasa dans le siège en contemplant une dernière fois la façade de l'immeuble où elle avait habité avec ses parents. « Pourquoi fallait-il que ça m'arrive à moi ? » se dit-elle, désolée.

Elle demeura silencieuse et triste durant le trajet, se contentant de regarder défiler d'abord les immeubles et les rues familières qui allaient lui manquer, puis les nombreux commerces qui bordaient l'autoroute. Danielle lui jetait de fréquents coups d'œil. Alexanne était jolie. Elle briserait sûrement des cœurs dans quelques années, mais pour l'instant, le sien était trop meurtri. La travailleuse sociale voulut lui remonter le moral.

– Ton père t'a-t-il déjà parlé de sa sœur ? s'informa-t-elle, sur un ton enjoué.

– Pas souvent. Ils ne s'entendaient pas très bien. Maman disait qu'ils ne se ressemblaient pas du tout.

– Alors, tu ne sais rien d'elle ?

– Seulement que papa affirmait qu'elle était différente de tout le monde et que c'était une bonne chose qu'elle habite aussi loin.

Danielle tenta de la convaincre que cette parente n'était pas une mauvaise personne parce qu'elle avait choisi de vivre loin de la civilisation. Sans doute avait-elle besoin de paix et de tranquillité. Mais l'adolescente s'était perdue de nouveau dans ses pensées. Danielle la laissa donc voguer dans son monde intérieur jusqu'à l'apparition des montagnes boisées des Laurentides.

Chapitre 3

Une tante inhabituelle

Danielle emprunta plusieurs petites routes de terre avant de ralentir devant ce qui semblait bien être la seule habitation de la région. Elle arrêta la voiture dans l'entrée bordée de magnifiques fleurs et vérifia l'adresse sur le morceau de papier qu'elle tenait à la main, étonnée par la taille de la maison. « C'est un véritable manoir », songea-t-elle. « Comment est-ce possible qu'elle y vive toute seule ? » Alexanne avait aussi écarquillé les yeux. Sa tante était-elle riche ? Pourtant, son père lui avait dit qu'elle ne travaillait pas…

L'adolescente descendit de la voiture en admirant les deux niveaux de la maison en briques rouges de style victorien, pendant que Danielle retirait les valises du coffre.

– Tu peux sonner si tu veux, lui proposa-t-elle.

Craintive, Alexanne promena d'abord son regard sur la propriété. Il y avait des fleurs absolument partout, et de grands arbres sûrement centenaires protégeaient la résidence de leurs grosses branches feuillues. Le reste du terrain était inondé de soleil.

La porte de la maison s'ouvrit en grinçant, attirant aussitôt le regard de l'orpheline sur une femme dans la cinquantaine, aux cheveux châtain grisonnant. À peu près de sa taille, elle avait la même forme de visage qu'elle, la même bouche, les mêmes yeux !

– Bienvenue, jeune fille, lança Tatiana, avec un radieux sourire.

Étonnée par leur ressemblance, Alexanne fut incapable d'articuler un seul son. Danielle se planta à côté d'elle et déposa les bagages sur le chemin dallé menant au porche.

– Madame Kalinovsky, je suis Danielle Léger, fit-elle en lui tendant la main.

– Oui, je sais, répondit amicalement Tatiana en la lui serrant. Je vous en prie, entrez, toutes les deux.

La travailleuse sociale empoigna deux des valises et marcha vers l'entrée en poussant discrètement Alexanne devant elle. Elles entrèrent dans le spacieux vestibule décoré de vieux cadres sculptés, renfermant des photographies jaunies de personnages plutôt austères. Danielle déposa enfin son fardeau sur le sol et alla chercher la dernière valise. Alexanne en profita pour étudier l'endroit. Devant elle, un grand escalier aux marches de bois, recouvertes au centre d'un étroit tapis bourgogne, menait au premier étage. De chaque côté, des portes doubles s'ouvraient à gauche, dans le salon, et à droite, dans la bibliothèque. Sous l'escalier, s'élevant en dessinant une douce courbe, une porte en forme d'arche marquait l'entrée d'une autre pièce.

– Je viens justement de préparer du thé, déclara Tatiana. Vous en prendrez bien une tasse avec moi ?

– Volontiers, répondit Danielle en entrant dans le vestibule avec la troisième valise, mais je ne pourrai pas rester longtemps.

Tatiana se dirigea vers la porte de gauche, et Danielle poussa une fois de plus Alexanne devant elle pour qu'elle suive sa tante. Elles entrèrent dans un vaste salon d'une autre époque. Sur la table basse, de belles tasses de fantaisie reposaient sur un plateau en argent entourant ce qui semblait être une théière très ancienne. Danielle et Alexanne s'assirent dans les fauteuils de velours bourgogne recouverts d'un carré de broderie blanche. Tatiana s'assit devant elles et versa le thé d'un mouvement gracieux.

– Vous avez une maison magnifique, madame Kalinovsky, la félicita Danielle, impressionnée.

– Merci, je l'aime beaucoup.

Elle tendit une tasse à Danielle, puis à Alexanne, en la fixant avec curiosité. Quelque peu embarrassée, l'adolescente refusa la boisson chaude en secouant la tête.

– Depuis combien de temps habitez-vous ici ? s'enquit Danielle.

– Plus de vingt ans.

Sa voix aussi douce qu'une caresse rappela à Alexanne celle de sa mère.

– Tu peux aller choisir ta chambre à coucher pendant que je réponds aux questions de madame Léger. Tu peux prendre celle que tu veux, sauf la mienne, évidemment.

– Et la vôtre, c'est laquelle ?

– C'est l'une des premières sur le palier.

Contente d'échapper à la conversation ennuyeuse des adultes, Alexanne s'empressa de quitter le salon.

– Elle est encore bien triste, affirma Tatiana.

– Elle ne parle que de suicide.

– Ne vous inquiétez pas, madame Léger. Je saurai comment m'occuper d'elle.

– J'ai quelques papiers à vous faire signer.

Tatiana les lut rapidement et y apposa sa signature.

– Un détail me tracasse, ajouta la travailleuse sociale. Comment avez-vous réussi à vous payer une telle maison si vous n'avez jamais travaillé ?

– Une vieille dame très riche, du nom de Grace Carmichael, à qui j'ai tenu compagnie pendant de nombreuses années, me l'a léguée.

Danielle nota le nom de cette femme afin de faire quelques vérifications, puis elle déposa les papiers dans son porte-documents et avala une autre gorgée de thé.

* * *

Alexanne grimpa le bel escalier de bois franc menant aux chambres à coucher et s'arrêta pour examiner le long couloir qui s'ouvrait devant elle. Traversant tout l'étage, il était décoré de tableaux et de petites tables appuyées contre les murs, sur lesquelles reposaient des vases remplis de fleurs fraîches. L'adolescente fit quelques pas en se demandant laquelle des sept portes choisir. Elle passa donc la tête dans l'embrasure de la première et trouva cette pièce beaucoup trop sobre, avec son papier peint fleuri et son foyer en pierres des champs.

Elle se rendit donc à la deuxième et jeta un coup d'œil à l'intérieur de la pièce. Ce ne pouvait être que la chambre à coucher de son étrange tante. Elle était pleine de cristaux de toutes les couleurs et de statuettes d'anges de dimensions variées. Il y en avait sur les murs, sur les meubles et il en pendait même du plafond à des chaînettes dorées. La lumière orangée du coucher de soleil se répandait dans la pièce en lui donnant un air surréaliste. Alexanne s'approcha de la commode et caressa la tête de petits chérubins en céramique. « Mon père ne croyait pas aux anges... », se souvint-elle.

L'orpheline pivota lentement sur elle-même et contempla une dernière fois tous les petits personnages aux visages sympathiques et les pierres scintillantes, puis entra dans la pièce suivante, une chambre de fillette peinte en rose, remplie de poupées et de jouets. « Pourtant, ma tante n'a pas d'enfants ! » s'étonna-t-elle. L'adolescente s'assit sur le lit et s'empara de l'ourson en peluche qui dormait sur l'oreiller.

Elle observa ses yeux noirs en se demandant pourquoi il lui était si familier.

– Tu peux le garder si tu l'aimes, lui dit Tatiana, de la porte.

– Vous m'avez fait peur, avoua Alexanne en remettant le petit animal à sa place. Je ne vous ai pas entendue arriver.

– Je suis désolée, je ne fais jamais de bruit.

Tatiana alla s'asseoir près d'Alexanne en posant sur elle un regard compréhensif.

– Madame Léger est partie, lui apprit-elle. As-tu choisi ta chambre ?

– Non, pas encore. À qui était celle-ci ?

– Elle a appartenu à un petit ange. Si tu veux, tu peux t'installer ici.

– Non. Je ne pourrais jamais dormir ici.

– Laisse-moi te montrer où est la salle de bains, parce que je vais bientôt me mettre au lit.

– À cette heure-ci ? Vous ne regardez pas la télévision ?

– Il n'y a pas de téléviseur ici, mais si c'est important pour toi, je m'en procurerai un.

– Mais comment passez-vous le temps alors ?

– Je lis beaucoup et je m'occupe de mes fleurs.

– Mais l'hiver, quand la neige recouvre tout, vous devez trouver le temps long.

– Durant la saison froide, je m'occupe davantage des animaux.

– Quels animaux ?

– Ceux de la forêt, évidemment.

Alexanne suivit docilement sa tante dans le couloir. La salle de bains était aussi spacieuse que les chambres à coucher ! On y retrouvait encore des photographies, des tableaux et des figurines d'anges, mais aussi des chandelles et des fleurs sur les murs et les étagères, et autour de la baignoire.

– Êtes-vous une maniaque du Nouvel Âge ?

– Le nouvel âge ? répéta Tatiana, amusée. Non, je dirais plutôt que je suis du vieil âge, car j'aime toutes ces choses depuis très longtemps. J'étais encore plus jeune que toi lorsqu'on m'a offert mon premier morceau de cristal.

– Qui vous l'a donné ?

– Une vieille tante, lorsque nous habitions la Russie.

Elle lui indiqua une étagère en marbre blanc qui partait du plancher et qui montait jusqu'au plafond.

– J'ai mis tes draps de bain ici et j'ai libéré un tiroir pour tes effets personnels. Est-ce que ça te va ?

– Oui, merci, répondit poliment Alexanne. Et si j'avais envie de prendre un bain ce soir, est-ce que je pourrais allumer les chandelles ?

– Bien sûr. Mais tu devras les éteindre avec cela.

Tatiana déposa l'éteignoir en forme d'ange dans la main d'Alexanne.

– Pourquoi ? voulut savoir l'adolescente.

– Parce que c'est un vieux rituel auquel je tiens. Les allumettes sont dans le premier tiroir. Si tu as besoin de quoi que ce soit, tu n'as qu'à me le demander.

Tatiana caressa la joue de sa nouvelle protégée et pivota sur ses talons pour sortir de la salle de bains.

– J'ai une dernière question ! s'écria Alexanne.

La dame de la maison se retourna. « Comme elle ressemble à son père, cette enfant, avec ses grands yeux verts limpides et innocents », pensa-t-elle.

– Avez-vous le téléphone ?

– J'ai un appareil dans ma chambre.

– Un seul ?

– C'est exact. Personne ne m'appelle de toute façon. Je ne m'en sers qu'en cas d'urgence. Il est un peu démodé, mais tu peux t'en servir durant la journée.

– Même pour faire un interurbain ?

– Tu veux appeler en Russie ? la taquina Tatiana.

– Non, à Montréal. J'ai une amie qui se fait beaucoup de soucis pour moi et j'aimerais lui dire que je vais bien.

– Tu l'appelleras demain. Pour l'instant, il est plus important que tu t'installes et que tu prennes un bon bain. Bonne nuit, Alexanne.

– Bonne nuit.

Alexanne alluma toutes les chandelles et fit couler son bain en se demandant si ses parents se trouvaient au ciel. Ils lui manquaient énormément, mais curieusement, elle se sentait en sécurité dans cette maison.

Chapitre 4

Orion

Au matin, lorsqu'elle ouvrit enfin les yeux dans sa nouvelle chambre à coucher, Alexanne mit quelques minutes à s'orienter. Elle contempla les murs mauve et lilas, les rideaux vaporeux qui couvraient à peine la grande fenêtre à sa gauche, et le couvre-pieds en dentelle de son lit. La commode en chêne pâle devait être très ancienne à en juger par ses petites poignées métalliques usées. Au-dessus de celle-ci, se trouvait un beau miroir antique.

Sa valise était ouverte sur le plancher, devant les tiroirs vides. Elle demeura un moment à fixer le meuble, puis se décida à y ranger ses vêtements. Lorsqu'elle eut terminé, Alexanne s'habilla et quitta sa chambre. Elle jeta un coup d'œil dans celle de sa tante, mais elle n'y était pas. Elle descendit donc l'escalier et explora le rez-de-chaussée. La porte sous l'escalier la mena tout droit à la grande cuisine, inondée de soleil. Sur le comptoir se trouvait un verre de jus d'orange frais. Alexanne comprit qu'il était pour elle et le but en s'approchant des grandes fenêtres. Dans le jardin, sa tante grattait les oreilles d'un gros chien gris.

– Chouette ! s'exclama-t-elle. J'ai toujours voulu avoir un chien !

Elle poussa la porte, mais son geste fit fuir l'animal. Tatiana souleva la corbeille de fleurs fraîches à ses pieds et marcha vers la maison.

– Bonjour, Alexanne, la salua-t-elle en grimpant les trois marches qui menaient à la cuisine. Je vois que tu as trouvé le jus d'orange.

Elle déposa le panier sur la table et se tourna vers sa nièce, amusée de lire encore de la méfiance sur son joli visage.

– Que manges-tu habituellement au petit déjeuner ?

– Je n'aime pas vraiment manger le matin.

– Il est bon pour la santé de prendre au moins un fruit au lever. Il y en a toujours sur la table. Personnellement, j'aime commencer ma journée avec des céréales naturelles et du miel.

– Comme mon père…

– C'est une habitude que nous a transmise notre mère. Il faudra que tu me fasses connaître tes goûts.

– Je ne suis pas difficile, mais je n'aime pas petit-déjeuner.

Tatiana versa de l'eau dans un beau vase et commença à y placer les fleurs. Alexanne l'observa en silence, étonnée par l'amour qu'elle mettait dans tous ses gestes.

– C'est votre chien que j'ai vu dehors ?

– Orion ? Oh, non… C'est un loup, et ces animaux n'appartiennent à personne.

– Un loup ? s'alarma l'adolescente. Vous caressiez un loup ?

– Ils ont besoin d'affection, eux aussi. Est-ce que tu aimes les animaux ?

– Oui, mais les animaux domestiques. Nous vivions dans un logement à Montréal où il était défendu d'avoir des chats ou des chiens. Nous n'aurions pas eu le temps de nous en occuper de toute façon. Il y a une différence entre un chat, un chien et un loup, tout de même.

– Tu as tout à fait raison. On ne peut pas domestiquer les bêtes sauvages. Elles ont besoin de liberté pour s'épanouir. On peut toutefois les aimer d'une autre façon. Orion me rend visite quand il en a envie.

– Est-ce qu'il fait partie d'une meute ?

Tatiana termina son arrangement floral et le contempla avec satisfaction.

– Ce n'est pas vraiment une meute, mais une famille. Il a une compagne et certains de ses enfants sont encore avec lui.

– Ça fait longtemps que vous le connaissez ?

– Je l'ai soigné, il y a environ cinq ans, quand il a été blessé par des chasseurs, et il est toujours revenu chez moi par la suite.

– Y a-t-il beaucoup d'animaux sauvages par ici ?

– Il y en a de toutes sortes. C'est un véritable paradis terrestre.

– Est-il dangereux d'aller se promener aux alentours ?

– Pas durant le jour, et s'il t'arrive de rencontrer un animal, ne l'effraie pas et il t'ignorera.

– Même les ours ?

– Ils ne s'approchent pas de la maison.

Tatiana huma une dernière fois le parfum de ses fleurs.

– Des loups, des ours, c'est tout ?

– Il y a aussi des licornes, des griffons et des dragons, mais ils sont plutôt timides.

Un sourire moqueur sur le visage, Tatiana quitta la cuisine sous le regard déconcerté de sa nièce.

– Des dragons ? répéta Alexanne.

Elle s'élança à la poursuite de sa tante et s'arrêta dans le vestibule où celle-ci avait disparu. De quel côté était-elle allée ? Elle explora tout le rez-de-chaussée sans la trouver et crut qu'elle était montée à l'étage. Alexanne se rendit donc à la chambre de Tatiana, mais elle n'y était pas non plus. Sur le point de mener ses recherches à l'extérieur, elle aperçut un appareil étrange sur la table de chevet. Intriguée, l'adolescente s'en approcha.

– Cette vieille chose, c'est son téléphone ?

Elle s'assit sur le bord du lit et examina le long tube vertical muni de deux cornets et d'un cadran à trous. Prudemment, elle décrocha le curieux récepteur rattaché à un fil qui pendait sur le côté du tube et le porta à son oreille.

– Ce bout-là, c'est sûrement pour écouter.

Elle étudia ensuite le deuxième cornet, qui ne voulait pas se détacher du tube vertical, et le cadran rond.

– Il y a assez de chiffres là-dessus pour composer un numéro…

Elle signala celui de Marlène et porta le cône mobile à son oreille, surprise et enchantée de constater qu'elle entendait une sonnerie.

– Oui, allô, fit la voix enjouée de sa meilleure amie.

– Marlène, c'est moi.

– Alexanne ! Tu as le téléphone !

– Si on veut, soupira-t-elle en jetant un coup d'œil découragé à l'objet préhistorique qu'elle tenait dans les mains.

– Comment est ta tante ?

– Pas si mal, en fait. Elle possède une maison de millionnaire, mais au beau milieu de nulle part !

– Comment est-elle avec toi ?

– Elle est bizarre, mais je ne pense pas qu'elle soit méchante. Il y a plein de cristaux et d'anges dans sa maison. Tu devrais voir la salle de bains ! Hier soir, j'ai trempé dans la mousse pendant des heures, à la lumière de chandelles parfumées.

– Beaucoup de gens décorent leur maison avec des anges sans que ça les rende bizarres.

– Je l'ai aussi vue caresser un loup ce matin !

– Bon, je l'avoue, c'est moins courant. Commence à accumuler des incidents qui inciteront les services sociaux à te ramener à Montréal, comme de la cruauté mentale ou physique, par exemple.

Alexanne lui avoua que ce ne serait pas facile, puisque sa tante semblait vraiment être une bonne personne, mais qu'elle ferait un effort pour trouver quelque chose. Afin de la motiver, Marlène lui rappela que Louis-Daniel attendait de ses nouvelles. Elle voulut connaître le numéro de téléphone de Tatiana, mais Alexanne n'en découvrit aucun sur l'appareil.

– Je te rappellerai pour te le donner, promit-elle.

Alexanne raccrocha et écouta les bruits de la maison. Rien. Elle remit l'appareil sur la table de chevet et quitta la pièce, à la recherche de sa tante.

Chapitre 5

Le mystère de la mort

Alexanne sortit dans la cour fleurie. Plutôt inquiète de se retrouver nez à nez avec des animaux sauvages, elle marcha prudemment entre les massifs de roses et évita de s'approcher des arbres. Elle crut alors entendre couler de l'eau, contourna un bosquet et s'immobilisa en apercevant une biche qui s'abreuvait à une fontaine. Le gracieux animal releva la tête et l'observa un moment avant de s'éloigner. Il ne semblait pas la craindre.

Tatiana posa la main sur l'épaule de sa nièce, et Alexanne fit volte-face en poussant un cri de terreur, croyant avoir affaire à un griffon ou à un dragon.

– Je suis désolée de t'avoir effrayée.

– Mais où étiez-vous passée ? se fâcha Alexanne.

– J'étais ici, évidemment.

– Je vous ai cherchée partout !

– As-tu peur de rester seule, Alexanne ?

– Moi ? Jamais de la vie ! Je suis une enfant unique ! Je suis habituée à être seule !

– Alors, pourquoi me cherchais-tu ?

– Parce que…

Tatiana avait raison : elle avait peur de se retrouver seule. Embarrassée, Alexanne retourna à la maison. Amusée, sa tante poursuivit ses travaux de floriculture.

– Elle te ressemble beaucoup, Vlado, murmura-t-elle en levant les yeux vers le ciel.

Elle entendit alors claquer la porte moustiquaire de la cuisine.

– À tous points de vue, ajouta-t-elle.

* * *

Alexanne se réfugia dans la maison. Elle n'était pas fâchée contre sa tante, qui pouvait lire dans son âme comme dans un livre ouvert, mais contre elle-même, qui n'aimait pas avouer ses faiblesses. Son père n'aimait pas les gens faibles. Toute sa vie, il s'était rangé du côté des gagnants, et il voulait que sa fille soit une championne.

Elle grimpa à sa chambre et se jeta à plat ventre sur son lit. Marlène avait raison : elle devait sortir de cet endroit le plus rapidement possible. Elle se mit à imaginer divers scénarios, puis les paupières lourdes, elle finit par s'endormir. Lorsqu'elle se réveilla, il était passé midi, elle qui ne dormait jamais durant la journée. Son estomac se mit à gronder et elle se mit à penser aux petits plats que sa mère lui préparait. Mais sa mère avait péri avec son père... Alexanne éclata en sanglots.

Dans la cuisine, Tatiana était en train de préparer une salade lorsqu'elle sentit la peine de sa nièce. En Russie, elle avait acquis durant son enfance un sixième sens qui lui permettait de localiser les gens. Lorsque sa nièce se décida enfin à quitter sa chambre pour la rejoindre, Tatiana le sut et elle déposa son repas sur la petite table, près de la fenêtre.

– Je pensais que tu ne te lèverais jamais, déclara-t-elle.

– Je n'ai pourtant pas l'habitude de dormir le jour.

– Viens manger.

Tatiana déposa plusieurs flacons de vinaigrette devant elle, puis lui prépara un sandwich aux tomates.

– Pourriez-vous me donner votre numéro de téléphone ? demanda soudain Alexanne.

– Tu veux m'appeler ? la taquina sa tante.

– Je veux le donner à ma meilleure amie en cas d'urgence.

– Quel genre d'urgence ?

– Je ne sais pas, moi. Elle pourrait avoir envie de me donner des nouvelles de Louis-Daniel.

Alexanne regretta aussitôt d'avoir mentionné ce garçon aussi beau qu'une vedette de cinéma.

– Tu as raison, ma chérie. On ne peut jamais être trop prudent.

– Vous, s'il vous arrivait malheur, quelqu'un le saurait-il ? Si on vous volait, par exemple ? Est-ce que quelqu'un viendrait à votre aide ?

– À moins d'aimer les cristaux et les anges, les voleurs ne trouveraient pas grand-chose ici.

– Vous n'avez pas d'argent ?

– Tout ce que je possède est à la banque, au village. Ils feraient mieux de voler la banque.

– Et si on essayait de vous tuer ?

Tatiana déposa le sandwich devant Alexanne.

– Ce n'est pas ainsi que je suis supposée quitter cette vie, mais merci de t'en inquiéter.

– Vous savez comment vous aller mourir ? fit Alexanne, horrifiée.

– Oui, je le sais, affirma-t-elle en s'asseyant à table.

– Cela ne vous fait pas peur ?

– Quand on sait ce qu'est réellement la mort, on ne la craint pas, Alexanne.

– Moi, je tremble juste à y penser.

Tatiana lui expliqua de façon toute simple que la mort n'était que le retour de l'âme dans le monde spirituel. Alexanne arqua un sourcil, car elle ne se souvenait pas avoir habité dans un tel univers. Tatiana précisa que Dieu effaçait la mémoire des hommes avant qu'ils reviennent sur Terre.

– Si nous nous rappelions que le ciel est un endroit magnifique, ajouta-t-elle, nous ne voudrions pas rester ici pour surmonter nos épreuves. Les anges ne veulent pas non plus que nous nous suicidions pour y retourner, car là-haut, le suicide n'est pas bien vu.

– Les gens qui se suicident vont-ils en enfer ?

– Non. Ils vont au ciel comme tout le monde, mais dans un endroit séparé où ils baignent très longtemps dans l'amour de Dieu avant de se réincarner, car ils doivent revenir ici pour lui rendre les années dont ils se sont privés.

– Donc, ça ne leur donne strictement rien de s'enlever la vie ?

– Rien du tout. Nous devons tous finir ce que nous avons commencé.

– Toute ma vie, j'ai cru que le suicide était un acte défendu que Dieu punissait sévèrement.

– Pourquoi condamnerait-il un acte de désespoir ? Ces âmes ont seulement besoin de plus de soins.

– Mais vous dites que ces personnes doivent revenir ici. Cela veut-il dire que ceux qui ne se suicident pas ne retournent pas sur la Terre ?

– Nous nous réincarnons tous dans d'autres corps afin d'affronter des conditions différentes, tant que nous ne sommes pas parfaits.

– C'est une théorie intéressante, mais je ne me souviens vraiment pas d'avoir eu d'autres corps.

– Nous en reparlerons plus tard, si tu le veux bien, car j'ai beaucoup de travail aujourd'hui. Surtout, mange lentement en ne pensant qu'à de belles choses, sinon ta digestion s'en ressentira.

Tatiana ne voulait pas l'endoctriner. Elle voulait seulement qu'elle apprenne l'existence de plusieurs conceptions de la mort. Au cours des prochains mois, elle lui suggérerait bien des idées pour lui apprendre à réfléchir.

Chapitre 6

Les petites personnes

Pour passer le temps, Alexanne se plongea dans la lecture d'un roman d'amour. Elle ne revit sa tante que quelques heures plus tard, lorsqu'elle retourna dans la cour. Tatiana était assise dans la balançoire et buvait un grand verre d'eau. L'adolescente se plaça sur le banc opposé.

– Je croyais que vous deviez travailler, la taquina l'adolescente.

– Tu retrouves ton sens de l'humour, c'est bon signe. Il est très important de faire des pauses, Alexanne. Ça nous permet de mieux nous concentrer.

– Vous devriez le dire à mes professeurs.

– Tes prochains enseignants ne pourront pas t'empêcher de te reposer, puisqu'ils seront sur un écran d'ordinateur que tu pourras éteindre quand tu le voudras.

– Je ne suis pas sûre de pouvoir apprendre quoi que ce soit de cette façon. Je suis facilement distraite.

– Il suffit de se détendre. Je t'apprendrai.

– Tante Tatiana, je veux que vous sachiez tout de suite que je ne passerai pas le reste de ma vie ici. J'ai l'intention de retourner vivre à Montréal.

– Mais ce que tu fais de ta vie t'appartient, jeune fille.

– Vous ne m'empêcherez pas de partir ?

– Pourquoi ferais-je une chose pareille ?

– Pour ne pas vous retrouver seule, évidemment.

– Ça fait vingt ans que je vis seule. De toute façon, la solitude n'existe pas. Nous sommes entourés de petits êtres visibles et invisibles.

– Comment ça, invisibles ? s'inquiéta Alexanne.

– Les humains vibrent à très basse vitesse. C'est pour cette raison qu'ils sont solides. Ma main ne peut pas passer à travers ta chair.

– Mais elle traverserait celle des êtres invisibles ?

– Peut-être pas la tienne, et tu comprendras pourquoi plus tard. Ces créatures traversent les humains plusieurs fois par jour sans qu'ils s'en rendent compte.

– Vraiment ?

Alexanne demeura silencieuse pendant un instant, tentant d'imaginer ces créatures intangibles.

– À quoi ressemblent-elles ? demanda-t-elle soudain.

– Il y en a plusieurs types, mais ce sont les anges qui sont les plus près de nous.

– Peut-on leur parler ?

– Évidemment, mais ils nous répondent uniquement lorsque nous les aimons de tout notre cœur.

– Mon père ne croyait pas aux anges.

– Il doit être bien surpris maintenant.

– Mais si personne ne se souvient d'être allé au ciel et d'avoir eu d'autres vies, il pourrait ne pas y croire davantage lorsqu'il reviendra.

– À force de mourir et de renaître, il finira bien par s'en souvenir. Bon, je dois retourner m'occuper de mes fleurs.

– Puis-je vous aider ?

– Seulement si tu en as réellement envie.

Tatiana se releva sans hâte. Alexanne commençait à apprécier de plus en plus l'humeur égale de sa tante. Elle était une véritable onde de fraîcheur. Avec beaucoup de patience, Tatiana lui enseigna à remuer la terre autour des racines des fleurs pour les faire respirer. Alexanne se révéla une excellente élève. Elle soigna le tapis de phlox magenta sous la fenêtre du salon, pendant que sa tante nettoyait la rangée de lysimaques jaunes, bordant le chemin conduisant à la maison.

Alexanne trouvait ce travail très apaisant. Elle progressait lentement en direction du porche, lorsqu'elle aperçut quelque chose bouger entre les fleurs. Craignant qu'il s'agît d'une souris, elle s'assit aussitôt sur ses talons, espérant que la bestiole choisirait une autre route. Puisqu'il ne se passait rien, elle recommença à remuer la terre.

Le visage d'une petite fée blonde pas plus grande qu'un stylo apparut alors entre les tiges. Alexanne poussa un cri et se laissa tomber sur les fesses, dans la pelouse. Tatiana se contenta de relever la tête, devinant que sa nièce venait de réveiller une petite personne magique. La fée, aussi surprise que l'adolescente, disparut dans les fleurs. Alexanne se mit à fouiller la plate-bande, à sa recherche. Tatiana décida d'intervenir avant qu'elle déracine toutes les fleurs.

– Doucement...

– J'ai vu une créature pas plus grande qu'une souris ! s'exclama Alexanne, tiraillée entre la peur et l'étonnement.

– Était-ce une fille ou un garçon ?

– Vous me croyez ?

– Évidemment que je te crois.

– J'ai seulement vu son visage, mais je suis presque certaine que c'était une fille.

– Donc, une fée.

– Une fée ? répéta Alexanne, éberluée. Mais ça n'existe même pas !

– Les anges non plus, si on se fie à ton père.

Tatiana lui fit un clin d'œil et retourna s'occuper de la plate-bande. « Pourquoi s'éloigne-t-elle chaque fois que mon esprit bourdonne de questions ? » s'étonna Alexanne. Elle bondit sur ses pieds et la poursuivit.

– Elles ne vivent pas dans les fleurs de toute façon ! protesta l'orpheline.

– Et comment le sais-tu ? demanda Tatiana en poursuivant son travail.

– J'ai lu des tas de contes quand j'étais petite, et ils prétendent tous que les fées vivent dans des châteaux où elles exaucent les vœux de ceux qui le méritent !

– Donc, elles existent, mais elles vivent dans les châteaux, c'est bien ça ?

Alexanne se rendit compte de l'absurdité de ce qu'elle venait d'affirmer et rougit, embarrassée. Une fois de plus, sa tante ne releva pas sa maladresse.

– As-tu remué la terre et enlevé toutes les mauvaises herbes ?

– Oui… et j'ai vraiment besoin d'une pause. En fait, je crois que je vais aller marcher pour réfléchir à ce qui vient de se passer.

– Essaie d'être revenue pour le repas ce soir.

Alexanne se dirigea vers la route qui passait devant la maison.

Chapitre 7

Des facultés étranges

Plus détendue, Alexanne revint à la maison à temps pour le repas. Elle entra dans la cuisine où, devant la cuisinière, sa tante préparait du poisson et du riz en fredonnant une chanson dans une langue inconnue.

– J'ai marché pendant des kilomètres, et vous n'avez absolument aucun voisin ! s'exclama l'adolescente.

– J'en ai un, mais tu es partie du mauvais côté de la route.

Tatiana déposa leurs assiettes sur la table, et Alexanne s'assit devant elle.

– Vous me l'aviez dit, mais je ne vous croyais pas, avoua l'adolescente. Moi, d'où je viens, il y a dix personnes au mètre carré !

– Dix ? répéta Tatiana, amusée. Ici, tu ne risques pas de manquer d'air.

Alexanne dévora le délicieux repas préparé avec des assaisonnements qu'elle n'arrivait pas à identifier. Tatiana remarqua son plaisir et se promit de lui en servir souvent. Elle observa pendant un moment le visage de la jeune fille, absorbée dans ses pensées, puis lui annonça qu'un ami leur apporterait bientôt un téléviseur.

– Comment avez-vous réussi à vous faire des amis par ici ? s'étonna Alexanne. Vous n'avez même pas de voiture pour vous déplacer.

– Ce sont eux qui viennent jusqu'à moi.

– Ils vous ont trouvée au milieu de tous ces arbres ? Quand on est sur la route, on ne voit même pas la maison !

– On finit toujours par trouver ce qu'on veut, Alexanne.

Elle avait probablement raison. Plus l'adolescente l'écoutait, plus elle la trouvait fascinante.

Ce soir-là, avant d'aller au lit, Alexanne s'absorba dans un roman d'amour que Marlène lui avait prêté. Elle s'endormit un peu avant minuit, mais ne dormit pas longtemps. Une douce mélodie la tira des bras de Morphée. Elle ouvrit les yeux et regarda autour d'elle. C'était encore la nuit. Elle se redressa et tendit l'oreille. Quelqu'un chantait dans une langue étrangère !

L'adolescente enfila ses pantoufles et son peignoir, puis quitta sa chambre. La musique provenait du rez-de-chaussée. Poussée par sa curiosité, Alexanne descendit l'escalier et trouva Tatiana, assise au milieu du salon, devant la table basse, où brûlaient une multitude de chandelles. En position du lotus, elle chantait à voix basse. De crainte d'interrompre un rituel de méditation quelconque, Alexanne se contenta d'observer la scène pendant quelques minutes, puis retourna à sa chambre.

Elle ne revit Tatiana que le lendemain, tandis qu'elle dégustait ses céréales du matin dans la cuisine ensoleillée.

– Je ne faisais que méditer, répondit sa tante avant qu'elle lui pose la question.

Elle versa des céréales dans le bol de sa nièce et poussa un verre de jus de fruits devant elle.

– Comment saviez-vous ce que j'allais vous demander ?

– C'est une vieille habitude que j'ai acquise en Russie.

– Vous lisez dans les pensées des gens ?

– Nous sommes composés d'énergie et nos pensées aussi. Quand on sait comment voir et comprendre l'énergie, il est facile de l'interpréter.

– Vraiment ? répliqua Alexanne, incrédule.

– Non seulement je peux deviner à quoi pensent les gens, mais je peux aussi déceler les maladies dans leur corps.

– Je ne vous crois pas.

– Et si je te disais qu'en ce moment, tu penses que je suis aussi folle que le prétendait ton père et que tu vas insister pour que les services sociaux te récupèrent ?

Sidérée par la justesse de son commentaire, Alexanne baissa les yeux et mangea en silence.

– Ta santé est excellente, en passant.

Sa nièce garda le silence.

– Ton père t'a probablement brossé un tableau erroné de ma personne, poursuivit Tatiana, mais tu es une fille intelligente. Tu apprendras assez rapidement qu'il avait tort. Si tu veux manger autre chose, jette un coup d'œil dans les armoires.

Tatiana quitta la cuisine par la porte donnant sur la cour. Alexanne resta un long moment à remuer sa cuillère dans ses céréales. Marlène ne la croirait pas lorsqu'elle lui raconterait ce qui se passait dans cette maison. Puis, embarrassée par ce que sa tante avait perçu en elle, elle s'empressa de la rejoindre dans le jardin. Tatiana se tenait debout près du puits et remontait le seau de bois avec une corde.

– Tante Tatiana, je tiens à m'excuser. Je ne pense pas que vous soyez folle, seulement un peu bizarre.

– Tu n'es pas habituée aux gens qui s'intéressent à la vie spirituelle, parce que tes parents étaient pragmatiques. Mais de plus en plus de gens développent leurs belles facultés. Je suis loin d'être un cas unique, tu sais.

– Ces gens devinent-ils aussi les pensées des autres ?

– Oui, mais ils ne s'en rendent pas toujours compte. Ils pensent qu'il s'agit de leur intuition.

– Qui vous a appris à faire ces choses ?

– Une vieille tante en Russie. Les femmes de notre famille sont spéciales, Alexanne.

Tatiana transporta l'eau jusqu'à la maison. L'adolescente la suivit pour en apprendre davantage sur ses étranges pouvoirs.

– Seulement les femmes ? demanda Alexanne.

– Oui. C'est pour ça que ton père aurait voulu que tu sois un garçon.

– Il ne m'a jamais dit ça...

– J'imagine que non. Il est parti vivre en ville quand tu n'étais qu'un bébé, afin que je ne poursuive pas avec toi le travail que mes vieilles tantes avaient commencé avec moi.

– Pour la ville ? Vous voulez dire que nous vivions par ici ?

– Vous habitiez de l'autre côté de la montagne. Il y a même un sentier qui relie cette propriété à celle de ton père.

– Je parie qu'il y a des ours sur cette piste... se lamenta Alexanne.

– Et des loups, et des renards et des moufettes qui ne t'attaqueront pas, à moins que tu ne les provoques.

– Risque-t-on aussi d'y être attaqué par des chasseurs ?

– Pas à ce temps-ci de l'année, et il n'y a pas de braconniers non plus. J'y veille.

Alexanne se tourna vers la montagne recouverte de gros érables. Elle voulait voir la maison où elle avait habité, enfant. Tatiana lui prépara donc des sandwichs et une bouteille d'eau, qu'elle plaça dans un sac à dos, mais refusa de partir avec elle.

– C'est ta quête à toi, précisa-t-elle.

– Mon père ne m'aurait jamais laissée y aller seule, protesta l'adolescente.

– Je ne suis pas ton père. Moi, j'ai confiance en toi.

Tatiana lui remit le sac à dos et l'avertit que, si elle n'était pas revenue au coucher du soleil, elle enverrait Orion. Un peu inquiète à l'idée d'être raccompagnée par un loup, Alexanne se mit tout de même en route afin de découvrir cette tranche d'histoire dont on ne lui avait jamais parlé.

Chapitre 8
La maison hantée

Pendant plus d'une heure, tout en regardant craintivement autour d'elle, Alexanne suivit le sentier qui serpentait dans la montagne. N'ayant rencontré que des oiseaux et des écureuils, elle finit par se détendre et admirer le paysage. Elle déboucha finalement dans la cour d'une belle maison adossée à la forêt. Elle la contourna prudemment et fut étonnée de la trouver en aussi bon état, puisque ses parents l'avaient abandonnée plus d'une dizaine d'années auparavant.

L'adolescente s'arrêta finalement devant sa façade. Il n'y avait aucune voiture et aucun signe de vie. Elle marcha donc jusqu'à la porte, encore incertaine de vouloir la franchir.

– Il y a quelqu'un ? appela-t-elle.

Elle approcha la main de la poignée, mais la porte s'ouvrit toute seule. Effrayée, Alexanne recula vivement. « Mes parents ont sans doute fui cette maison parce qu'elle était hantée par des fantômes russes », songea-t-elle en faisant de gros efforts pour se calmer. Une petite étoile dorée fila alors près de sa tête et disparut à l'intérieur.

– Hé ! s'écria Alexanne, surprise.

La porte demeura ouverte, mais rien d'étrange ne se produisit à l'intérieur. L'adolescente se débarrassa de son sac à dos et s'assit sur le chemin de dalles menant au porche pour réfléchir. Voulait-elle vraiment pousser cette enquête plus loin ? Elle but un peu d'eau, jeta un coup d'œil à sa montre et décida de déballer le premier sandwich. Tout en mangeant, elle continua de fixer l'ouverture, comme si elle s'attendait à y voir apparaître quelqu'un. Tout à coup, le visage curieux de la petite fée blonde se pointa. Alexanne sursauta.

– C'est encore toi !

Effrayée, la fée retourna prestement sur ses pas. L'adolescente avala le dernier morceau du sandwich et la pourchassa à l'intérieur. Elle s'arrêta net dans le salon, où tous les meubles étaient recouverts de draps blancs. La petite étoile dorée voleta près de sa tête. Alexanne la chassa de la main. Sans le vouloir, elle la frappa et lui fit faire quelques culbutes sur le plancher de bois.

– Oh non… s'alarma Alexanne.

Elle se mit à genoux et approcha les yeux de la minuscule créature. Couchée sur le dos, la fée assommée ressemblait à une petite poupée. Elle avait deux bras, deux jambes et des ailes comme celles d'un colibri. Elle ressemblait à l'un des chérubins de porcelaine de Tatiana avec sa robe rose, composée de pétales de fleurs, et ses cheveux blonds bouclés.

– Mais c'est impossible… murmura Alexanne. Les fées n'existent pas…

La créature magique se redressa lentement et fit battre ses ailes comme pour s'assurer qu'elles n'avaient pas été endommagées. Elle regarda ensuite l'adolescente avec un air courroucé, prit son envol en vrombissant comme une abeille et fonça vers la porte. Alexanne se releva en se demandant si elle était en train de rêver.

– Je vois seulement ces choses parce que je suis morte de peur.

Malgré tout, elle ne pouvait pas partir sans avoir visité la maison. Elle se risqua donc dans le couloir, prête à prendre ses jambes à son cou à la moindre apparition. Elle mit d'abord le nez dans l'embrasure d'une chambre d'enfant décorée d'un lit de bébé et de meubles roses. Sur le mur, au-dessus de la commode, était suspendu un grand miroir en forme de tulipe.

– Mais pourquoi mes parents ont-ils abandonné tous ces biens ?

Elle s'approcha de la commode où reposait un hochet poussiéreux. Elle le souleva en se demandant si elle était vraiment née dans cette région. Elle releva la tête et aperçut son reflet dans le miroir. Les meubles, la tapisserie, les rideaux, le miroir, tout lui était familier, mais ces souvenirs étaient enfouis au fond de sa conscience et elle ne savait pas comment les en extraire.

Elle remit le jouet sur la commode et sursauta en jetant un second coup d'œil dans le miroir. Ce n'était plus elle qui s'y reflétait, mais un bébé d'un an vêtu d'une robe rose. Un duvet blond recouvrait sa tête et ses grands yeux verts étaient immobiles comme ceux des animaux empaillés. Saisie de peur, Alexanne prit la fuite. Elle atteignit l'entrée, mais s'arrêta net dans l'embrasure de la porte. À l'extérieur, un gros loup fouillait dans ses affaires. Que choisir : le fantôme, la fée ou le loup ? Elle rassembla son courage et mit le pied dehors. L'animal sauvage releva la tête et posa sur elle ses yeux méfiants.

– C'est mon sac à dos ! cria bravement Alexanne.

Le loup happa le deuxième sandwich et décampa en direction de la forêt. Ce n'était donc pas le Petit Chaperon rouge que le loup avait mangé, mais bien ses galettes. Elle passa la bandoulière du sac sur son épaule, ramassa sa bouteille d'eau et se tourna une dernière fois vers la maison. Elle en avait assez vu. « Pas étonnant que mon père n'ait plus voulu rester là », pensa-t-elle.

Obsédée par tous ces événements insolites, Alexanne revint sur ses pas et suivit le sentier sans réfléchir. Quelques minutes plus tard, elle aboutit devant un embranchement et s'arrêta, perplexe, car elle ne se souvenait pas d'avoir croisé un autre chemin à l'aller. Indécise, elle se voyait déjà sur la une des journaux : « Adolescente morte de faim et de soif dans la montagne, à un kilomètre à peine de chez sa tante ». Une bête sauvage se mit alors à gronder derrière elle. Alexanne se retourna très lentement et aperçut des yeux de prédateur dans la futaie.

L'adolescente poussa un cri de terreur et s'élança sur la piste de gauche, le loup à ses trousses. Elle courut comme une gazelle effrayée jusqu'à ce qu'elle atteigne la cour de sa tante, à bout de souffle. Le carnivore avait cessé de la poursuivre depuis longtemps, mais elle ne s'en était pas rendu compte. Elle sauta sur la pelouse, atteignit la maison et s'y engouffra en claquant la porte derrière elle. Tatiana interrompit son travail et se retourna en cachant de son mieux son amusement.

– Votre loup est à mes trousses ! hurla Alexanne, terrorisée. La fée me suit partout et il y a un fantôme dans la maison de mes parents ! Vous n'auriez pas dû me laisser y aller seule ! Vous auriez dû m'empêcher de partir !

Alexanne jeta son sac à dos sur le plancher et se dirigea vers le vestibule en courant. Elle grimpa l'escalier quatre à quatre et s'enferma dans sa chambre, où elle se mit à tourner en rond.

– Je vais mourir si je reste ici ! se plaignit-elle. Je vais appeler les services sociaux et tout leur raconter !

Mais comment réagiraient-ils lorsqu'elle leur parlerait de la maison hantée ?

– Ils vont penser que je suis folle moi aussi…

Elle quitta sa chambre, dévala l'escalier et entra dans la cuisine avec la fureur d'un ouragan. Sa tante n'y était plus, mais le dîner mijotait sur la cuisinière. Alexanne inspira profondément pour se calmer et s'approcha de la fenêtre. À l'orée du bois, sa tante grattait les oreilles d'un loup. Alexanne poussa la porte moustiquaire et marcha vers elle, le visage rouge vif. Le loup s'accroupit aussitôt sur ses pattes en grondant.

– Tout doux, Orion, le rassura Tatiana.

– C'est vous qui lui avez demandé de me pourchasser ?

– Tu n'as aucune raison de te fâcher. Je lui ai seulement demandé de garder un œil sur toi, mais je crains qu'il n'ait un faible pour le beurre d'arachide.

– Il m'a fait peur !

Tatiana laissa partir Orion et se tourna vers sa nièce qui tremblait comme un volcan sur le point d'entrer en éruption.

– Je ne trouve pas ça drôle ! hurla Alexanne.

– Ce n'était pas supposé l'être non plus, mais je crois que le moment est mal choisi pour en discuter.

– Je veux savoir pourquoi j'ai vu une fée et le fantôme d'un bébé !

– C'est parce que le sang des Ivanova coule dans tes veines, évidemment.

Comme si cette déclaration suffisait à expliquer tout ce dont l'adolescente avait été témoin, Tatiana passa près d'elle et se dirigea vers la maison.

– Les Ivanova sont des fées. Viens manger.

Tatiana entra dans la cuisine. Furieuse, Alexanne tourna en rond pendant quelques minutes, puis se décida à la suivre. Elle se laissa tomber sur sa chaise et mangea sans adresser un seul mot à sa tante. Tatiana respecta son silence et la laissa grimper à sa chambre tout de suite après le dîner.

L'adolescente demeura assise un long moment sur son lit à réfléchir, puis décida que c'était son devoir de ramener les pieds de sa tante sur la terre ferme. « Les fées et les fantômes n'existent pas. On n'y croit que lorsqu'on vit seul au fond des bois. » Elle ne retournerait à Montréal que lorsque tout cela serait très clair dans la tête de Tatiana Kalinovsky.

Chapitre 9
Monsieur Richard

Pour bien se faire comprendre, Alexanne attendit que se produise une nouvelle apparition afin de raisonner sa tante et la ramener à la réalité, mais rien de surnaturel ne se produisit. L'absence de bruit, de stress et de pollution finit par la calmer. Tatiana était une personne douce et silencieuse qui n'exigeait jamais rien et qui ne restait jamais en place très longtemps. Qui aurait pensé qu'il y avait autant de travail dans une maison isolée à la campagne ?

Un matin, vêtue d'une salopette en denim et d'un chandail à manches courtes, Alexanne se mit à jouer dans l'eau de la fontaine, du bout des doigts, sans savoir que la petite fée blonde, assise sur le bord de son chapeau de paille, observait ses gestes, dont elle ne comprenait pas l'utilité.

– Tu fais des pauses, remarqua la tante en s'approchant de sa nièce. C'est très bien.

Alexanne se tourna vivement vers elle, faisant basculer la petite créature ailée qui se retrouva dans le rebord de son panama.

– Pourrions-nous parler ?

– Mais bien sûr, accepta Tatiana en s'asseyant sur un banc.

– J'ai beaucoup réfléchi à tout ce qui m'est arrivé depuis que je vis ici. Je veux bien croire à la réincarnation, mais les anges, les fées et les fantômes, c'est trop pour moi.

La petite fée se releva sur le bord du chapeau et mit ses poings sur ses hanches.

– Même si tu m'as affirmé en avoir vu toi-même ?

– Ici, au milieu de la campagne et de l'air frais, il est facile de se laisser emporter par son imagination et on a beaucoup de temps à perdre.

– Du temps à perdre, hein ? répéta Tatiana, amusée.

– Je ne parle pas de vous, mais de moi. Je ne suis pas habituée à avoir autant d'espace et à être seule aussi souvent. Et puis, votre maison est plutôt spéciale.

– Je l'avoue.

– Il est facile d'être victime d'illusions dans un endroit bourré d'anges et de cristaux.

– Tu n'étais pourtant pas chez moi lorsque tu as vu le bébé.

– Croyez-moi, l'autre maison est encore plus troublante que la vôtre.

– Alors, si je comprends bien, tu crois que c'est ton imagination qui te joue des tours ?

– Oui, c'est exactement ce que je crois.

Avant que l'adolescente puisse lui expliquer qu'elle avait besoin de se retremper dans la réalité, elle entendit le moteur d'une camionnette qui arrivait devant la maison.

– C'est monsieur Richard qui vient installer ton téléviseur, expliqua Tatiana.

– Est-ce une vraie personne ?

Incapable de se retenir plus longtemps, Tatiana éclata de rire. Alexanne décida donc d'aller s'en rendre compte par elle-même. Elle s'élança sur le côté de la maison. Malmenée sur le chapeau, la petite fée s'envola et se posa plutôt sur l'épaule de Tatiana en babillant comme un oiseau.

– Eh oui, les adolescentes humaines sont toutes comme elle.

Alexanne arriva devant le manoir au moment où Paul Richard, un homme dans la quarantaine, ouvrait le coffre arrière de sa camionnette. L'adolescente ralentit le pas afin de l'examiner plus attentivement. Il n'était pas très grand et ses cheveux bruns grisonnaient sur ses tempes. Ses manches retroussées laissaient paraître des bras musclés.

– Êtes-vous monsieur Richard ?

Il se retourna vers elle et lui sourit de la même façon que son père le faisait lorsqu'il rentrait à l'appartement...

– Le seul et unique ! Tu dois être la nouvelle fée de la maison ?

– Non. Je suis Alexanne, la nièce de madame Kalinovsky.

– Content de faire ta connaissance, Alexanne. Où dois-je transporter ce téléviseur ?

Tatiana les rejoignit de son pas tranquille et habituel. Paul Richard dirigea vers elle un regard affectueux qui fit penser à Alexanne qu'il était peut-être plus qu'un ami...

– Tu peux l'installer où tu veux, déclara Tatiana à sa nièce, sauf dans la salle de bains, évidemment.

– On pourrait le placer dans le salon, proposa l'adolescente. Comme ça, vous pourriez en profiter, vous aussi.

– C'est une bonne idée. Va choisir l'emplacement qui te convient.

Alexanne s'élança vers le porche, heureuse de prendre cette décision. Elle fit le tour du salon en cherchant l'endroit idéal parmi toutes les vieilleries et s'arrêta devant la fenêtre. Dehors, monsieur Richard et sa tante s'enlaçaient comme de vieux amis.

Tatiana se libéra de l'étreinte de Paul et lui caressa la joue en souriant.

– Je suis bien contente de te voir aussi bien portant.

– C'est grâce à toi. Je continue de prendre ta potion magique et de parler à mes anges comme tu me l'as demandé.

Tu aurais dû voir la tête du médecin quand je suis retourné passer les tests à l'hôpital.

– Un jour, il leur faudra bien recommencer à croire aux miracles.

– En attendant, ils pensent que leurs machines fonctionnent mal et ils m'examinent tous les mois, surpris que je sois encore en vie.

L'électronicien retira un chariot de la camionnette et y déposa la grosse boîte. Tatiana retourna s'occuper de ses fleurs et Paul entra seul dans la maison. Alexanne l'attendait au salon. Il retira l'appareil de son emballage et le déposa sur le buffet. Lorsqu'il le mit sous tension, il comprit que sa petite antenne ne capterait rien dans ces montagnes.

– Monsieur Richard, connaissez-vous ma tante depuis longtemps ? demanda Alexanne.

– Depuis quelques années déjà.

– Sortez-vous ensemble ?

Paul éclata de rire.

– Je vous le demande sérieusement, précisa-t-elle.

– C'est elle qui t'a dit ça ? s'enquit Paul en essuyant des larmes de plaisir.

– Non. Je vous ai vus dans les bras l'un de l'autre tout à l'heure et ça m'a effleuré l'esprit.

– Ta tante est un ange, petite, et les anges ne fréquentent pas les humains… enfin, pas de cette façon-là.

– Pourquoi dites-vous qu'elle est un ange ?

– Parce qu'elle m'a sauvé la vie, il y a quatre ans, même si mes médecins m'avaient annoncé que j'avais un cancer généralisé. À cette époque, je ne voyais pas plus loin que le bout de mon nez. À vrai dire, ma vision se limitait plutôt à mon propre nombril. Quand j'ai su que j'allais mourir, je n'ai pensé à personne d'autre que moi-même. J'ai pris ma carabine et je me suis enfoncé dans la forêt pour aller me tuer.

Je n'ai même pas songé à ma femme et à mes enfants, parce que les compagnies d'assurances prennent du temps à verser l'argent ou ne paient simplement pas lorsque le décès est un suicide.

– Et ma tante vous a empêché de vous ôter la vie ? s'émerveilla l'adolescente.

– Ce jour-là, je me suis rendu jusqu'à la rivière, de l'autre côté de la montagne. J'ai choisi un endroit près de l'eau et j'ai appuyé le canon de la carabine sur ma gorge. Alors là, il s'est produit un miracle.

Paul s'arrêta en apercevant l'étonnement sur le visage d'Alexanne.

– Tu ne connais pas très bien ta tante, n'est-ce pas ?

– Je suis arrivée il y a quelques jours à peine. Je vous en prie, dites-moi ce qui s'est passé sur le bord de la rivière.

– Il serait sans doute préférable qu'elle t'en parle elle-même. Après tout, il s'agit de ses pouvoirs.

Paul se dirigea vers la sortie du salon afin d'aller installer une antenne parabolique sur le toit.

– Quels pouvoirs ? voulut savoir Alexanne.

Elle le poursuivit dehors et le trouva derrière la camionnette en train de fouiller dans des boîtes.

– Je vous en conjure, parlez-moi de ce qui s'est passé sur le bord de la rivière. C'est très important pour moi.

– Ça pourrait être long, et je suis surtout venu ici pour installer un téléviseur.

– Ma tante insiste pour que nous fassions des pauses lorsque nous travaillons. Venez vous asseoir.

Elle lui saisit la manche et le tira jusqu'à la galerie de bois qui faisait le tour de la maison. Elle le fit asseoir dans la chaise à bascule et grimpa sur la balustrade.

– Que s'est-il passé après que vous avez placé la carabine sur votre gorge ?

– La forêt est devenue silencieuse et un épais brouillard s'est levé autour de moi. J'ai aperçu un loup de l'autre côté de la rivière et j'ai baissé mon arme.

– C'était probablement Orion. Et ensuite ?

– J'ai entendu des battements d'ailes, comme si un million d'oiseaux tentaient de se poser autour de moi. J'ai levé les yeux vers le ciel, mais il n'y avait absolument rien. Une voix très douce a prononcé mon nom. J'ai eu beau regarder partout, je ne voyais personne. Puis, ta tante est sortie du brouillard, comme une apparition de la Sainte Vierge.

– Comment savait-elle que vous étiez là ?

– Elle sait tout ce qui se passe dans cette région. Elle m'a dit que les anges voulaient que je reste en vie, alors je l'ai suivie jusqu'ici, sans vraiment savoir pourquoi.

– Donc, vous ne la connaissiez pas avant ce jour-là ?

– Pas du tout, mais certains de mes clients m'avaient parlé d'une guérisseuse qui vivait toute seule au milieu des bois.

– À table tous les deux ! les appela alors Tatiana.

Alexanne fit promettre à monsieur Richard de terminer son récit après le déjeuner et le suivit jusqu'à la cuisine. Ils mangèrent du potage et de la salade verte. Alexanne observa les deux adultes en silence et comprit que leur lien était vraiment très étroit. Tatiana s'informa des affaires de son ami. Ils bavardèrent un long moment comme de vieux copains. L'adolescente lava ensuite la vaisselle avec sa tante, pendant que leur invité installait l'antenne parabolique sur le toit.

– J'aime bien monsieur Richard, déclara Alexanne.

– Il a bon cœur.

– Et il semble bien vous aimer aussi.

– Il n'est pas difficile de se lier d'amitié avec des gens que l'on a connus dans d'autres vies, précisa Tatiana.

Comme tu le constateras sans doute toi-même un jour, les âmes qui ont déjà vécu ensemble aiment se retrouver.

– Mais comment savez-vous que vous avez déjà connu monsieur Richard ?

– Lorsque nous rencontrons des gens pour la première fois et que nous sommes prêts à leur faire des confidences tellement ils nous inspirent confiance, c'est parce que nous avons eu une bonne relation avec eux dans une autre vie. De la même façon, il arrive aussi que des gens nous inspirent de la méfiance.

– Parce qu'on n'a pas eu une bonne relation avec eux auparavant…

– C'est exact. Il est plutôt difficile de faire confiance à quelqu'un qui nous a déjà tué ou sérieusement blessé.

– Oui, j'imagine… Savez-vous dans quelle vie vous avez rencontré monsieur Richard ?

– Nous avons été frère et sœur en France au siècle dernier.

– Mais comment avez-vous su que c'était précisément dans ce pays ?

– Les anges me l'ont affirmé. Ils sont une source intarissable de renseignements.

Voyant que sa tante allait replonger dans son monde imaginaire, Alexanne décida de la ramener au sujet principal de leur conversation.

– Monsieur Richard a-t-il beaucoup d'enfants ? s'informa-t-elle.

– Il a un garçon de ton âge et deux petites filles. Ils sont venus souper avec moi à Noël.

– Donc, je ne pourrai pas rencontrer son fils avant Noël prochain ?

– Pas nécessairement.

La promesse de rencontrer un garçon dans ce coin perdu de la planète égaya Alexanne. Une fois la dernière assiette rangée dans l'armoire, elle sortit de la maison et trouva monsieur Richard juché sur une échelle, sur le bord du toit. Il était en train d'installer le disque de l'antenne parabolique.

– Monsieur Richard, est-ce que je peux monter, moi aussi ?

– Non, jeune fille. C'est trop dangereux.

Il termina son travail et redescendit.

– Racontez-moi le reste de l'histoire, insista Alexanne.

– En n'utilisant que ses facultés de guérisseuse, ta tante a immédiatement découvert le cancer que les médecins n'ont dépisté qu'après une multitude de tests. Elle m'a demandé de fermer les yeux et de ralentir ma respiration. Je ne sais pas pourquoi je lui ai obéi. Je l'ai entendue déplacer des bouteilles de verre et des ustensiles sur un comptoir, mais je n'ai pas regardé ce qu'elle faisait. Quand elle m'a demandé d'ouvrir les yeux, elle me tendait une tasse d'un liquide verdâtre. Je l'ai bu, comme elle me le demandait, et elle m'a remis une cruche contenant la même potion pour que je continue d'en boire une tasse par jour.

– Et ç'a été suffisant pour vous guérir ?

– Pas tout à fait. Il a aussi fallu que je fasse une promesse à mes anges. Malgré toute leur bonne volonté, les hommes ont aussi besoin d'aide divine pour guérir. Les anges ne demandent pas mieux que de leur donner un coup de main.

– Que leur avez-vous promis ?

– J'ai cessé de douter de leur existence et j'ai accepté leur soutien. On ne peut pas leur dire quoi faire. On les appelle au secours et on les laisse imaginer la manière dont ils nous sortiront du mauvais pas. C'est la même chose avec Dieu, en fait.

– Qu'ont-ils imaginé pour vous ?

– Ils me visitent la nuit, lorsque toute ma famille dort, et ils m'enveloppent de lumière blanche pendant quelques minutes.

– Sérieux ? s'étonna-t-elle.

– Je ne t'en parlerais pas si ce n'était pas vrai.

– Et vous êtes absolument sûr que ce sont les anges qui causent ce phénomène ?

– Tu poses pas mal de questions, pour une fée qui devrait déjà être au courant de tout ça.

Paul retira un gros rouleau de fil électrique et une perceuse de sa camionnette, puis il se dirigea vers la porte du manoir pour poursuivre son installation à l'intérieur.

– Je ne suis pas une fée ! se défendit Alexanne.

Monsieur Richard entra dans la maison. Elle s'empressa de le suivre pour mettre les choses bien au clair avec lui.

– Je suis la nièce de Tatiana Kalinovsky, mais je ne suis pas comme elle.

– Si tu le dis.

Il poursuivit son travail en sifflant un air populaire. Puisqu'il ne voulut plus parler de sa relation avec sa tante, l'adolescente lui demanda alors de lui parler de sa famille.

– Viviane et Magali ont huit et six ans. Matthieu a seize ans. Il est presque aussi grand que moi.

– Est-ce qu'il travaille pendant les vacances d'été ?

– Il me donne un coup de main à la boutique. Quand je dois procéder à d'importantes installations, il m'accompagne. Sinon, il s'occupe des clients en mon absence.

– Lui arrive-t-il de sortir ?

– Es-tu intéressée de le rencontrer, par hasard ?

– Ça se pourrait.

– Dans ce cas, je vais lui parler de toi.

Paul termina le raccordement, puis alluma le téléviseur qui capta tout de suite des images en couleurs. Il pressa les boutons de la télécommande et zappa. Satisfait, il remit le petit appareil à l'adolescente.

– Amuse-toi bien.

– Vous partez déjà ?

– J'ai d'autres clients à visiter, jeune fille. À bientôt, j'espère.

Paul Richard quitta la maison en sifflant la même ritournelle. Alexanne l'observa depuis la fenêtre. Tatiana lui remit une grosse bouteille de liquide vert. Même cinq ans plus tard, elle s'occupait toujours de sa santé. Alexanne alla s'asseoir devant le téléviseur pour les laisser en paix.

Chapitre 10
Les anges

Vers la fin de l'après-midi, Tatiana trouva sa jeune nièce dans le jardin, assise au pied d'un gros arbre. Le regard absent, elle triturait un brin d'herbe, les genoux repliés contre sa poitrine.

– Le dîner est prêt, mais je peux le garder au chaud, si tu veux, annonça la guérisseuse.

– Ma méditation ne me mène nulle part, alors autant manger.

Alexanne continua de réfléchir devant son assiette.

– C'est au jeune Matthieu que tu penses ?

– Un peu, mais aussi à ma conversation avec monsieur Richard. Il m'a dit que vous lui aviez sauvé la vie et cela me trouble beaucoup que vous ayez réussi à le guérir, alors que ses médecins l'avaient condamné.

– La médecine traditionnelle traite le corps comme s'il s'agissait d'une machine. On change les morceaux usés et on répare ceux qui ne sont pas trop endommagés. Elle refuse de comprendre que le corps ne peut pas fonctionner si l'âme est également malade.

– Comment le liquide vert que vous donnez à monsieur Richard peut-il soigner son âme ?

– Il contient des ingrédients destinés à régénérer ses cellules, mais c'est surtout parce qu'il croit à sa guérison que Paul a vaincu son cancer. La potion que je lui prépare améliore sa santé, mais en réalité, c'est son âme qui fait la plus grande partie du travail. On ne peut sauver une personne qui ne veut pas guérir.

– Et que viennent faire les anges là-dedans ?

– Ils ont accepté de le secourir.

– Est-ce l'imagination de monsieur Richard qui lui fait voir de la lumière autour de lui, la nuit ?

– C'est plus compliqué que ça, ma belle enfant, mais tu n'es pas supposée apprendre autant de choses en si peu de temps. Je pense que, pour le moment, tu devrais te contenter d'assimiler mentalement ce que Paul t'a raconté. Quand tu seras prête à admettre l'existence du monde spirituel, alors là, je pourrai t'en dire davantage.

– Mais pour ça, il faudra que je commence par y croire, n'est-ce pas ?

Tatiana hocha doucement la tête et lui parla plutôt de fleurs pendant le reste du repas. Elle la laissa ensuite s'installer dans sa chambre, afin qu'elle puisse appeler son amie à Montréal.

– Marlène, crois-tu aux anges ? demanda Alexanne à brûle-pourpoint.

– Oui, bien sûr. Ma mère dit que Dieu nous assigne un ange gardien à notre naissance. Je pense même que le mien m'a déjà sauvé la vie deux fois.

– Tu ne m'as jamais raconté ça.

– Je ne pensais pas que ça t'intéresserait.

– Maintenant, je veux entendre cette histoire.

– Quand j'étais petite, j'ai couru vers la rue, mais une main invisible s'est posée sur mon épaule et m'a arrêtée. Si elle ne l'avait pas fait, j'aurais été frappée par les voitures qui arrivaient à grande vitesse.

– La même chose t'est arrivée deux fois ?

– Non. La fois suivante, c'était dans une piscine. J'ai eu une crampe au milieu du corps et je me suis mise à couler.

J'ai senti des mains me saisir par le bras et me remonter à la surface, mais il n'y avait personne !

– Ce sont peut-être des coïncidences.

– Peut-être, mais je suis plutôt convaincue que c'était mon ange gardien qui veillait sur moi. À moins que ce soit le fantôme de mon grand-père qui est mort quand j'avais trois ans.

– Ne viens pas me dire que tu crois aux fantômes en plus ! ajouta Alexanne.

– On ne sait pas ce qui arrive à ceux qui meurent !

– Ils se réincarnent, Marlène, alors ils ne peuvent pas être des revenants !

– Tu crois à la réincarnation, mais pas aux anges, c'est bien ça ?

– J'ai de la difficulté à croire à quelque chose que je n'ai pas vu.

– Et tu as vu des gens réincarnés, je suppose ?

– J'ai rencontré un ami de ma tante qui a été son frère dans une autre vie.

– Et quelle preuve as-tu qu'ils se sont vraiment connus à ce moment-là ?

– Les anges le lui ont dit...

Elle venait pourtant de dire à Marlène qu'elle ne croyait pas à ces messagers célestes.

– Parle-moi plutôt de Louis-Daniel, exigea-t-elle.

– Je me suis sacrifiée pour toi.

– Sacrifiée ?

– Je sors avec lui en attendant ton retour à Montréal. De cette façon, les autres filles du quartier ne pourront pas te le ravir.

– Tu n'es qu'une profiteuse ! s'exclama Alexanne en riant.

Elles parlèrent de tout et de rien pendant une heure, puis l'adolescente raccrocha, contente d'avoir fait une petite trempette dans son ancienne vie de Montréal. Elle descendit ensuite au salon où sa tante essayait de comprendre le fonctionnement de la télécommande. Sur l'écran, des voitures poursuivaient une camionnette blanche sur une autoroute des États-Unis.

– Ton amie va bien ? s'informa Tatiana.

– Elle s'ennuie de moi, évidemment. Avez-vous trouvé une émission intéressante ?

– J'ai compté le nombre de chaînes que nous captons et je suis plutôt impressionnée. Mais je n'ai rien trouvé qui ait retenu mon attention. Tiens, c'est à ton tour.

Tatiana lui tendit le petit appareil, mais à sa grande surprise, Alexanne éteignit le téléviseur.

– Au lieu de regarder la télévision, pourriez-vous plutôt me donner la preuve que les anges existent ?

– Rien que ça ? fit Tatiana, amusée.

– La preuve de leur présence sur Terre pourrait changer ma vie.

La guérisseuse vit qu'elle était sérieuse.

– Pose la télécommande sur la table et tends-moi les mains.

Alexanne lui obéit aussitôt, curieuse de voir si monsieur Richard avait exagéré les facultés magiques de sa tante.

– Ferme les yeux, respire lentement et chasse toutes tes pensées. Suis le parcours de l'air de tes narines jusqu'à tes poumons. Essaie de visualiser la texture, la couleur, le bien-être que cet air apporte à ton corps.

– C'est doux, c'est chaud et c'est bleu, s'étonna Alexanne.

– Concentre-toi uniquement sur ta respiration pendant que je prie les anges pour toi.

L'adolescente fit tout ce que sa tante lui demandait en espérant voir apparaître une créature avec de larges ailes blanches.

– Que les êtres de lumière qui habitent les royaumes célestes entendent ma requête. Cette enfant a besoin de votre aide et de votre protection. Elle demande une preuve que vous avez toujours été et que vous serez toujours à ses côtés.

Tatiana garda les mains d'Alexanne dans les siennes encore quelques secondes, puis les libéra. L'adolescente ouvrit les yeux.

– C'est tout ? s'étonna-t-elle.

– Veux-tu que j'ajoute un peu de poudre magique ?

– Ne vous moquez pas de moi.

– Les anges sont des êtres simples qui aiment les prières simples, Alexanne. Et tu me connais suffisamment, maintenant, pour savoir que je ne moque jamais de qui que ce soit, bien qu'il m'arrive de taquiner un peu ceux que j'aime.

– Comment saurai-je que les anges m'ont répondu ?

– Ils se manifesteront à toi, d'une façon ou d'une autre.

Cette nuit-là, Alexanne eut beaucoup de mal à trouver le sommeil. Elle avait remonté sa couverture jusqu'à son menton et promenait son regard de gauche à droite, espérant voir son ange gardien. Au matin, lorsqu'elle rejoignit Tatiana à la cuisine, les yeux à demi ouverts, elle vit qu'il pleuvait. Tatiana posa un bol de céréales et un verre de jus d'orange sur la table. L'adolescente s'assit docilement devant son petit déjeuner.

– As-tu bien dormi ? lui demanda la guérisseuse en s'asseyant devant elle.

– Pas vraiment. J'ai attendu et rien ne s'est produit. Mais quelque chose m'a réveillée un peu avant cinq heures. Je n'ai pas osé quitter ma chambre.

– À quatre heures quarante-quatre ?

– Oui… avoua Alexanne, surprise.

– C'est le nombre préféré des anges. C'est ainsi qu'ils ont choisi de te dire qu'ils ont entendu ta prière.

– Je voulais voir un bel homme lumineux en robe longue, au pied de mon lit, avec ses ailes ouvertes !

– Il leur arrive de se manifester ainsi, mais pour les voir, tu vas devoir développer tes pouvoirs de fée.

– Vous êtes sûre que j'en ai ?

– Le sang des Ivanova coule dans tes veines, ma chérie. En Russie, avant la révolution, il y avait de grandes familles nobles. Tes ancêtres possédaient un grand château et ses femmes prenaient bien soin de tous leurs sujets. On ne sait pas exactement quand elles ont acquis leurs pouvoirs de guérison, mais les journaux intimes que nous ont légués nos ancêtres indiquent qu'elles recevaient déjà des patients au château, peu de temps après sa construction.

– Elles étaient médecins ? répéta Alexanne.

– Guérisseuses. Sans avoir jamais étudié la médecine, elles savaient comment interpréter l'énergie du corps et dépister les maladies. Ensuite, elles imposaient les mains sur la région atteinte pour en extirper le mal, ou elles préparaient des mélanges d'herbes et de produits naturels que les patients devaient absorber pour se rétablir.

– Dans mes cours d'histoire, on nous a appris que ces femmes étaient accusées de sorcellerie et qu'elles étaient brûlées ou pendues sur les places publiques.

– Heureusement, cette pratique ne s'est pas répandue jusqu'à notre château, sinon ni toi ni moi ne serions ici aujourd'hui.

– Alors, vos facultés étranges sont en fait des pouvoirs de guérison ?

– Pour la plupart, oui.

– Et cette maison, c'est un peu comme votre château à vous ?

– Si on veut.

– Avez-vous l'intention de m'apprendre à guérir les gens aussi ?

– Seulement si tu le désires. Ce n'est pas une science qui se transmet de force.

– Mais si vous le faites, serai-je forcée de rester dans les Laurentides toute ma vie pour poursuivre votre travail quand vous ne serez plus là ?

– Autrefois, les femmes de la famille se mariaient et obligeaient leurs époux à vivre dans le château des Ivanova, où elles transmettaient leur science à leurs filles, mais les choses ont bien changé. Nous avons été dispersées de par le monde et le château est en ruine. Alors, je pense bien que si tu développes tes dons, tu pourras t'en servir n'importe où. Moi, j'ai choisi de le faire ici.

– Avez-vous déjà tenté de soigner les gens ailleurs ?

– Mes dons se sont manifestés lorsque j'habitais chez tes grands-parents, Igor et Hannah, avec ton père et ton oncle Alexei, mais je ne m'en suis vraiment servi que lorsque je suis arrivée chez madame Carmichael.

– J'ai un oncle ? s'égaya Alexanne.

– Oui, le bébé de la famille. Il a presque trente ans maintenant, et il est le seul qui soit né au Canada. Je te le présenterai cet été, lorsqu'il me visitera.

– Mais pourquoi mon père ne m'a-t-il jamais parlé de lui ?

– Vlado voulait oublier qu'il était russe et que sa famille était légendaire... Je m'étonne encore qu'il n'ait pas changé son nom en s'établissant à Montréal.

– Y a-t-il autre chose que j'ignore au sujet de mes origines ?

– Tes arrière-grands-parents Ivanova ont eu six filles et un seul garçon. Il a bien fallu que ces filles épousent des étrangers, dont Igor Kalinovsky. La descendance porte donc le nom des pères, mais les filles ont quand même hérité du don de guérison.

– Ça veut dire que j'ai plein de parenté en Russie ?

– En banlieue de Moscou, mais la plupart de tes tantes sont éparpillées sur tous les continents.

– Mais madame Léger a dit que vous étiez ma seule parente en Amérique.

– Les services sociaux ont cherché des Kalinovsky et ils m'ont trouvée. Les autres portent des noms de famille différents.

– Mais ils n'ont pas trouvé Alexei, et il est pourtant un Kalinovsky.

– C'est parce qu'il n'existe plus légalement, puisqu'il a été obligé de déposer son propre acte de décès aux registres de l'état civil, lorsqu'il a adhéré à une secte cachée dans les montagnes.

– Mon oncle fait partie d'une secte ! s'exclama Alexanne. Pas étonnant que mon père ne m'ait jamais parlé de lui !

– Vladimir était persuadé que sa sœur était une sorcière et son frère, un démon. C'est pour cette raison qu'il s'est exilé à Montréal.

– S'agit-il d'une secte dangereuse ?

– Toutes les sectes le sont, mais heureusement, Alexei a réussi à s'en sortir. Il vit maintenant une vie tranquille et il prépare des produits naturels pour moi. Il veut apporter sa propre contribution au bien-être de l'humanité.

– Il vous aide à concocter des potions magiques comme celle de monsieur Richard ?

– Il m'en apporte les ingrédients, mais comme je te l'ai dit tout à l'heure, seules les femmes possèdent le don de les utiliser pour la guérison.

Le carillon de la porte retentit et fit sursauter Alexanne, concentrée sur les explications de sa tante.

– C'est ton visiteur, lui dit Tatiana. Va répondre pendant que je m'occupe de la vaisselle.

– Mais je n'attends personne…

La guérisseuse lui tourna le dos et se rendit à l'évier pour laver les bols de céréales. Intriguée, Alexanne se dirigea vers l'entrée en se demandant s'il s'agissait de son oncle.

Chapitre 11
Matthieu

Quelque peu nerveuse, Alexanne ouvrit la porte et trouva devant elle un jeune homme de son âge, avec une grosse boîte de carton sur les bras. Il avait les cheveux châtains jusqu'aux épaules et de grands yeux bleus et limpides. Tatiana lui avait dit que son oncle était dans la trentaine, alors ce n'était certainement pas lui. Voyant que la cliente de son père l'observait sans rien dire, Matthieu dut prendre les devants.

– Je suis Matthieu Richard. Mon père m'a demandé de livrer le magnétoscope que vous avez commandé.

– J'ignorais que ma tante en avait acheté un, avoua Alexanne.

– J'ai la facture ici.

– Dans ce cas, c'est par ici.

Elle le conduisit au salon, où il déposa la boîte et se tourna vers Alexanne qui continuait de l'examiner des pieds à la tête.

– Je vais l'installer pour vous, déclara-t-il.

– C'est une excellente idée, car je ne connais rien à tous ces fils.

– Ce n'est pas vraiment compliqué. Je pourrais vous montrer la technique de base.

– Seulement si tu cesses de me vouvoyer. Nous avons le même âge, je crois.

– Quand on travaille pour une entreprise, c'est une marque de respect envers les clients.

– Mais la cliente, c'est ma tante. Je m'appelle Alexanne et tu peux me tutoyer.

Matthieu expliqua donc à Alexanne comment brancher les fils. Puis, il lui énuméra les différentes fonctions de la télécommande. Mais l'adolescente préféra observer les traits du visage du garçon plutôt que les petits boutons jaunes qu'il enfonçait un à un sur la manette.

– En fait, le magnétoscope est en quelque sorte un ordinateur. On peut y entrer toutes les instructions à partir de la télécommande.

Matthieu se rendit alors compte qu'Alexanne examinait ses oreilles.

– C'est ce truc, fit-il en agitant la télécommande devant les yeux d'Alexanne.

– Je suis désolée, je ne t'écoutais plus…

Il allait recommencer ses explications, mais elle l'arrêta tout de suite.

– Matthieu, il me semble que je t'ai déjà vu quelque part.

– Au village, sans doute.

– Je n'y suis jamais allée. Peut-être à Montréal ?

– Je n'y ai jamais mis les pieds, mais mon père m'a promis qu'un jour, il m'emmènerait voir une partie des Canadiens.

– Nous ne nous sommes jamais rencontrés et pourtant, j'ai l'impression de te connaître depuis toujours. C'est bizarre, non ?

– Moi, je m'en souviendrais si je t'avais déjà vue quelque part.

Embarrassé par sa spontanéité, Matthieu se mit à rougir et baissa les yeux. Il déposa la télécommande à côté du magnétoscope, près du manuel d'instructions.

– Tout est écrit là-dedans, mais tu peux appeler à la boutique si tu as des questions.

Il ramassa la boîte vide et fit un pas vers la porte du salon. Alexanne se précipita pour lui barrer la route.

– Tu ne vas pas partir tout de suite ?

– Je demeure à plus d'une heure d'ici et mon père est seul à la boutique.

Ne sachant plus quoi faire pour le retenir, Alexanne dut se résigner à le laisser passer. Matthieu franchit la porte, fit quelques pas puis se retourna vers elle.

– En passant, mon père transmet ses amitiés à ta tante, bredouilla-t-il.

– Je lui passerai le message.

– À la prochaine.

« À la prochaine ? » s'égaya Alexanne. Il avait donc l'intention de revenir ! Elle se précipita vers la fenêtre du salon pour le regarder ranger la boîte vide dans sa camionnette, y grimper, se mettre derrière le volant et quitter la propriété.

– Comment le trouves-tu ? s'informa Tatiana, debout dans l'embrasure de la porte du salon.

– Très, très bien. C'est vous qui avez organisé cette petite rencontre ?

– Paul et moi avons pensé que vous pourriez devenir de bons amis.

– De bons amis, c'est certain ! Mais quand je le regarde dans les yeux, j'ai l'impression de le connaître depuis des siècles ! Pourrions-nous nous être connus dans d'autres vies ?

– C'est possible. Mais si tu veux en être certaine, demande-le à tes anges.

– Ils ne me répondent que par des chiffres sur un réveille-matin ! Je vous en prie, aidez-moi.

– Attends-moi ici.

Tatiana revint quelques minutes plus tard avec un grand cahier à couverture rigide et une délicate plume en argent. Elle déposa ces objets sur la table basse devant Alexanne, qui rêvait déjà au doux visage de Matthieu Richard.

– Est-ce un album de famille ? s'enquit Alexanne en admirant les anges qui étaient dessinés sur sa couverture.

– D'une certaine façon, mais il ne contient aucune photographie. C'est un instrument qui nous permet de communiquer avec les anges. Tu vois, ceux-ci sont vieux jeu. Ils aiment qu'on leur écrive. Ma tante Nadja, qui vit toujours en Russie, nous en a donné plusieurs, au cas où nous aurions des enfants. J'aimerais te faire cadeau de celui-ci.

Alexanne caressa la douce surface du journal, consciente de l'honneur qui lui était fait.

– Il a été fabriqué, il y a une cinquantaine d'années, par un homme que ma tante connaissait.

– Il y avait déjà des anges à cette époque ?

– Il y en avait même avant la création de la Terre, Alexanne. Mais j'ai bien peur que nous ne soyons plus capables de retrouver cet artisan lorsque nous serons à court de cahiers.

– Lorsque j'aurai des filles, vous voulez dire. On n'aura qu'à trouver un autre artiste qui nous en assemblera de plus modernes.

L'adolescente fit prudemment tourner la couverture de l'album et découvrit une feuille blanche sans aucune indication. Elle leva aussitôt des yeux inquisiteurs qu'elle fixa sur Tatiana.

– Comment s'y prend-on ?

– C'est ton cahier, c'est donc à toi de décider. Tu peux leur écrire ce que tu penses, ce que tu veux, ou t'en servir pour leur poser des questions.

– Je peux leur demander si j'ai connu Matthieu dans une autre vie, et ils me répondront ?

– Bien sûr. Mais tu ne dois pas te décourager s'ils ne le font pas sur-le-champ. Ce ne sont pas des êtres pressés comme les humains.

– Comme moi, vous voulez dire.

– Je te laisse formuler ta question en paix. N'oublie pas de signer ta demande ou ton message. Si tu as besoin de moi, je serai dans la cuisine.

– Merci, tante Tatiana.

Alexanne l'embrassa sur la joue pour lui exprimer sa gratitude. La guérisseuse quitta la pièce et l'adolescente retourna sa question dans tous les sens, avant de prendre la plume. « Allons-y pour la simplicité », décida-t-elle, finalement.

Ai-je connu Matthieu Richard dans une autre vie ?

Alexanne

Puis, ne sachant plus très bien quoi faire, elle referma l'album, le serra contre son cœur et alla retrouver sa tante qui se berçait dans la cuisine, un livre sur les genoux.

– Que doit-on faire ensuite ? s'enquit l'adolescente.

– Choisis le coin le plus inspirant de ta chambre à coucher et déposes-y ton cahier. Tu pourras t'y installer pour y écrire aussi souvent que tu en éprouveras le besoin.

– Dois-je mettre des lampions tout autour ?

– Si tu le veux, mais les anges n'en ont pas vraiment besoin.

Tatiana ajouta, pour la rassurer, que si les messagers ailés ne lui avaient pas répondu à la fin de la semaine, elle leur poserait elle-même la question.

Chapitre 12
Le cahier d'anges

Vibrante d'espoir, Alexanne se rendit à sa chambre, le cahier d'anges pressé contre sa poitrine. Elle le déposa sur son lit et lui prépara une place de choix sur sa commode. Elle examina l'endroit qu'elle trouva un peu fade, puis décida de prendre les deux chandeliers sur le bord de sa fenêtre, et de les placer de chaque côté de l'album. Puis, elle s'assit sur son lit en pensant que son père l'aurait vertement sermonnée s'il l'avait vue faire un geste aussi ridicule. Malgré sa sévérité excessive, son père lui manquait beaucoup.

Alexanne fouilla dans ses affaires et sortit une enveloppe dans laquelle elle conservait les rares photos de sa famille. Elle aurait bien aimé avoir des cadres pour y mettre ses préférées. Elle embrassa celle de sa mère et se mit à pleurer. Lorsqu'elle s'en sentirait le courage, elle demanderait aux anges si ses parents avaient joint les rangs des méritants, au ciel.

Elle s'éternisa dans un bain chaud, puis se mit au lit, appréciant de plus en plus la liberté dont elle jouissait dans cette maison. Puisqu'elle faisait ce qu'elle voulait, il lui était bien difficile de se rebeller et de donner une bonne raison aux services sociaux de la placer ailleurs...

Au milieu de la nuit, à 4 h 44 précisément, le cahier d'anges s'illumina de l'intérieur sur la commode, l'espace d'un instant, réveillant la minuscule fée qui dormait dans les attaches des rideaux, qui lui servaient de hamac. Alexanne s'agita dans son sommeil pour finalement s'asseoir brusquement en ouvrant les yeux. Le cahier s'était déjà éteint.

Bouleversée par son rêve, l'orpheline ne voulut pas attendre au matin pour le raconter à Tatiana. Elle enfila ses pantoufles et son peignoir et mit le nez dans la chambre de sa tante, mais elle n'y était pas. Inquiète, l'adolescente dévala l'escalier et trouva Tatiana au salon, assise devant la table basse où brûlaient deux minces chandelles blanches et un bâtonnet d'encens.

– Êtes-vous en train de méditer ? chuchota Alexanne.

– J'ai terminé. Tu peux approcher.

La jeune fille s'assit sur la moquette, de l'autre côté de la table basse, et s'y accouda, entre les chandelles.

– Je suis tellement contente que vous ne soyez pas couchée. J'ai fait un rêve étrange et je veux vous en parler.

– N'hésite jamais à me réveiller si tu as besoin de me parler, Alexanne. Je suis là pour t'écouter.

– Je sais et je vous en remercie, tante Tatiana.

– Allez, raconte-moi ton songe.

– J'ai vu des gens qui fuyaient la colère d'un volcan en éruption. Pire encore, je me trouvais au milieu d'eux ! Un jeune homme noir me tenait la main, mais il courait beaucoup plus vite que moi et j'avais du mal à le suivre. Je pouvais même sentir l'odeur du feu et la terre tremblait sous nos pieds. Je savais que nous allions tous mourir et j'étais terrifiée ! J'ai eu l'impression d'être réellement là !

– Est-ce la première fois que tu fais ce rêve ?

– Oui ! D'habitude, je rêve de l'école, de mes amis ou des vacances passées avec mes parents. Et nous ne sommes jamais allés où il y a des volcans actifs.

– Non, ce n'était pas vraiment le genre de ton père, affirma Tatiana.

– J'ai posé une question aux anges et j'ai rêvé d'une catastrophe… Ça n'a aucun sens !

– Ils ont pourtant répondu à ta question. Calme-toi et prends le temps de réfléchir.

Alexanne respira profondément et tenta de se remémorer les détails du songe. Elle revit les flammes illuminant la nuit, les flocons de cendre voltigeant dans le ciel, les hommes, les femmes et les enfants terrorisés qui fonçaient vers le port où les attendaient de petites embarcations de bois. Le jeune homme qui lui tenait fermement la main exigeait qu'elle coure plus vite. Il se tourna vers elle, et elle crut reconnaître son visage.

– C'est Matthieu ! s'exclama-t-elle. Il n'avait pas les mêmes traits et sa peau était noire, mais je suis certaine que c'est lui ! Qui était-il pour moi ? Où étions-nous ?

– As-tu posé toutes ces questions aux anges ?

– Non… Je leur ai seulement demandé si j'avais connu Matthieu dans une autre vie…

– La prochaine fois, étoffe davantage tes questions. Les anges ont pour mission de nous protéger et de nous répondre. Leur patron ne leur a pas donné la mission de prendre des initiatives.

– Seraient-ils fâchés si je reformulais ma question ?

– Rien ne peut les fâcher, Alexanne. Tu auras l'occasion de t'en rendre compte toi-même.

Rassurée, l'orpheline grimpa à sa chambre. En mettant le nez dans la porte, elle capta tout de suite une subtile odeur de jasmin. Elle s'empara de son cahier d'anges et écrivit une nouvelle question à la suite de la première.

Mes chers anges,

Je viens de faire un rêve qui se déroulait dans un autre pays, où un volcan était entré en éruption. Pouvez-vous me dire le nom de ce pays et quand cette tragédie a-t-elle eu lieu ?

Alexanne

Persuadée que sa question était suffisamment claire, Alexanne replaça l'album sur la commode et se glissa sous ses couvertures. Le lendemain, lorsque les rayons du soleil caressèrent son visage, l'adolescente s'étira en bâillant. C'était le moment de vérité. En retenant son souffle, elle s'approcha du cahier et l'ouvrit prudemment. À sa grande surprise, elle trouva les mots *Pelée, Marie et Jacques, jeunes épousés*, écrits en belles lettres d'or sous sa question. Les anges ne pouvaient certainement pas avoir écrit ces mots dans son cahier qui, de toute façon, avait passé la nuit fermé, sur la commode. Ce ne pouvait être que sa tante !

Alexanne s'habilla en vitesse et descendit à la cuisine, emportant son trésor avec elle. Elle trouva sa tante faisant ce qu'elle faisait tous les matins à la même heure : préparer les céréales du petit déjeuner. Même si les croyances de Tatiana différaient de celles de son frère, tout comme lui, sa vie était réglée comme une horloge.

– Tante Tatiana, avez-vous écrit ces mots dans mon cahier ?

L'adolescente l'ouvrit à la première page pour lui faire lire les mots en belles lettres dorées.

– Non, ce n'est pas moi. D'ailleurs, le cahier d'anges est un objet sacré. Maintenant que je te l'ai donné, je n'ai plus le droit d'y toucher.

– Mais les anges sont des créatures invisibles qui n'ont pas de mains. Comment auraient-ils pu écrire ces mots ?

– En général, ils se servent d'humains en état de transe et guident divinement leur main. Ils t'ont sans doute demandé de les écrire pendant ton sommeil.

– Mais ce n'est même pas mon écriture ! Et je n'ai jamais été en transe de toute ma vie !

Alexanne baissa les yeux sur son cahier en se demandant si elle devait se réjouir ou paniquer.

– Calme-toi, lui recommanda Tatiana en l'emmenant s'asseoir.

L'adolescente prit de profondes inspirations, comme sa tante le lui avait enseigné.

– Admettons que ce message ait été écrit par les anges, que veulent dire « Pelée, Marie et Jacques, jeunes épousés » ? demanda-t-elle, au bout d'un moment.

– Pelée, c'est probablement un endroit. Marie, ça devait être ton nom, et Jacques, ça devait être celui de Matthieu. Quant aux jeunes épousés, je pense que c'est clair, non ?

– J'ai été sa femme ? Oh mon Dieu… Je ne pourrai plus jamais le regarder en face…

– Au contraire. Parce que vous avez été proches dans cette autre vie, tu peux voir dans les yeux de Matthieu des choses qu'aucune autre personne n'y verra jamais.

Alexanne regarda sa tante fixement pendant un long moment en tentant d'assimiler ces notions. Tatiana avait probablement raison, mais tout cela était si nouveau pour elle.

– Quant à Pelée, il n'y a qu'une façon de savoir où c'est. Je ne possède pas d'atlas, mais il y a un dictionnaire dans le salon.

Torturée par sa curiosité, Alexanne s'engouffra dans le couloir, Tatiana sur les talons. Elle demeura derrière elle, tandis qu'elle fouillait dans le gros volume. L'orpheline trouva aussitôt le mot « Pelée ». Il s'agissait d'une montagne volcanique de la Martinique, ayant fait éruption en 1902, détruisant une partie de l'île et faisant un nombre considérable de victimes.

– Dont Marie et Jacques, raisonna Alexanne. Matthieu et moi… C'est incroyable !

– C'est un qualificatif qu'on finit toujours par employer lorsqu'on parle des anges.

– Quand vous leur posez des questions, vous répondent-ils aussi dans votre cahier ?

– Non. Moi, je m'adresse oralement à mes amis ailés depuis longtemps. Tu apprendras aussi à le faire en temps voulu.

La guérisseuse embrassa Alexanne sur le front avec une tendresse dont l'adolescente avait été privée depuis le décès de sa mère. Les deux fées s'observèrent un instant, puis Tatiana fit un clin d'œil à sa nièce et la laissa seule, afin qu'elle assimile définitivement cette nouvelle réalité.

Alexanne baissa les yeux et relut le court paragraphe, dans le dictionnaire, où il était question de Pelée, de plus en plus frappée d'étonnement.

Chapitre 13
Les prétendants des fées

Malgré tous les soins qu'elle devait prodiguer aux différents jardins du manoir, Alexanne trouva la journée suivante longue et ennuyeuse. Elle n'arrivait pas à chasser le visage souriant de Matthieu de ses pensées. Contrairement aux garçons qu'elle avait rencontrés à Montréal, ce dernier n'était ni indépendant ni suffisant. Peut-être parce qu'il était né dans un village plutôt que dans une grande ville ? Il appartenait à une réalité différente, à un autre temps, à une nouvelle dimension et elle avait envie de le revoir.

Un peu avant midi, Tatiana trouva sa nièce assise près des coléus dont elle était supposée s'occuper, le regard absent. Le petit râteau pendait au bout de ses doigts, mais le sol autour des fleurs n'avait pas encore été sarclé.

– Invite-le à dîner cette semaine, suggéra sa tante.

Alexanne sortit brusquement de sa rêverie et posa un regard indécis sur elle.

– Je vous laisserai même manger en tête à tête.

– Ça serait plutôt embarrassant, non ?

– Comment vas-tu apprendre à le connaître si tu ne lui parles jamais ?

Ayant définitivement besoin d'un ami de son âge dans cette région éloignée, Alexanne rassembla tout son courage et donna finalement un coup de fil à Matthieu, pour lui transmettre l'invitation.

* * *

Derrière le comptoir de la boutique de son père, au village, Matthieu raccrocha en souriant, content de l'intérêt que lui manifestait Alexanne. Il ne l'avait rencontrée qu'une fois, mais il n'avait cessé de penser à elle depuis. Il demanda donc la permission à son père d'aller dîner avec les Kalinovsky.

Matthieu était une perle rare. Il n'avait jamais éprouvé le besoin de se rebeller contre ses parents et il ne faisait jamais rien sans d'abord leur en parler. Son père accepta volontiers de lui prêter la camionnette familiale, car il avait confiance en lui, mais il lui recommanda tout de même de bien se conduire avec la petite Kalinovsky, car elle était la nièce d'une personne appréciée des habitants de la région.

* * *

Tout de suite après avoir raccroché, Alexanne avait dévalé l'escalier pour annoncer à Tatiana que Matthieu avait accepté son invitation.

– Pourquoi l'aurait-il refusée ? s'étonna sa tante. Tu es une belle jeune fille et tu n'as pas de petit copain. À moins que tu aies promis ton cœur à Louis-Daniel ?

– Louis-Daniel ! Ciel, non ! Je l'ai laissé à Marlène !

– Vous vous échangez les garçons maintenant ?

– Parfois…

– De mon temps, l'amour, c'était quelque chose de beau et de mystérieux. Lorsque nous avions un prétendant, nous en prenions le plus grand soin.

Intéressée d'en apprendre davantage sur la vie amoureuse de sa tante, Alexanne s'accouda au comptoir.

– En avez-vous eu beaucoup, d'amis de cœur ?

– J'en ai eu quelques-uns en Russie, avant notre départ pour le Canada.

– Quel âge aviez-vous ?

– J'avais ton âge.

– Et quand vous êtes arrivée ici, avez-vous brisé des cœurs ?

– Avant que je maîtrise suffisamment le français pour répondre aux avances des quelques jeunes gens qui vivaient sur les fermes avoisinantes, ils s'étaient intéressés à d'autres filles avec lesquelles ils pouvaient discuter. Il n'est pas facile d'apprendre une autre langue à quinze ans. Ton père, qui était tout petit, a éprouvé moins de difficultés.

– Et Alexei ?

– Tout ce qu'il a de russe, c'est son nom. Il est né ici et il ne parle que le français et un peu l'anglais, même si mon père lui parlait tout le temps en russe.

– Avez-vous toujours habité la région ?

– Nous sommes d'abord arrivés à Montréal, mais puisque mon père était agriculteur, nous nous sommes tout de suite installés dans les Laurentides. Il a commencé par travailler pour des fermiers des alentours, puis il a acheté sa propre terre, de l'autre côté de la montagne.

– Là où se trouve la maison abandonnée ?

– C'est exact. Si tu n'avais pas été aussi terrifiée l'autre jour, tu aurais pu explorer la propriété au-delà du bosquet et tu aurais découvert la vieille maison et les bâtiments de ferme de ton grand-père. Vladimir a bâti son propre nid sur la même terre, et il a travaillé avec Igor pendant quelques années. Puis, tu es née, nos parents sont morts, et ton père n'a plus voulu rester dans le coin.

– Mais à qui appartient cette terre maintenant ? À vous ?

– Non. C'était la propriété de ton père, ce qui veut dire qu'elle est à toi, maintenant.

– Et ce manoir ?

– La veuve que j'ai soignée pendant des années me l'a légué après sa mort.

– Votre père a-t-il accepté que vous vous installiez ici parce que cette maison n'était pas trop éloignée de la sienne ?

– Il n'était pas d'accord, au début. J'avais vingt ans et pas de mari, mais il a finalement compris que j'étais la seule à pouvoir m'occuper de cette vieille dame. Les pères russes ne laissent habituellement pas partir leurs filles célibataires.

– Pourquoi mes grands-parents sont-ils venus habiter au Canada ?

– Tu es en mode question, toi, ce matin, dis donc, fit Tatiana amusée.

– Mon père ne m'a jamais rien dit sur nos origines. Instruisez-moi, je vous en supplie.

– Ton grand-père Igor a quitté la Russie pour des raisons politiques et économiques. Il n'aimait pas la façon dont le gouvernement traitait les fermiers et il voulait que ses enfants grandissent dans un pays où ils ne seraient pas brimés.

– Ma grand-mère était-elle d'accord avec lui ?

– Pas du tout. Hannah, une Ivanova de naissance, a été forcée de le suivre, parce qu'elle était sa femme, mais elle n'a jamais accepté d'être séparée de sa famille. Elle est restée en contact avec ses sœurs et son frère en leur écrivant des tonnes de lettres. Ils rêvaient tous d'une Russie libre comme jadis, mais après la révolution, les familles comme la nôtre n'avaient plus d'avenir.

Alexanne retira de l'armoire le pot de beurre d'arachide et en étendit sur une tranche de pain frais.

– C'est pour Orion ? se moqua Tatiana.

– Très drôle.

– Tu es en parfaite sécurité tant que tu manges ton sandwich dans la maison. Si tu mets le pied dehors, je ne pourrai pas l'empêcher de te le prendre.

– Depuis quand les loups aiment-ils le beurre d'arachide ?

– Mais ils aiment toutes sortes d'aliments, Alexanne. On leur a fait une très mauvaise réputation dans les livres d'enfants.

L'adolescente déposa sa collation dans une assiette et alla s'asseoir à la petite table ronde, près de la fenêtre.

– Parlez-moi de vos prétendants russes.

– Mon vrai prince charmant s'appelait Valéri, se rappela Tatiana avec nostalgie.

– Mais c'est un nom de fille !

– Pas en Russie.

– Vous venez vraiment d'un drôle de pays ! Et ce Valéri vous a-t-il déjà embrassée ?

– Ciel, non ! s'exclama Tatiana en riant. Nous n'avions que onze ans tous les deux et, de mon temps, les enfants vieillissaient moins rapidement qu'aujourd'hui. Nos pères étaient de bons amis qui travaillaient ensemble et nos deux familles se fréquentaient régulièrement.

– Alors, il ne s'est jamais rien passé entre vous ?

– Nous avons souvent marché main dans la main quand nos parents ne nous surveillaient pas, et nous nous sommes promis de nous marier.

– Mais vous avez quitté la Russie quelques années plus tard. Êtes-vous au moins restée en contact avec lui ?

– Je lui ai écrit et, avant que tu me le demandes, je ne regrette pas mon célibat. Maintenant, assez de questions. J'ai du travail.

Tatiana prit le seau près de la porte et quitta la maison. « Pourquoi prend-elle la fuite chaque fois que je lui pose des questions personnelles ? » se demanda l'adolescente.

Chapitre 14
Coquelicot

En retournant à sa chambre, Alexanne remarqua pour la première fois, tout au fond du couloir, un petit escalier replié et monté au plafond. Elle réussit à le saisir et le fit descendre jusqu'au sol. Elle posa prudemment le pied sur la première marche, qui sembla pouvoir supporter son poids et grimpa jusqu'en haut, où il y avait une trappe. Elle poussa sur le panneau de bois et demeura immobile un instant, le temps que ses yeux s'habituent à l'obscurité.

Une fois dans le grenier, elle posa la main sur le mur. Ses doigts heurtèrent l'interrupteur, et elle sursauta lorsque les nombreuses ampoules du plafond s'allumèrent toutes en même temps. Autour d'elle reposaient des objets d'une autre époque : des meubles, des lampes, des bibelots, des coffres en bois, des poupées de porcelaine, de vieilles bicyclettes et un cheval à bascule. La quantité de vieilleries que recelaient les combles était impressionnante.

Alexanne marcha dans ce véritable musée en se demandant si elle avait le droit d'être là. Une petite étoile dorée lui frôla l'oreille et se posa sur un meuble.

– C'est encore mon imagination qui me joue des tours, soupira Alexanne.

La minuscule fée blonde se mit à taper du pied pour montrer son mécontentement. Alexanne s'assit sur une vieille chaise sans la quitter des yeux.

– Est-ce que tu as un nom ?

Contente que l'adolescente reconnaisse enfin son existence, la fée hocha la tête avec enthousiasme et émit quelques sons qui ressemblaient à un chant d'oiseau.

– C'est un nom, ça ?

La créature lui présenta son plus beau sourire. « Mais il n'y a que les oiseaux qui peuvent le répéter », pensa Alexanne, découragée.

– Est-ce que tu parles ma langue ?

La fée fit un signe de tête négatif.

– Si je comprends bien, les fées ne servent à rien, puisqu'on ne peut pas communiquer avec elles.

Vexé, le petit être prit son envol et alla se cacher parmi les nombreux objets, à l'autre bout du grenier.

– Et elles sont susceptibles ! ajouta Alexanne.

L'adolescente promena son regard dans la pièce et se demanda si ces trésors provenaient de Russie. Elle caressa la tête du cheval à bascule et le menton d'une poupée en porcelaine, puis ses yeux s'arrêtèrent sur un gros coffre dans un coin. Elle se mit à genoux sur le plancher poussiéreux et souleva son couvercle avec prudence. Il était rempli de vieux vêtements fanés, d'écrins anciens et d'albums de photos aux coins racornis.

Alexanne examina d'abord les lourds bijoux sertis de pierres précieuses en se demandant qui avait bien pu les porter. Avec un coin de son chandail, elle frotta la grosse pierre bleue au milieu d'une grosse broche pour la faire briller. Elle l'observa un long moment, comme si elle lui rappelait quelque chose, mais les souvenirs refusèrent de se préciser. Elle la remit dans son écrin et retira du coffre l'un des albums. Elle hésita un moment, se demandant si elle avait le droit de poser les yeux sur des images de la vie d'une autre personne. Elle examina d'abord la couverture. « Ce sont sans doute des photographies de la dame qui habitait ici », pensa-t-elle. « Mais si c'étaient celles des membres de ma famille ? »

Sa curiosité l'emportant, elle l'ouvrit et y découvrit des esquisses et de vieilles photographies en noir et blanc, jaunies par le temps, d'hommes, de femmes et d'enfants qu'elle ne connaissait pas. En tournant les pages, elle perdit la notion du temps. Lorsque Tatiana l'appela, Alexanne s'aperçut que c'était déjà l'heure du dîner. Elle s'empressa de descendre du grenier et de rejoindre sa tante à la cuisine. Alexanne s'assit devant elle et commença à manger en silence.

– Où as-tu passé la journée ? demanda la guérisseuse, même si elle le savait très bien.

– Dans le grenier...

– C'est donc pour ça que tu n'as pas vu le temps passer.

– Je suis vraiment désolée. Je vous avais promis de m'occuper des fleurs, mais...

– Tu le feras demain.

– Vous n'êtes pas fâchée ?

– Pourquoi le serais-je ? Ce n'est pas une colonie pénitentiaire ici, Alexanne. Tu n'es pas obligée de faire quoi que ce soit.

– Mais je vous avais fait une promesse.

– Tu la tiendras plus tard, c'est tout.

Chez elle, son père aurait sévi. Il était difficile de croire que cette femme était la sœur de celui-ci.

– Tu as apparemment vexé une petite fée aujourd'hui, ajouta Tatiana.

– Qui vous a dit ça ?

– C'est elle, évidemment.

– Mais elle ne parle même pas ! Elle gazouille comme un oiseau !

– C'est ce qu'entendent ceux qui ne sont pas habitués au langage des fées.

– Vous y comprenez vraiment quelque chose ?

– Bien sûr, j'ai appris à ralentir ma perception des sons il y a des années.

– Et comment fait-on ? l'interrogea Alexanne.

– Disons que cela se produit surtout dans le cerveau. C'est notre façon d'entendre qu'il faut changer. C'est comme lorsqu'un petit enfant commence à parler et qu'il ne maîtrise pas tout à fait sa langue. Nous, les adultes, sommes obligés de modifier notre ouïe pour comprendre ce qu'il nous dit.

– Mais les enfants emploient des mots !

– Les fées aussi, mais elles parlent très, très rapidement. Pourquoi lui as-tu dit qu'elle ne servait à rien ?

– C'était juste une remarque comme ça. Et puis, pourquoi me suit-elle partout ?

– C'est à cause de ton sang de fée.

– Mais je n'en suis pas une ! Les fées mesurent à peu près huit centimètres !

– Il y en a de toutes les tailles, Alexanne. Jadis, un de nos ancêtres russes en a épousé une.

– Il devait être vraiment désespéré.

– Laisse-moi finir.

L'adolescente haussa les épaules.

– Elle l'aimait tellement qu'elle s'est fait jeter un sort par une enchanteresse.

– Pour grandir un peu ?

– Pour avoir la même taille que nous. Leur sang magique s'est propagé jusqu'à ta génération et il continuera probablement d'affecter tes enfants et tes petits-enfants.

Alexanne fixa Tatiana avec incrédulité.

– Mais ce n'est qu'un conte ! explosa finalement l'orpheline.

– Tu verras bien que je te dis la vérité lorsque tes pouvoirs commenceront à se manifester. Mais en attendant, fais un effort pour ne pas briser le cœur de Coquelicot.

– C'est son nom ?

– C'est la meilleure traduction que je puisse trouver dans notre langue.

Alexanne soupira de découragement.

– Je sais que tout ceci est difficile à comprendre pour toi, en ce moment. C'est pour cette raison que nous devons commencer l'éducation des enfants magiques lorsqu'ils sont tout petits et encore capables d'accepter l'existence d'un monde parallèle. Cette faculté s'estompe rapidement à l'adolescence et elle disparaît complètement chez les adultes. Il n'y a rien que nous puissions y faire.

– Alors, il est possible que je n'arrive jamais à y croire ?

– Oh non. Toi, tu seras bien forcée d'accepter tes facultés, puisque le premier de tes pouvoirs, soit celui de la double vue, a déjà commencé à se manifester.

Alexanne déposa ses ustensiles et posa sur sa tante un regard déconcerté.

– Moi ?

– Tu vois le monde invisible sans effort. Les gens ordinaires ne voient ni les fées ni l'énergie du corps.

Prise de panique, l'adolescente fit reculer sa chaise.

– Excusez-moi, je n'ai plus faim…

L'adolescente quitta la table et se réfugia sur la galerie. Elle se mit en boule dans la berceuse et se mit à regretter amèrement sa vie normale à Montréal. Tatiana la rejoignit quelques minutes plus tard et s'assit dans une chaise en rotin.

– Je suis une anomalie, geignit Alexanne.

– C'est faux. Tu es comme tous les humains qui habitent cette planète, sauf que tu as la faculté de percevoir deux mondes. La véritable différence, c'est que ta vie sera plus fantastique que la leur.

– Si ces pouvoirs ne nous empêchent pas de vivre normalement, alors pourquoi habitez-vous seule au beau milieu de nulle part ?

– Parce que le destin en a voulu ainsi. Je n'ai pas grandi dans une grande ville comme toi. J'ai vécu à la campagne en Russie, puis à la campagne au Canada. J'ai pris soin d'une femme malade, sans savoir que je passerais la plus grande partie de ma vie avec elle. Mais cela m'a permis d'accroître mes pouvoirs de guérison. J'imagine que ma vie aurait été très différente si je m'étais mariée et que mon mari m'avait emmenée vivre à la ville.

– Que va-t-il m'arriver si je décide de retourner à Montréal ?

– Si tu le fais avant d'avoir appris à maîtriser tes pouvoirs, tu éprouveras certaines difficultés et très certainement de l'embarras dans tes relations avec les gens normaux, mais je respecterai ta volonté. Nous n'avons pas le droit d'empêcher les autres de vivre comme ils l'entendent. Le libre arbitre est le plus beau cadeau que Dieu nous a fait. Même les anges ne l'ont pas reçu.

– Quelles sortes de difficultés ? voulut savoir Alexanne.

– Les premières fois qu'on lit le corps d'une autre personne, c'est une expérience assez traumatisante. Si tu n'as pas appris à maîtriser ce pouvoir et qu'il demeure enclenché, les gens et les animaux t'apparaîtront perpétuellement entourés de lumière.

– Êtes-vous en train de me dire que ce pouvoir pourrait me rendre folle ?

– Non, mais ta vue sera affectée. Cela pourrait t'empêcher de conduire une voiture ou d'assister à des représentations publiques en présence d'un trop grand nombre de personnes. Sache que je ne te dis pas ça pour t'obliger à rester avec moi. Je veux juste te faire comprendre que tu ne seras normale que dans la mesure où tu auras appris à utiliser tes facultés surnaturelles.

– Si je ne vous avais jamais connue, se seraient-elles manifestées quand même ?

– Oui, car elles ne sont pas liées aux miennes. Tu n'y aurais rien compris, puisque ton père et ta mère ne t'ont jamais parlé de ton héritage magique.

Au bord des larmes, Alexanne insista pour que sa tante la laisse seule. À regret, Tatiana l'exauça, mais continua de la surveiller à distance. Lorsque l'adolescente entra finalement dans la maison, elle trouva sa tante devant le téléviseur, en train de regarder une émission sur les forêts tropicales. Alexanne s'assit près d'elle.

– À qui appartiennent les albums de photos qui se trouvent au grenier ? demanda Alexanne.

Tatiana éteignit le téléviseur.

– À ta grand-mère Hannah. Lorsqu'elle est décédée, je les ai rapportés ici. Il y a plein de choses à elle dans ce grenier.

– Donc, ce sont des portraits de la famille Kalinovsky ?

– Et de la famille Ivanova aussi. Quand le cœur t'en dira, nous les regarderons ensemble. Je te dirai qui sont ces gens. Pour l'instant, je pense que tu as surtout besoin de prendre un bon bain et de dormir.

Même si elle mourait d'envie de lui poser des questions au sujet de ses ancêtres, Alexanne comprit que Tatiana avait raison. Elle monta donc à l'étage en traînant les pieds.

Chapitre 15
Le pouvoir de double vue

Alexanne se leva avant le soleil. Elle s'habilla et descendit à la cuisine sur la pointe des pieds. Elle avala un verre de jus d'orange et sortit dans la cour. Assise dans la balançoire, à la lisière de la forêt, la tête rejetée vers l'arrière, elle tenta de repérer les petits oiseaux qui se lançaient des appels dans les hautes branches des arbres, tandis que les premiers rayons perçaient les nuages. C'est là que Tatiana la rejoignit une heure plus tard.

– Tu t'es levée tôt ce matin, dis donc, remarqua-t-elle en serrant son châle autour de ses épaules.

– Je n'avais plus sommeil. Puis-je vous aider à prendre soin des fleurs, aujourd'hui ?

– Oui, bien sûr. Tu pourrais commencer par puiser de l'eau et arroser les roses dans la cour. Je prendrai la relève quand tu seras fatiguée.

De meilleure humeur que la veille, Alexanne marcha vers le puits. Elle remplit l'arrosoir en métal et se retourna vers les rosiers rouges. Elle étouffa un cri de surprise en arrivant nez à nez avec un jeune homme noir qui lui tendait une fleur exotique.

– Qui êtes-vous ? réussit enfin à articuler l'adolescente.

Le sol se mit à trembler sous ses pieds et la nuit enveloppa toute la cour. Alexanne hurla de terreur et laissa tomber l'arrosoir sur le sol. Le jeune homme disparut et le soleil aveugla brutalement l'adolescente.

– Alexanne, que se passe-t-il ? s'inquiéta Tatiana en saisissant ses mains.

– Jacques était ici, et le soleil a disparu et la terre a tremblé…

Les mots restèrent pris dans sa gorge. Tatiana la serra contre sa poitrine et attendit qu'elle se calme.

– C'était un souvenir que tu as involontairement rappelé à ta mémoire, grâce à ton pouvoir de double vue.

– Mais je sais faire la différence entre un souvenir et un être vivant, tout de même.

– Tout a changé maintenant que tes facultés ont commencé à se manifester. Il va falloir que tu apprennes à faire la différence entre les événements qui sont enregistrés à tout jamais dans ton âme et ceux du présent. Ton pouvoir de double vue te permet non seulement de voir le monde invisible, mais il te donne aussi accès au passé avec une grande clarté.

– Oh mon Dieu… C'est donc ce qui s'est passé, le soir où mes parents sont morts. J'ai eu une vision. J'ai vu l'accident dans lequel ils ont péri, comme si j'avais été sur l'autoroute en même temps qu'eux.

– Ton pouvoir de double vue s'est donc enclenché avant que tu arrives chez moi, comprit Tatiana. Je suis bien contente que le destin t'ait conduite jusqu'ici. Je vais t'aider à traverser cette épreuve.

– Mais pourquoi est-ce Jacques qui m'est apparu ? Est-ce mon seul souvenir de mes autres vies ?

– Probablement pas, mais rappelle-toi que tu as invité sa plus récente incarnation à dîner ce soir.

Dès que la jeune fille eut repris son sang-froid, Tatiana la libéra en lui demandant si elle voulait aller dormir quelques heures.

– Non, décida Alexanne. Je ne dois pas céder à la faiblesse.

Tatiana jugea préférable de ne pas lui parler de son endoctrinement familial. Pour se montrer brave, Alexanne ramassa l'arrosoir et le remplit de nouveau, décidée à passer une journée normale jusqu'à son rendez-vous galant.

À la fin de l'après-midi, Alexanne alla prendre une douche et revêtit sa plus belle robe. Puis, elle descendit à la salle à manger où Tatiana plaçait, sur la nappe en velours bourgogne saupoudrée de petites étoiles dorées, des assiettes de porcelaine aux motifs d'une grande chasse à courre.

– Mais d'où viennent ces beaux couverts ? s'émerveilla Alexanne.

– De Russie, évidemment.

– Mais c'est juste un petit dîner ordinaire, tante Tatiana !

– Fais-moi plaisir. Je n'ai pas l'occasion de m'en servir très souvent.

– Nous allons utiliser la vaisselle du château des Ivanova ?

– C'est exact. Et je vais essayer de recréer l'atmosphère des grands repas chez tes ancêtres.

– Mais il s'agit d'un premier contact avec un garçon que je connais à peine ! Des hot dogs auraient très bien fait l'affaire.

– Des hot dogs ? répéta Tatiana. Ce n'est pas de la viande de chien, j'espère ?

– Mais non ! répliqua l'adolescente en riant. C'est juste un nom qu'on donne à de la saucisse enveloppée dans un morceau de pain.

L'adolescente aperçut de petits chevaux en argent de chaque côté des grandes assiettes reluisantes, qui servaient à soutenir les couteaux pendant le repas.

– Vous aimez beaucoup les animaux, n'est-ce pas ?

– Plus que les gens, parfois, avoua Tatiana. Lorsque l'homme a été mis sur la Terre par le Créateur, il a aussi été nommé gardien du bien-être et de la sécurité des espèces moins évoluées, dont les animaux.

– Donc, c'est mal de les tuer ?

– Seulement lorsqu'on le fait pour le sport ou par cruauté.

– Et pour les manger ?

– On devrait le faire uniquement lorsqu'on n'a absolument rien d'autre à se mettre sous la dent. Bon. Je vais faire cuire les légumes.

Tatiana voulait que tout soit parfait pour le premier rendez-vous de sa nièce avec son chevalier. Elle embrassa Alexanne sur la joue et retourna à la cuisine en fredonnant une chanson ancienne en russe.

À six heures, lorsque Matthieu sonna enfin à la porte, Alexanne dut se retenir de ne pas courir pour lui ouvrir. Elle replaça ses cheveux et, devant la glace de l'entrée, se composa un sourire angélique. À sa grande surprise, Matthieu lui tendit une fleur, tout comme le jeune Martiniquais de ses souvenirs l'avait fait le matin même. L'adolescente demeura figée, comme si une vilaine sorcière venait de lui jeter un sort de pétrification.

– Alexanne, est-ce que ça va ?

Elle secoua la tête en reprenant ses sens.

– Oui, ça va...

– Mon père m'a dit que c'était idiot de t'offrir une rose parce que vous en avez des millions ici, mais j'y tenais. Je ne sais pas pourquoi.

– Entre, je t'en prie.

Alexanne referma la porte derrière lui et le conduisit au salon, où ils s'installèrent en attendant que le repas soit prêt. La timidité du jeune homme la fit aussitôt sourire. Il allait certainement changer de comportement dès que son âme se souviendrait de ses vies antérieures.

– J'aurais peut-être dû apporter des vidéos au lieu d'une fleur, s'excusa Matthieu en s'asseyant sur le sofa.

– Un film nous aurait empêché de bavarder, alors tu as fait la bonne chose. Parle-moi de toi.

– De moi ? Eh bien, je suis le plus vieux de trois enfants. J'ai deux sœurs plus jeunes que moi et nous habitons un petit village. Je viens de terminer ma seconde, et quand je n'aide pas mon père au magasin, je joue de la guitare et j'écris des poèmes.

– Tu es musicien ?

Matthieu avoua que oui, mais qu'il n'appréciait pas la musique rock. Il était plutôt le type romantique qui écrivait des chansons d'amour, de jardins enchantés, de chevaliers et de châteaux lointains. Lorsqu'elle se désola qu'il n'ait pas apporté sa guitare, Alexanne le vit rougir.

– Je suis bien trop timide pour jouer devant les gens.

Tatiana apparut alors à l'entrée du salon, vêtue d'une magnifique robe de velours bleu sombre de l'époque du château, et les convia à table avant de s'éclipser.

– Je ne savais pas qu'il fallait mettre nos habits du dimanche, se désola Matthieu.

– Ma tante voulait juste créer une ambiance spéciale ce soir.

Alexanne le poussa vers la grande salle à manger, mais Matthieu s'arrêta dans la porte, sidéré par le spectacle inhabituel qui s'offrait à lui. Les rideaux ayant été tirés, la pièce baignait dans l'éclairage de trois gros chandeliers, et un délicieux parfum de rose flottait dans l'air. De la musique classique jouait en sourdine. Alexanne ressentit aussitôt le désarroi de son invité.

– Mais entre, voyons, le pressa-t-elle.

– Tu ne me croiras sûrement pas, mais j'ai souvent rêvé de cette pièce, s'étrangla-t-il. Parfois, je mange seul à la table. D'autres fois, il y a beaucoup de gens autour de moi et ils sont tous habillés comme ta tante. Je me souviens de m'être approché de la fenêtre et d'avoir écarté les rideaux. Dehors, il y avait de la neige à perte de vue. De grands cerfs couraient vers une rivière qui dessinait des arabesques dans la neige…

– J'ai bien peur que cette fenêtre-ci ne donne que sur la route et sur ta camionnette !

Alexanne lui prit la main et le tira jusqu'à la table pour le ramener à la réalité. Matthieu lui avança galamment la chaise du bout de la table.

– Pourquoi ici ? s'étonna Alexanne.

– C'est la chaise de la maîtresse de maison, évidemment. Je ne suis qu'un invité, alors je dois m'asseoir sur le côté.

Intriguée par le comportement de son ami, Alexanne obtempéra, laissant Matthieu s'asseoir à sa droite. Tatiana posa les plats chauds devant les jeunes gens, puis quitta la pièce. Le jeune homme se perdit une fois de plus dans ses pensées lorsqu'il posa les doigts sur la coutellerie en argent. La guérisseuse termina le service par une bouteille de vin rouge, à côté de laquelle elle déposa un vieux tire-bouchon en argent. Elle ignorait si son frère avait habitué sa fille à en boire, mais le but véritable de son geste était de ramener de vieux souvenirs à la mémoire du jeune homme. Tout comme elle s'y attendait, Matthieu fixa l'objet ancien en silence. Leur rappelant qu'elle était dans la cuisine, s'ils avaient besoin d'elle, Tatiana les laissa en tête à tête.

– Matthieu ? l'appela-t-elle.

Comme un automate, il déboucha le vin et se mit à le verser dans la coupe. Soudain, le pouvoir de double vue de la jeune fée s'enclencha. Le garçon qui versait le vin se transforma en un jeune seigneur dans la vingtaine, vêtu à l'ancienne. Ses longs cheveux noirs étaient noués sur sa nuque. Il remit la bouteille sur la table et posa sur Alexanne un regard langoureux. Aussi subitement qu'il était apparu, le fantôme fit place à Matthieu qui lui tendait la coupe de vin. « Ma tante a raison, il va falloir que je maîtrise rapidement cette faculté… », songea l'adolescente, au bord de l'affolement.

– À ton avenir, fit-il, avec un sourire envoûtant.

Il porta la coupe à ses lèvres, et elle l'imita aussitôt pour ne pas avoir à lui expliquer pourquoi elle tremblait. Heureux comme un roi, Matthieu se mit à manger avec appétit. Alexanne l'observa quelques secondes, puis s'attaqua aussi à son assiette. Elle prit quelques bouchées, puis se décida à lui poser la question qui la hantait.

– Matthieu, crois-tu à la réincarnation ?

– Je n'en sais rien.

– Est-ce que ça n'expliquerait pas ce que tu ressens en ce moment lorsque tu poses le regard sur ces objets anciens ? Ne pourraient-ils pas ressembler à des objets semblables que tu aurais possédés dans une autre vie ?

– Peut-être bien, mais je n'ai aucune façon de le vérifier.

Alexanne décida d'attendre avant de lui parler des anges. Elle le laissa plutôt lui parler de la vie du village et de son école. Après le repas, ils s'assirent dans les chaises à bascule sur la galerie et prirent le thé. Matthieu avoua à Alexanne le culte qu'il vouait à Montréal et surtout à son équipe de hockey. Lorsqu'elle lui demanda s'il voulait un jour s'y établir, il secoua négativement la tête.

– Il y a beaucoup trop de compétition à Montréal et, de toute façon, je préfère l'air frais des Laurentides.

« Il est vraiment sérieux pour quelqu'un de mon âge », pensa la jeune fée. Elle se risqua à lui demander s'il avait une petite amie.

– J'en ai eu une, quand j'avais douze ans, mais elle a déménagé aux États-Unis avec ses parents. Et toi, tu as un petit copain ?

– Plus maintenant.

– On pourrait peut-être sortir ensemble ? proposa timidement Matthieu.

– Sortir, c'est un bien grand mot, compte tenu qu'il n'y a absolument rien dans le coin, se moqua-t-elle.

– Il n'y a rien par ici, mais dans mon village, il y a un restaurant et un club vidéo.

– Pas de salle de danse ?

– Il y a de la danse une fois par semaine au presbytère, mais c'est de la vieille musique. Il y a des fêtes de temps en temps, mais il n'y a plus personne de mon âge dans le coin. Ils sont presque tous partis travailler dans les grandes villes.

– Tu n'as donc pas de meilleur ami ?

– Mon meilleur ami, c'est mon père. On fait plein de trucs ensemble.

– Comme aller à la chasse ?

– Surtout pas. Il a arrêté de tuer des animaux après que ta tante a guéri son cancer.

– Alors, que faites-vous ensemble ?

– De la menuiserie, des promenades en forêt pour observer les oiseaux ou les daims. Et on adore la pêche.

– Il ne veut pas tuer d'animaux, mais il pêche le poisson ?

– On le remet à l'eau, la plupart du temps. Mon père dit que même Jésus mangeait du poisson. Avant de rencontrer ta tante, il buvait beaucoup et il s'emportait quand les choses ne marchaient pas à son goût. Maintenant, il ne consomme plus du tout d'alcool, il ne fume plus et il est toujours de bonne humeur. Quand quelque chose va mal, il hausse les épaules et il dit que demain, le soleil se lèvera quand même. Moi, en tout cas, je l'aime mieux ainsi.

– Mon père aussi avait un sacré caractère, avoua Alexanne. Il n'avait jamais tort et il était le personnage dominant de la famille, le seul qui avait le droit de prendre des décisions. Ma mère était une femme très douce qui le laissait faire tout ce qu'il voulait.

– C'est bizarre qu'il ait été si dur, étant donné qu'il était le frère d'une fée.

– Ils ne s'entendaient pas très bien tous les deux.

Matthieu jeta un coup d'œil à sa montre et jugea qu'il était temps pour lui de se mettre en route.

– Tu dois vraiment partir ? se chagrina Alexanne.

– Si je veux que mes parents continuent de me faire confiance, je dois rentrer à l'heure convenue.

– J'aime beaucoup ta compagnie, tu sais.

– Moi aussi…

Elle glissa sa main dans celle de Matthieu, tandis qu'ils marchaient vers la camionnette.

– Merci, Alexanne, pour cette belle soirée.

Les joues rouges de timidité, le jeune homme approcha son visage de celui de la jeune fille et déposa un baiser sur ses lèvres, puis ils se fixèrent dans les yeux pendant quelques instants. Ce qu'ils venaient de ressentir les bouleversait profondément tous les deux. Alexanne aurait aimé que son nouvel ami l'embrasse de nouveau, mais effrayé par son attirance pour elle, Matthieu se déroba. Il ouvrit la portière du véhicule et grimpa sur le siège.

– Matthieu, attends, le supplia Alexanne en saisissant son bras.

– Je reviendrai, je te le promets.

Elle recula, impuissante, et regarda la camionnette s'éloigner sur la route.

Chapitre 16

Un mari d'un autre temps

Lorsque Matthieu eut disparu au bout du chemin, Alexanne rentra et rejoignit Tatiana dans sa chambre à coucher. La guérisseuse était assise sur son lit et brossait ses cheveux châtains avec une brosse en nacre d'une autre époque.

– C'est encore arrivé pendant le dîner, lui apprit Alexanne en s'asseyant près d'elle. Matthieu s'est transformé en jeune homme aux cheveux longs pendant trois ou quatre secondes.

– L'as-tu reconnu ?

– Non. Je ne le connais pas, celui-là.

– Je veux d'abord que tu saches que Matthieu ne s'est pas transformé. Ce sont tes yeux qui l'ont métamorphosé en personnage que tu as connu dans une autre vie.

– Dans ce cas, je n'en ai aucun souvenir. Et pourquoi Matthieu rêve-t-il tout le temps d'une salle à manger qui ressemble à la vôtre ?

– Peut-être qu'il a lui aussi habité un château dans une autre vie. Pourquoi ne poses-tu pas la question à tes anges ?

– C'est une excellente idée !

Alexanne embrassa sa tante sur la joue, la remercia pour le dîner et s'engouffra dans le couloir. Elle entra dans sa chambre et sauta sur son lit pour écrire un nouveau message dans son cahier magique.

Mes chers anges,

Puisque je n'ai encore aucune maîtrise de mon pouvoir de double vue, pourriez-vous m'aider et me dire qui était le bel homme que j'ai vu dans la salle à manger de ma tante et pourriez-vous aussi m'expliquer l'implication de Matthieu dans cette vision ? Merci d'avance.

Alexanne

Persuadée qu'elle recevrait une réponse le lendemain, Alexanne referma le cahier et le déposa sur sa commode. Elle sortit ensuite son pyjama d'un tiroir qui sentait le muguet et se prépara pour la nuit.

À 4 h 44, l'album magique s'illumina sur sa commode. Alexanne se réveilla en sursaut et se tourna vers le réveil. Au même moment, une forme lumineusc apparut au pied de son lit. En attendant de savoir s'il s'agissait d'un ange ou d'une autre créature de l'univers parallèle, la jeune fille garda le silence.

La silhouette diaphane se transforma graduellement en jeune homme aux longs cheveux noirs. « Celui de la salle à manger ! » le reconnut Alexanne. Transporté de joie, il s'approcha d'elle et lui prit la main. L'adolescente sursauta à son contact glacé, mais demeura figée. L'inconnu lui fit un baisemain galant.

– Êtes-vous un ange ? lui demanda Alexanne, interloquée.

– Pour vous, je serai n'importe qui, Danuka.

– Danuka ? répéta l'orpheline, qui n'avait jamais entendu ce nom.

– J'ai parlé à votre père et il a accédé à ma demande. Dans quelques semaines, nous unirons nos vies devant Dieu, et je vous chérirai jusqu'à ce que la mort nous sépare.

– Je crois que vous me prenez pour une autre, s'effraya Alexanne.

Son fantomatique prétendant tenta de l'attirer dans ses bras.

– Arrêtez ! s'écria-t-elle en se dégageant de son étreinte.

Elle recula vivement et descendit du lit par l'autre côté.

– Je sais que les hommes qui épousent des femmes de l'illustre famille des Ivanova ne peuvent plus jamais quitter ce château, mais cette restriction n'est pas synonyme de châtiment pour moi. C'est comme si les anges m'emprisonnaient au paradis.

– C'est seulement mon pouvoir de double vue qui me joue des tours, tenta de se convaincre Alexanne. Vous n'êtes pas vraiment ici.

– Et je vous donnerai évidemment toutes les filles que vous désirez, ajouta le jeune homme en faisant le tour du lit pour la rejoindre. Nous peuplerons la Russie de petites fées.

Alexanne prit peur et s'enfuit dans le couloir. Elle fonça dans la chambre de Tatiana et sauta dans son lit, la réveillant instantanément.

– Mais que se passe-t-il ? s'alarma sa tante.

– L'homme de la salle à manger est dans ma chambre et il m'appelle Danuka !

– Il n'est pas vraiment là, la rassura Tatiana. Il est seulement dans ta mémoire parce que tu l'as épousé lorsque tu étais Danuka Ivanova.

– Cet homme a été mon mari ?

– Je ne connais pas d'autre Danuka.

– J'ai été votre grand-mère ?

– Danuka était la grand-mère de ma grand-mère. Je pense bien qu'il s'agit d'une de tes incarnations, Alexanne, mais n'y accorde pas trop d'attention. Les vies antérieures ne servent qu'à nous indiquer le chemin que nos âmes ont parcouru, rien de plus.

– Je ne comprends pas…

– Et à cette heure-ci, ce n'est sans doute pas le bon moment de t'expliquer tout ça non plus. Va te recoucher. Nous éplucherons la question ensemble demain.

– Mais mon ancien mari est encore dans ma chambre !

– À mon avis, tu as eu suffisamment peur pour que ton pouvoir de double vue se neutralise de lui-même. Et si jamais il est encore là, ferme les yeux et utilise ta volonté pour le faire disparaître. Je suis certaine que tu ne reverras pas cet homme cette nuit.

Alexanne prit une profonde inspiration pour se donner du courage. Elle marcha sur la pointe des pieds dans le couloir en écoutant les bruits de la maison, et risqua un œil dans sa chambre. Personne. Elle réintégra son lit et remonta les couvertures par-dessus sa tête. Mais sa tante avait raison. Plus rien ne dérangea son sommeil jusqu'au lendemain.

Chapitre 17
L'âme sœur

Avant de descendre petit-déjeuner, Alexanne se rendit au grenier afin de feuilleter rapidement les albums de la famille. Elle découvrit aussitôt une vieille illustration jaunie de l'homme qu'elle avait vu dans sa chambre à coucher. Contente de pouvoir enfin l'identifier avec certitude, elle ramena son butin à la cuisine et le posa devant sa tante.

– C'est lui ! s'exclama Alexanne.

– En effet, c'est Nicolai Danov, le mari de ton arrière-arrière-arrière-grand-mère, Danuka Ivanova. Il a été dévoué, affectueux et amoureux de sa femme jusqu'à son dernier souffle. Il ne lui a d'ailleurs donné que des filles et il l'a même laissée les appeler Ivanova plutôt que Danov.

– Mais à cette époque, les hommes ne tenaient-ils pas à ce que leurs enfants portent leur nom ?

– Il adorait sa femme au point de faire ce sacrifice.

– Moi aussi je veux être aimée ainsi.

– Tout le monde veut passer sa vie avec son âme sœur, Alexanne. Nicolai Danov était celle de Danuka Ivanova.

– Donc, la mienne.

– C'est exact. Vous avez eu plusieurs vies ensemble et pas toujours en tant que mari et femme. Vous avez été cousins, amis et même frères.

– Frères ? Ça veut dire que j'ai déjà été un garçon ?

– Nous avons tous été des hommes et des femmes de toutes races et de toutes religions. C'est pour cette raison qu'il est complètement ridicule d'être raciste ou sexiste.

– Il va falloir que je réfléchisse à ça...

Alexanne remonta à sa chambre, contente d'en avoir appris davantage sur l'histoire de sa famille, mais encore incertaine d'avoir eu d'autres vies. Elle déposa l'album sur son lit et ouvrit son cahier d'anges. À sa grande joie, les messagers ailés avaient répondu à sa question.

Les âmes se connaissent depuis la nuit des temps et certaines d'entre elles s'aiment et se respectent. Elles se recherchent d'une existence à l'autre et choisissent de naître dans des familles qui leur permettent de se côtoyer dans la chair. L'homme dont tu parles est une telle âme. Elle a habité le corps d'un noble du grand pays de la Russie, qui t'a épousée. Quant à celui que tu appelles Matthieu, il semble que cette même âme ait retrouvé une fois de plus son chemin jusqu'à la tienne.

Alexanne redescendit en hâte et raconta à sa tante ce qu'elle venait de découvrir. Tatiana lui servit ses céréales en l'écoutant, puis s'assit dans la berceuse pour boire du thé.

– Je ne sais pas ce que vous mettez dans ces céréales, mais je ne peux plus m'en passer.

– C'est seulement ton corps qui réclame des vitamines.

– Je vous en prie, expliquez-moi ce qu'est vraiment une âme sœur.

– C'est une âme avec laquelle nous partageons tellement de vies qu'elle devient presque une partie de nous-même. Nous la recherchons d'une incarnation à l'autre.

– Qu'arrive-t-il quand nous n'arrivons pas à la rencontrer ?

– Nous continuons de la chercher.

– Et si nous ne la trouvons pas ?

– Nous poursuivons cette quête lors de l'incarnation suivante.

– Notre âme sœur peut-elle être du même sexe que nous ?

– Est-ce que ce sont les céréales qui te rendent aussi curieuse ? la taquina Tatiana.

– Je vous en supplie, répondez-moi.

– Lorsque des âmes sœurs se réincarnent dans des corps du même sexe, elles ont deux choix. Elles peuvent devenir des amis inséparables ou décider d'entretenir une relation plus intime malgré ce qu'en pensent les autres.

– Monsieur Richard est-il votre âme sœur ?

– Non, mais nous avons accumulé du bon karma ensemble.

– Avez-vous déjà rencontré votre âme sœur ?

– Pas encore.

– Même pas en Russie ?

– Je n'y suis pas restée assez longtemps.

– Ça veut dire qu'elle est peut-être là-bas pendant que vous êtes ici ? Mais c'est une véritable tragédie !

– Si nous n'avions qu'une seule vie, oui, je serais d'accord avec toi, mais ceux que nous n'arrivons pas à rejoindre maintenant, nous les retrouvons dans une autre incarnation.

Cette explication sembla satisfaire l'adolescente, mais Tatiana savait bien qu'elle reviendrait à la charge dès qu'elle aurait assimilé ces informations.

Chapitre 18
Hannah

Alexanne retourna au grenier, où elle avait vu des bibelots anciens qui ajouteraient un certain charme à sa chambre. Elle fouilla dans les boîtes et les malles recouvertes de poussière et découvrit un bel ange en porcelaine enveloppé dans de la mousseline. Elle déposa la statuette sur une vieille commode et poursuivit ses recherches. Elle dénicha ensuite un vase dont la porcelaine ressemblait beaucoup à celle du vieil ange. En se retournant pour le déposer à côté de sa première trouvaille, Alexanne vit une femme âgée, vêtue d'une robe de velours noir, les cheveux gris remontés en chignon, les yeux bleus et perçants, debout à quelques pas d'elle. Croyant qu'il s'agissait d'une autre vision de son passé, l'adolescente ferma les yeux et utilisa sa volonté pour tenter de la faire disparaître. Mais lorsqu'elle ouvrit les paupières, l'inconnue était toujours là.

– Tu es la fille de Vladimir, n'est-ce pas ? cracha la vieille femme.

– Oui… et qui êtes-vous ? demanda bravement Alexanne.

– Je suis sa mère, Hannah Kalinovsky.

– Vous êtes ma grand-mère ?

– Que cherches-tu dans mes affaires ?

– Ces bibelots sont à vous ? Je suis désolée, je l'ignorais.

– Ils sont tout ce qu'il me reste du pays dont j'ai été déracinée.

– Tante Tatiana dit que votre mari ne pouvait plus rester en Russie. Je suis certaine qu'il n'a pas fait exprès de…

– Le pauvre homme ! la coupa Hannah d'une voix déchirante. Il voulait rénover le château endommagé lors de la révolution, mais le gouvernement l'en a empêché. On ne voulait plus que nous nous élevions au-dessus des autres, malgré notre sang noble. Tout le monde devait être égal.

– C'est pour ça qu'il est venu au Canada.

– Il aurait voulu bâtir un autre château, mais il est mort sans jamais avoir pu réaliser son rêve. Et moi, j'ai succombé au chagrin quand je me suis retrouvée seule dans une ferme au milieu de nulle part, où personne ne parlait ma langue.

– Mais vous aviez trois enfants.

– Vladimir travaillait comme un fou et Tatiana est allée prendre soin d'une vieille femme malade… Puis, mon Vlado a épousé une indigène et il a construit sa propre maison.

– C'est de ma mère dont vous parlez ? s'étonna Alexanne.

– Et Alexei ! poursuivit Hannah sans se préoccuper d'elle. Une âme tourmentée ! Il n'a jamais accepté de faire partie de cette famille et il a refusé de devenir un fermier comme son père. Il était bien trop fier, Alexei. Il s'est enfui de la maison et il n'est jamais revenu, même lorsque j'étais sur mon lit de mort. Cela ne se serait pas passé ainsi si nous étions restés chez nous.

– Tout le monde a le droit de vivre sa propre vie.

– Je n'ai pas eu le bonheur de voir grandir mes petites-filles et de leur apprendre notre langue.

– Mais il n'y avait que moi…

– Et ta sœur jumelle.

– Vous devez sûrement être mêlée dans vos souvenirs, parce que je suis une enfant unique.

– On ne parle pas sur ce ton à sa grand-mère, Alexandra.

– Je ne m'appelle pas Alexandra et je n'ai pas de sœur.

– J'ai dû garder le lit dès l'automne…

– Vous n'êtes qu'un vieux fantôme insatisfait ! Et vous pouvez garder vos vieux bibelots ! Je n'en veux pas !

Hors d'elle, Alexanne dévala l'escalier pliant et le referma au plafond en faisant un vacarme d'enfer.

Chapitre 19
La sœur jumelle

Alexanne poursuivit sa course jusque dans la cour et ne s'arrêta qu'une fois rendue au puits. En colère, elle puisa de l'eau et la renversa partout sur les dalles. Lorsqu'elle leva la tête, elle aperçut la petite fée blonde qui voletait à la hauteur de ses yeux en l'observant avec inquiétude. Sans se préoccuper d'elle, Alexanne transporta l'arrosoir jusqu'au premier massif de fleurs qu'elle se mit à inonder, abandonnée à son courroux. « Si j'avais eu une sœur, ma mère me l'aurait dit ! Parce que ma mère ne me mentait jamais ! Elle n'était pas une vieille femme maussade comme ce fantôme dans le grenier et elle n'était certainement pas une indigène ! » Elle poussa un cri de rage et lança l'arrosoir plus loin sur la pelouse avant d'éclater en sanglots.

Tatiana sortit de la maison et posa une main rassurante sur son épaule. Alexanne se jeta dans ses bras en pleurant.

– Mais qu'est-ce que tu as ?

– Cette vieille folle dans votre grenier ne dit que des bêtises !

– De qui parles-tu ?

– De Hannah ! Votre mère !

– Tu l'as vue ?

– Vous m'avez dit qu'il n'y avait pas de fantômes, parce que tout le monde se réincarnait. Mais si elle est morte et qu'elle vient de me parler, ça veut dire qu'ils existent, non ?

– Je n'ai jamais dit que les fantômes n'existaient pas, mais avant que je t'explique ce qu'ils sont, il va falloir que tu te calmes.

– Comment voulez-vous que je me calme quand votre mère traite la mienne d'indigène, qu'elle refuse de m'appeler par mon nom et qu'elle essaie de me faire croire que j'avais une sœur jumelle ?

– Elle t'a parlé de ta sœur ? s'affligea Tatiana.

Tatiana la ramena à l'intérieur et insista pour qu'elle boive de l'eau. Alexanne fit ce qu'elle demandait et déposa le verre sur le plan de travail.

– Lorsque nous mourons, nous demeurons autour de notre corps pendant deux jours, puis nos guides spirituels nous entraînent dans un long tunnel au bout duquel il y a un monde de lumière éclatante, lui expliqua sa tante.

– Le ciel ?

– Le paradis pour certains, le purgatoire pour les autres. Malheureusement, certaines personnes sont tellement attachées au monde matériel qu'elles refusent d'entrer dans le tunnel avec leurs guides. Elles demeurent alors prisonnières de l'espace astral qui existe entre le ciel et la Terre.

– Mais pourquoi ?

– Pour rester en contact avec les lieux ou les objets qui leur sont chers.

– Hannah voulait rester avec ses vieux bibelots ?

Tatiana lui rappela que c'était tout ce qui lui restait de son pays. Elle ajouta que les fantômes pouvaient aussi être des gens morts prématurément ou assassinés. Elle précisa que le lieu invisible où se trouvaient ces âmes en peine s'appelait le *bas astral* et qu'il était également peuplé d'entités négatives. Il était donc préférable qu'elles n'y séjournent pas trop longtemps.

– Les entités qui vivent dans cet endroit peuvent-elles nous mentir ?

– Oui, mais ta grand-mère t'a dit la vérité. Tu as eu une sœur jumelle qui est née deux heures après toi.

– Mais ma mère ne m'a jamais parlé d'elle ! Et si elle avait existé, j'aurais certainement vu des photos d'elle quelque part !

– C'est ton père qui a pris la décision d'enterrer définitivement son souvenir après sa mort. Il nous a fait jurer de ne plus jamais parler d'elle.

– Mais j'avais le droit de le savoir !

– Je suis parfaitement d'accord avec toi, ma chérie, mais Vladimir était d'un avis différent… et puisque tu étais sa fille à lui, il a bien fallu lui obéir.

– Comment s'appelait ma sœur ? Comment est-elle morte ?

– Elle s'appelait Anne et tu t'appelais Alexandra. C'est seulement après sa mort que ton père a fusionné vos deux prénoms. Quelques jours avant votre naissance, un ange est venu me dire que l'une d'entre vous ne vivrait pas longtemps, parce que le ciel avait besoin d'elle. Mais puisque vous êtes toutes les deux nées en parfaite santé, Vladimir a dit que j'étais un oiseau de malheur et il m'a ordonné de ne pas m'approcher de vous.

– Mais les anges ne se trompent jamais.

– C'est exact. Ils voient beaucoup plus loin que les hommes, mais ton père était un homme borné. Anne est tombée malade l'été suivant, un peu avant votre premier anniversaire. Ton père l'a fait examiner par tous les médecins de la province et il lui a fait passer tous les tests imaginables à l'hôpital pour enfants de Montréal. Les médecins ne comprenaient pas pourquoi elle dépérissait à un rythme affolant. En désespoir de cause, Vladimir m'a demandé de la sauver. Je lui ai dit que je ferais mon possible, mais que si Dieu avait décidé de la reprendre, je devrais m'incliner devant sa décision.

– Et mon père était plutôt mauvais perdant…

– J'ai tout tenté pour sauver Anne, mais elle est allée rejoindre les anges au ciel quelques semaines plus tard. Ton père m'a accusée de n'en avoir pas fait assez et il est parti vivre à Montréal.

Des larmes se mirent à couler abondamment sur les joues de l'adolescente.

– Et si ta grand-mère a utilisé le mot « indigène » en parlant de ta mère, c'est qu'elle voulait dire que Marie était une fille d'ici.

Bouleversée, Alexanne demanda à être seule jusqu'au dîner. Compréhensive, sa tante la laissa monter à sa chambre. L'orpheline écrivit en tremblant une courte lettre à ses amis ailés.

Mes chers anges,

Je viens d'apprendre que j'ai eu une sœur jumelle, mais vous le saviez probablement déjà. J'aimerais savoir pourquoi elle est morte si jeune, pourquoi Dieu avait besoin d'elle, et pourquoi je n'ai pas eu le bonheur de la connaître.

Alexanne

Elle referma le cahier et le serra contre elle de toutes ses forces en pensant que la vie était injuste. Elle s'allongea sur son lit, mais n'y resta pas longtemps. Ce dont elle avait surtout besoin, c'était de prendre l'air. Elle redescendit dans la cour et se rendit à l'endroit qui était devenu son sanctuaire personnel : la balançoire sous les arbres. Elle se berça pendant des heures sous le regard déconcerté de Coquelicot, assise en équilibre sur le dossier du siège opposé.

Au dîner, elle sembla revenir lentement à la vie.

– Pourrait-on aider ma grand-mère à entrer dans le tunnel de lumière ? demanda-t-elle entre deux bouchées.

– Nous pourrions sans doute invoquer les anges et convaincre Hannah de les suivre.

– Je suis partante.

– Laisse-moi d'abord en parler à mes guides.

Alexanne termina son repas avec plus d'enthousiasme. Dans la soirée, elle appela Marlène mais apprit qu'elle passait la semaine chez une de leurs amies. Elle raccrocha, déçue de ne pas avoir pu se confier à sa meilleure copine, et se leva pour quitter la chambre de Tatiana, lorsque le téléphone sonna. C'était Matthieu qui voulait passer la journée du lendemain avec elle. Rassurée d'entendre sa voix, Alexanne s'allongea à plat ventre sur le lit et bavarda avec lui pendant des heures. Si le fil du téléphone avait été plus long, elle l'aurait certainement traîné jusqu'à la salle de bains !

Le lendemain matin, Alexanne trouva un long message des anges dans son cahier. Elle se dépêcha de s'habiller et de rejoindre Tatiana à la cuisine.

– Vous m'avez dit que notre cahier d'anges est un objet sacré, mais ai-je quand même le droit de partager ce qu'il contient avec vous ?

– C'est une décision qui n'appartient qu'à toi, ma chérie.

– Ça ne fâchera pas les anges ?

– Ils sont beaucoup plus compréhensifs que tu le crois.

– Eh bien, je leur ai demandé pourquoi ma sœur jumelle était morte, pourquoi le Bon Dieu avait eu besoin d'elle et pourquoi je ne l'avais pas connue. Voici ce qu'ils m'ont répondu :

Le bébé qui a grandi avec toi dans le ventre de ta mère n'était pas destiné à vivre longtemps. Les hommes ont tous les droits, sauf celui de prendre une vie, y compris la leur. Or, cette jeune âme s'est suicidée dans sa vie précédente. Elle a compris son erreur à son retour dans le monde spirituel, mais elle a dû retourner quelques mois dans le monde physique, pour y terminer le temps qu'il lui restait à vivre dans son incarnation précédente. C'est ainsi que le veut le Créateur. Dans sa profonde sagesse, il a conçu un plan pour toutes ses créatures, même les guides spirituels. Il ne faisait pas partie du cheminement de cette âme d'être ta sœur dans cette incarnation. Tu l'as cependant connue dans plusieurs autres vies et tu la reverras bientôt.

– Ils sont bavards avec toi, constata Tatiana.

– Oui, c'est vrai. Ils m'en disent de plus en plus long, mais ce n'est jamais assez pour moi. Je veux savoir qui était ma sœur au moment où elle s'est suicidée. Pourquoi ne lui a-t-on pas dit ce qu'elle risquait en prenant sa propre vie ? Qui était-elle dans les autres incarnations que nous avons eues ensemble ?

– Je ne peux pas répondre à ces questions, mais je peux par contre jeter un peu de lumière sur ton présent.

Tatiana retira des photographies de la poche de sa veste et les lui tendit.

– Tu es habillée en bleu, et Anne est habillée en rose. C'était la seule façon de vous différencier.

– Si elle avait survécu, mon père aurait-il continué d'habiter notre maison de l'autre côté de la montagne ?

– J'en doute. Vladimir ne voulait pas que ses filles deviennent des guérisseuses.

– Mais si nous étions restées ici, à quel âge aurais-je reçu mon premier cahier d'anges ?

– À sept ans, comme le veut la tradition, et tes amis auraient été des elfes et des fées. Maintenant, il va falloir que je trouve une façon de développer tardivement tes pouvoirs.

– Mais ma double vue s'améliore sans cesse ! Je vois des fées et des fantômes ! Il ne me reste plus qu'à voir des anges ! Puis-je garder les photographies ?

– Mais évidemment. Elles sont à toi.

– Dites, c'est quoi un elfe ?

– C’est une autre créature des bois. Tu finiras bien par les voir.

Alexanne embrassa sa tante sur la joue et rangea les photographies dans son cahier d’anges. Quelques minutes plus tard, on sonnait à la porte d’entrée. Elle déposa son précieux album sur le comptoir et courut ouvrir.

Chapitre 20

Les fantômes

Comme il le lui avait promis, Matthieu passa sa journée de congé avec Alexanne. Depuis leur premier rendez-vous, la jeune fille avait rêvé d'échanger d'autres baisers avec lui, mais lorsqu'il se présenta à la maison, elle l'accueillit plutôt timidement. Heureusement, il ne sembla pas s'en offenser.

– As-tu des plans pour moi ? demanda-t-il en souriant.

Son air assuré redonna confiance à Alexanne.

– Nous allons visiter mon ancienne maison et, s'il nous reste du temps, nous expédierons un vieux fantôme grincheux au ciel ! répondit-elle avec enthousiasme.

Matthieu se demanda si elle se payait sa tête. Avant qu'il puisse s'en informer, Alexanne lui prit la main et le tira jusqu'à la cuisine.

– Nous allons commencer par préparer un pique-nique.

– C'est quoi cette histoire de fantôme ? s'inquiéta Matthieu.

– Cela va sans doute te paraître difficile à croire, mais ma défunte grand-mère est emprisonnée dans le grenier à cause de tous les vieux bibelots dont elle ne veut pas se départir. Aimes-tu le beurre d'arachide ?

– Oui, fit-il en regardant le plafond avec inquiétude. Mais...

– Nous allons aussi emporter des fruits et de l'eau.

Alexanne fit un pas en direction du réfrigérateur et vit que son ami avait considérablement pâli.

– Est-ce que je t'ai fait peur, Matthieu ? s'attrista-t-elle.

– Disons que je n'aime pas particulièrement les fantômes…

– Dans ce cas, je l'exorciserai sans toi. Mais je tiens à cette excursion, ce matin.

Alexanne choisit des fruits dans le réfrigérateur et les plaça sur le plan de travail.

– Je ne veux pas que tu penses que je suis un froussard, s'empressa de préciser Matthieu. C'est juste que j'ignorais que ta maison était hantée.

– Elle ne le sera pas longtemps, fais-moi confiance. Je n'ai rien à faire d'un vieux spectre hargneux qui m'empêche d'aller fureter dans le grenier.

Tatiana entra dans la cuisine en saluant Matthieu et déposa le sac à dos d'Alexanne sur le plan de travail, à côté des fruits.

– Comment avez-vous su ce que je projetais de faire ? s'étonna l'adolescente.

– Mon petit doigt me l'a dit, répondit la guérisseuse avec un sourire mystérieux. Je vous suggère de porter des manches longues dans la forêt.

– Je vais aller chercher ma veste polaire dans la camionnette, annonça Matthieu.

Il quitta la cuisine et Tatiana en profita pour recommander à sa nièce de ménager le jeune homme puisque, contrairement à son père, il n'était pas familier avec le paranormal. Alexanne le lui promit et prépara quatre sandwichs. Matthieu revint avec son chandail en molleton.

– Pourquoi, quatre ?

– Il y en a deux pour nous et deux pour le loup.

– Quel loup ? s'alarma-t-il.

Alexanne glissa les sandwichs dans de petits sacs de plastique, les plaça dans le sac à dos avec les bouteilles d'eau et les fruits. Elle mit ensuite le sac sur son dos et prit la main de Matthieu, l'entraînant vers la porte.

– C'est quoi, cette histoire de loup ? l'interrogea soudain Matthieu.

– Orion n'est pas méchant, mais il a un faible pour le beurre d'arachide, alors pour qu'il ne parte pas avec tout le goûter, nous allons lui faire une offrande.

Le jeune homme était troublé. Il voulait apprendre à mieux connaître Alexanne, pas exorciser des fantômes ou être pris en chasse par des animaux sauvages. Main dans la main, ils se dirigèrent vers la montagne. Alexanne avait imaginé d'innombrables scénarios au sujet de sa première relation amoureuse, mais jamais elle n'avait pensé que l'un d'eux se déroulerait au milieu des bois.

Ils marchèrent d'abord en silence, ce qui permit à la jeune fille d'examiner furtivement le visage de Matthieu. Il ne ressemblait pas aux garçons prétentieux qu'elle avait rencontrés à Montréal.

– Tu dois penser que je suis une espèce de folle… soupira-t-elle.

– Oh non, assura-t-il. Tu es différente de toutes les autres filles que j'ai connues, c'est certain, mais je ne pense pas du tout que tu sois folle. Quand j'ai accepté de venir te rencontrer, mon père m'a averti que tu étais la nièce d'une fée. Au début, j'ai cru que c'était une blague.

– Par fée, il voulait dire guérisseuse, Matthieu. Ma tante et moi sommes toutes deux issues d'une longue lignée de guérisseuses russes.

Cela sembla rassurer le jeune homme. Ils poursuivirent leur route avec plus d'entrain, jusqu'au terrain qui avait jadis appartenu à Vladimir Kalinovsky. Alexanne expliqua à Matthieu qu'elle avait habité cette maison lorsqu'elle était petite, et que son père ne l'avait jamais vendue après s'être établi à Montréal. Tandis qu'ils faisaient lentement le tour de la propriété, Matthieu devenait de plus en plus nerveux.

– Es-tu certaine que celle-là n'est pas hantée ?

– Non, répondit-elle.

Effrayé, il s'arrêta net. Alexanne lui décocha une œillade espiègle. Elle tira sur sa main, mais il résista. C'est grâce à son sourire irrésistible qu'elle réussit finalement à le traîner jusqu'à la porte d'entrée. Ils s'arrêtèrent d'abord au salon. Matthieu trouva bizarre lui aussi que les Kalinovsky aient abandonné tous ces meubles. Il s'approcha des murs et examina les fenêtres.

– C'est du solide, affirma-t-il. Pas étonnant que la maison ne se soit pas effondrée malgré le manque d'entretien.

Il se tourna vers l'adolescente, mais elle n'était plus là.

– Alexanne ? appela-t-il, effrayé.

Il jeta un œil dans le couloir des chambres en tendant l'oreille. Lorsqu'il s'y aventura, Alexanne, appuyée contre le mur, bondit devant lui.

– Bou ! s'exclama-t-elle.

Matthieu poussa un cri de terreur. Alexanne éclata de rire et prit la fuite dans le couloir. Le jeune homme s'élança aussitôt à sa poursuite pour lui rendre la monnaie de sa pièce. Il la rattrapa près de la porte d'une des chambres à coucher où elle s'était arrêtée, le regard rivé sur quelque chose à l'intérieur de la pièce.

– M'as-tu fais venir ici uniquement pour me faire peur ? lui reprocha-t-il en la saisissant par la taille.

Voyant qu'elle ne réagissait pas, il étira la tête pour regarder par-dessus son épaule. Assise sur le sol, une fillette d'un an, habillée en rose, jouait avec des cubes de bois.

– Mais qu'est-ce qu'un bébé fait ici ? s'étonna Matthieu.

– C'est un fantôme...

Alexanne entra dans la pièce, un sourire aux lèvres.

– Quand il y a un bébé fantôme dans une maison, n'y a-t-il pas aussi des parents fantômes ? bafouilla Matthieu.

– Pas nécessairement.

– Tu n'as pas peur ?

– Non... C'est ma sœur jumelle. Elle est morte à l'âge d'un an.

Le bébé disparut lorsque Alexanne commença à s'asseoir sur le plancher.

– Où est-elle passée ? s'alarma Matthieu.

– Elle a sans doute eu peur de nous.

– Depuis quand les fantômes ont-ils peur des gens ? C'est censé être le contraire, non ?

– Elle ne nous connaît pas.

En ayant vu et entendu assez, le jeune homme amena Alexanne dehors et ne s'arrêta qu'au milieu du champ, loin de la maison.

– Partons d'ici, implora-t-il.

– Pas avant d'avoir vu la maison de mes grands-parents. Elle n'est pas loin d'ici. Je veux savoir pourquoi le fantôme de ma grand-mère prétend que c'était une prison. Je te promets que nous n'y entrerons pas.

– On ne pourrait pas parler d'autre chose, aujourd'hui ?

Alexanne insista, et il finit par la suivre en maugréant, jusqu'à ce qu'il trébuche sur un obstacle caché dans l'herbe haute. Il se pencha pour toucher le sol.

– Ce sont des sillons.

– Mon père et mon grand-père étaient fermiers. Ce sont probablement les champs qu'ils cultivaient autrefois.

Matthieu rêvait lui aussi de posséder un jour sa propre ferme, mais pas à quelques pas d'une maison hantée. Ils poursuivirent leur route jusqu'aux bâtiments de ferme en planches grises, pour la plupart éclatées, dont toutes les fenêtres étaient cassées. Matthieu avertit aussitôt Alexanne qu'ils ne devaient pas entrer dans ces vieilles constructions sur le point de s'effondrer. Ils en firent donc le tour, et Alexanne lui raconta que ses grands-parents avaient été des immigrants russes, rêvant de construire un château au Canada.

En contournant un bosquet, Alexanne découvrit les pierres tombales de son grand-père Igor, de sa grand-mère Hannah et de sa sœur Anne. N'aimant pas vraiment tout ce qui touchait à la mort, Matthieu s'immobilisa pendant que l'adolescente caressait la stèle de sa sœur avec nostalgie.

– Je t'en prie, ne restons pas ici, la pria-t-il.

Comprenant son malaise, Alexanne essuya discrètement ses larmes et lui reprit la main.

Chapitre 21
Vies antérieures

En revenant à la maison de Vladimir Kalinovsky, Matthieu fut très surpris de voir sa jeune amie s'asseoir sur le chemin dallé et ouvrir le sac à dos, au lieu de poursuivre son chemin vers la forêt. Il lui rappela qu'ils avaient une longue route à faire, mais Alexanne lui fit de beaux yeux et il accepta de s'asseoir près d'elle, tout en continuant de surveiller la porte.

– Me croirais-tu si je te disais que nous avons déjà vécu ensemble dans d'autres vies ? lui demanda Alexanne à brûle-pourpoint.

Matthieu mordit dans le sandwich et l'observa un moment avant de répondre. Son père l'avait pourtant prévenu que les femmes Kalinovsky n'étaient pas comme les autres.

– Jusqu'à présent, tu ne m'as dit que la vérité, même si elle est parfois étrange et qu'elle me fait peur, alors j'imagine que oui, je te croirais.

– Crois-tu aux anges ? poursuivit Alexanne.

– Bien sûr.

– Savais-tu qu'ils peuvent nous apprendre un tas de choses sur nous-même et sur nos vies antérieures ?

– Tu leur parles toi aussi ?

– Je communique avec eux par l'écriture, et ils m'ont dit que nous nous sommes connus dans plusieurs vies. Ma tante a ajouté que nous avons été amis, cousins et même frères.

– Frères ? Les filles peuvent être des garçons dans d'autres vies ?

– Et les garçons, des filles. À un moment ou à un autre, nous avons aussi été de races différentes.

– Que sais-tu de nos vies antérieures à nous ?

– Je n'en connais que deux avec certitude. Je sais que nous avons été de jeunes époux en 1902 en Martinique, mais nous n'avons pas vécu très longtemps parce que nous avons péri avec les autres habitants de notre village lorsque le volcan a fait éruption.

– C'est sûrement pour ça que j'ai peur du feu. Et l'autre vie, c'était dans le château de mes rêves et de mes chansons, n'est-ce pas ?

– Oui. Ma tante en a justement recréé l'atmosphère pour rappeler ces souvenirs à ta mémoire. Tu t'appelais Nicolai Danov, un jeune noble qui a épousé mon arrière-arrière-arrière-grand-mère, Danuka Ivanova, qui, en fait, était moi.

Matthieu mit un moment à analyser ces révélations.

– C'est donc pour cette raison que je me sens si bien avec toi, comprit-il.

Il se pencha vers elle et l'embrassa tendrement. Ils se regardèrent dans les yeux un long moment, comme s'ils y voyaient leur âme respective. Alexanne caressa la joue de Matthieu, comme pour s'assurer qu'il était bien réel, puis l'embrassa à son tour. Marlène ne croirait jamais la chance qu'elle avait d'avoir rencontré quelqu'un comme lui.

Les adolescents déballèrent ensuite les deux autres sandwichs et les laissèrent sur les dalles. Emportant les bouteilles d'eau et les fruits, ils quittèrent les lieux et s'enfoncèrent dans la forêt. Dès qu'ils furent cachés entre les arbres, Alexanne s'arrêta et montra à Matthieu le loup qui avalait goulûment l'offrande devant la maison.

– Nous marierons-nous encore dans cette vie-ci ? demanda-t-il sans vraiment se préoccuper du prédateur.

– Je n'en sais rien. Allez, viens. Il se fait tard.

Tandis qu'ils traversaient la forêt, elle lui expliqua que les fées étaient de puissantes guérisseuses de Russie et que plusieurs de leurs maris avaient même abandonné leur nom de famille pour que leurs enfants soient des Ivanova. Matthieu l'écouta religieusement en se demandant s'il était prêt à faire ce sacrifice lui aussi.

Ils arrivèrent à la maison juste à temps pour le dîner. Cette fois, Tatiana les installa dans la cuisine, à la petite table ronde, et mangea avec eux. Les jeunes gens lui racontèrent l'apparition du bébé dans l'une des chambres de l'ancienne maison de Vladimir Kalinovsky. Tatiana s'empressa de leur expliquer que ce qu'ils avaient vu n'était pas un spectre.

– Un véritable fantôme est une âme coincée entre le monde physique et le monde spirituel. Vous avez plutôt assisté à un phénomène de hantise résiduelle.

– Résiduelle ? répéta Matthieu.

– Les objets et les lieux physiques absorbent l'énergie et les émotions. Quand des événements empreints d'émotions se produisent quelque part, le lieu les enregistre et les rejoue plus tard comme un vieux film. Aux États-Unis, des gens circulant sur des autoroutes à travers d'anciens champs de bataille de la guerre de Sécession ont vu des cavaliers et des soldats nordistes et sudistes traverser la route devant eux.

– Ce sont donc des projections, pas des fantômes, comprit Alexanne.

– Souvent, les gens qui achètent de vieux objets dans les brocantes ou dans les magasins d'antiquités voient ensuite des personnages les utiliser dans leur maison, puis disparaître, et ces personnages ne sont pas nécessairement morts non plus. Ils ont seulement laissé leur empreinte sur les objets.

– Donc, ce bébé n'était pas le fantôme de ma sœur.

– C'était l'enregistrement d'une des dernières fois où Anne a eu le courage de jouer toute seule. Nous étions tous là et nos émotions se sont enregistrées à tout jamais à cet endroit même.

– Verrons-nous ce bébé chaque fois que nous entrerons dans cette chambre ? s'inquiéta Matthieu.

– C'est possible.

Alexanne se mit ensuite à discuter du cas de sa grand-mère, qu'elle devait à tout prix déloger du grenier. En pâlissant, Matthieu déclara ne pas vouloir participer à cette expulsion spirituelle. En fait, il ne voulait même pas s'approcher du grenier. Alexanne le reconduisit à la porte après le repas.

– Je vais demander à mon père de m'accorder une journée de congé par semaine.

– Ça me plairait beaucoup, avoua Alexanne.

– Mais pas question qu'on les passe dans la maison hantée de qui que ce soit.

– Je te le promets.

– Je pourrais t'emmener au village et te présenter à ma mère ?

– Ça veut dire que nous deux, ça pourrait devenir sérieux ?

L'air espiègle, elle alla chercher un baiser sur ses lèvres.

– Mais il faut que ta grand-mère quitte définitivement cette maison, sinon je n'y remets plus jamais les pieds.

L'adolescente pouffa de rire, puis comprit, à son air sérieux, qu'il ne plaisantait pas.

– Tu n'es qu'un froussard, Matthieu Richard !

Pour la faire taire, il lui appuya le dos contre le mur et l'embrassa amoureusement. Malgré son désir de plus en plus grand de le garder dans ses bras pour toujours, Alexanne se dégagea de son étreinte et plaça un objet en métal dans la paume de l'adolescent. Il baissa les yeux et vit qu'il s'agissait du tire-bouchon en argent de sa tante.

– Je voulais te donner quelque chose qui te ferait penser à moi.

– Mais il appartient à ta famille depuis des générations…

– Attention, c'est toi qui me l'as donné, jadis.

« Lors de notre vie antérieure dans le beau château de Russie… », se rappela-t-il.

– Je le porterai sur moi jusqu'à la fin de ma vie, jura-t-il.

– Ce n'est pas très confortable dans des poches de jeans, le taquina-t-elle.

Il recommença à l'embrasser jusqu'à ce qu'elle trouve le courage de le pousser dehors.

Chapitre 22
Le tunnel

Dès que Matthieu fut parti, Alexanne rejoignit Tatiana dans la cuisine pour l'aider à ranger la vaisselle propre du dîner.

– Vos adieux sont de plus en plus longs, la taquina la guérisseuse.

– J'ai du mal à le laisser partir.

– Chaque chose en son temps, ma chérie. En Russie, on se mariait à quinze ans, mais pas ici. Et puis, imagine-toi un peu comment réagiraient les services sociaux si je laissais donner libre cours à vos désirs.

Tatiana déposa le dernier verre dans l'armoire et fit signe à sa nièce de s'asseoir à table.

– Tu n'aurais pas dû lui parler du fantôme de ta grand-mère, lui reprocha-t-elle.

– S'il me demande une autre fois en mariage, il en verra bien d'autres...

– En effet, puisque tu n'as pas acquis le cinquième de tes pouvoirs.

– Acceptera-t-il que je sois différente des autres femmes ou finira-t-il par avoir peur de moi ?

– Si tu continues de vouloir l'impliquer dans tes exorcismes, il se peut qu'il prenne ses jambes à son cou.

– Comment Danuka a-t-elle agi avec Nicolai ?

– Elle lui a avoué qu'elle était une fée, mais elle ne l'a jamais inclus dans ses pratiques magiques et ses actes de guérison. Elle a préféré le laisser s'occuper des enfants et de l'administration de leurs affaires.

– C'est une excellente idée.

– Il est tard, Alexanne.

– Je vais aller prendre un bain et rêver à Nicolai.

– Fais attention de ne pas le faire apparaître dans ta mousse.

Alexanne éclata de rire, et Tatiana lui serra les mains avec affection. Elle n'était plus la petite fille effrayée qui était arrivée chez elle quelques semaines auparavant.

– Je suis contente que tu aies cessé d'avoir peur. Je vais enfin pouvoir commencer à t'enseigner ce que tu dois savoir.

– En commençant par quoi ?

– Par le tunnel que tous les mortels doivent emprunter pour retourner dans le monde spirituel.

– Ce soir ?

– Non, peut-être demain. Quand nous serons toutes les deux bien reposées.

Tatiana passa un bras autour des épaules de sa nièce et l'entraîna avec elle vers la porte, éteignant la lumière de la cuisine au passage.

* * *

Le lendemain, après le repas du soir, les deux fées décidèrent d'aider Hannah Ivanova à entrer dans le monde spirituel. Elles montèrent au grenier et s'assirent sur le sol, une en face de l'autre. Elles se prirent les mains et Tatiana se mit à chanter doucement en russe, les yeux fermés. Alexanne était inquiète mais décidée à en finir avec ce vieux fantôme maussade qui l'empêchait de poursuivre son exploration des trésors familiaux et qui risquait de faire fuir son nouvel ami à tout jamais.

– Nous implorons les anges de nous assister ce soir, pria Tatiana.

Alexanne écarquilla les yeux lorsque la pièce s'éclaira d'une lumière blanche, qui n'était pas celle des ampoules suspendues au-dessus de leurs têtes.

– Il y a, dans cette maison, une âme tourmentée qui n'a pas réussi à trouver son chemin jusqu'à vous, poursuivit Tatiana.

Le fantôme de Hannah Ivanova apparut derrière sa fille. Alexanne sursauta, mais elle ne lâcha pas pour autant les mains de sa tante.

– Tu n'as pas le droit de me chasser, Tatiana.

– Vous devez maintenant entrer dans le tunnel, mère. C'est ainsi que Dieu le veut.

– Tout ce que je possède se trouve ici.

– Cette vie est terminée et ces choses n'ont plus d'importance, maintenant.

– Elles en ont pour moi ! Partez toutes les deux et laissez-moi tranquille !

– Là où vous irez, il n'y a que de l'amour et de la lumière.

– Je reste ici !

– À l'autre bout de ce tunnel, père et Anne vous attendent. Ils ne comprennent pas pourquoi vous n'êtes pas encore auprès d'eux.

– Igor m'a déracinée de mon pays !

– Il ne pouvait plus rester en Russie et vous savez très bien pourquoi. Il vous attend pour s'excuser et obtenir votre pardon.

– Vous essayez seulement de vous débarrasser de moi !

– Nous voulons votre bonheur, et vous êtes malheureuse entre les deux mondes.

Alexanne, qui avait déjà eu une conversation sur le même sujet avec le fantôme, décida qu'il était temps pour elle d'intervenir.

– Vous êtes misérable, grand-mère. Vous me l'avez dit vous-même.

Hannah posa un regard rancunier sur sa petite-fille et se mit à arpenter la pièce derrière Tatiana qui gardait les yeux fermés.

– Qui sait ? Dieu a peut-être l'intention de vous envoyer en Russie dans votre prochaine vie pour vous récompenser d'avoir enduré tous ces malheurs au Canada, ajouta Alexanne.

Hannah s'immobilisa et dévisagea l'adolescente.

– Je sais de quoi je parle, même si je suis jeune. J'ai moi-même été déracinée de ma ville quand mes parents ont été tués.

– Vlado est mort ?

– Il a péri dans un accident, en même temps que ma mère. Lui aussi vous attend dans le monde spirituel.

Tatiana ouvrit les yeux et, du regard, encouragea Alexanne à poursuivre dans la même veine.

– Vous devez terriblement lui manquer. Moi, en tout cas, j'aimerais bien revoir ma mère.

Des larmes se mirent à couler sur les joues d'Alexanne, captivant le fantôme. Au même moment, trois êtres de lumière apparurent derrière Alexanne, éblouissant la pièce. L'adolescente vit que Tatiana était en extase et sut que le ciel venait à leur aide. Les messagers ailés tendirent les bras à Hannah, par-dessus la tête d'Alexanne. Cette dernière aperçut leurs belles mains transparentes qui brillaient de l'intérieur.

– Ce sont des guides, mère, l'informa Tatiana. Ils sont ici pour vous mener jusqu'à votre famille.

Pleurant de joie, Hannah Ivanova leva les bras en direction des êtres de lumière. Alexanne vit leurs doigts serrer ceux de sa grand-mère, puis dans un tourbillon étincelant, Hannah et les anges s'élevèrent vers le plafond et disparurent. La pièce reprit aussitôt son éclairage tamisé.

– C'est tout ? s'étonna Alexanne.

– À quoi t'attendais-tu ?

– Je n'ai pas vu le tunnel ! Je n'ai pas pu contempler les visages des membres de la famille qui sont supposés nous tendre la main à l'autre bout ! Je n'ai même pas eu le temps de distinguer les traits des anges qui se trouvaient derrière moi ! Je n'ai aperçu que leurs mains !

– C'est vrai ? s'émerveilla sa tante. Ton pouvoir de double vue est vraiment remarquable.

Tatiana se releva en s'appuyant sur les vieux meubles.

– Je vais nous préparer de la tisane, déclara-t-elle en se tournant vers l'escalier. Nous en avons grandement besoin, toutes les deux.

– Mais…

– Ne t'attarde pas.

Alexanne fut si surprise par l'apparente indifférence de sa tante qu'elle fut d'abord incapable de la suivre. Plongée dans ses pensées, Tatiana quitta le grenier sans rien ajouter.

Chapitre 23

La mort

Alexanne examina une fois de plus la pièce encombrée de souvenirs, pour s'assurer que le fantôme avait bel et bien quitté le grenier, puis s'élança à la poursuite de sa tante qu'elle rattrapa dans le couloir des chambres, juste avant qu'elle s'engage dans l'escalier.

– C'est vraiment terminé ?

– Grâce à tes arguments, ma mère est enfin entrée dans l'autre monde.

– Mais c'est arrivé bien trop rapidement !

– Les anges ne bousculent pas les gens qui viennent juste de mourir, mais Hannah avait déjà suffisamment tardé.

Elles se rendirent à la cuisine et Alexanne s'assit à la petite table ronde, pendant que Tatiana préparait de la tisane.

– Que se passe-t-il quand on meurt ? voulut savoir l'adolescente.

– Il faut d'abord que tu saches que la mort n'existe pas. Ce n'est qu'une transition d'un état à un autre. Lorsque l'âme quitte le corps, elle s'élève au-dessus de lui et tourne autour pendant deux jours, le temps d'accepter sa séparation d'avec son dernier véhicule physique.

Les larmes montèrent aux yeux d'Alexanne.

– En fait, ce que tu veux savoir, c'est ce qui est arrivé à tes parents, n'est-ce pas ?

L'adolescente hocha lentement la tête. Tatiana déposa les tasses fumantes sur la table et s'installa devant elle.

– Ils sont morts sur le coup, sans souffrir. Leurs âmes se sont élevées sans heurt et ont flotté au-dessus du lieu de l'accident. Elles ont ensuite suivi l'ambulance jusqu'à la morgue. Elles ont donc eu le temps de bien comprendre ce qui leur arrivait. Mais puisque leurs corps n'ont été exposés que le troisième jour, leurs âmes n'étaient plus présentes ni au salon funéraire ni à l'église. C'est pour cette raison qu'il est si important de respecter un délai de quarante-huit heures avant d'enterrer ou d'incinérer les morts.

– Sinon, leurs âmes ne retrouvent pas le tunnel ?

– Elles peuvent y parvenir si leurs guides les récupèrent à temps, mais le choc de la séparation avec le monde physique est alors beaucoup plus dur pour elles.

– Que serait-il arrivé à mes parents si leurs corps avaient brûlé dans l'accident ?

– Ils auraient alors flotté au-dessus de l'incendie et se seraient mis à la recherche de leurs corps. Disons que cela représente plus de soucis pour les anges, qui doivent les retrouver.

– Mes parents sont-ils entrés dans le tunnel ensemble ?

– Je n'en sais rien. Même si deux personnes ont passé toute leur vie ensemble, cela n'implique pas automatiquement que leurs âmes évoluaient sur le même sentier spirituel. Si c'est le cas, alors un seul ange vient les chercher. Sinon, deux anges différents se présentent.

– Et après, ces âmes n'ont plus de contact avec le monde physique avant leur prochaine incarnation ?

– Elles se retrouvent dans un espace empreint d'amour d'où elles peuvent nous voir si elles en ont envie. C'est un monde de joie, de bonheur et de sérénité.

– Ressentent-elles notre peine ?

– Leurs pensées ne ressemblent pas aux nôtres. Elles ne nous jugent pas, elles ne nous critiquent pas et elles ne nous dictent pas notre conduite, mais elles souhaitent notre bonheur.

– Alors, elles ne savent même pas que leur mort nous déchire le cœur ?

– Elles voient notre peine, mais elles ne la ressentent pas. N'oublie jamais que le monde spirituel est un endroit où les émotions négatives n'ont aucune emprise. Les âmes qui s'y trouvent ne connaissent ni tristesse ni anxiété. Elles sont en paix et elles évoluent dans la joie.

– Il est donc idiot de sombrer dans le désespoir après la mort d'une personne qu'on aime ?

– Nous devons bien sûr vivre notre deuil, mais pas nous laisser emporter par notre chagrin. Les défunts désirent que ceux qu'ils ont connus et aimés dans le monde physique soient heureux, qu'ils profitent du reste de leur vie et qu'ils aident les autres à profiter de la leur. Une fois que tu auras saisi que le monde spirituel est notre point d'origine et que le monde matériel n'est qu'une aventure, tu comprendras aussi qu'il est tout à fait normal d'y retourner.

Elle but sa tisane en laissant réfléchir sa nièce pendant quelques minutes.

– Donc, il ne faut pas avoir peur de la mort, comprit Alexanne en essuyant ses larmes.

– Surtout pas.

– Et l'enfer, alors ?

– Il n'existe pas. C'est de la pure invention. Il y a différents degrés d'évolution dans le monde spirituel et ceux qui sont méritants vont directement vers les degrés supérieurs.

– Où vont les criminels ?

– Vers les degrés inférieurs, où ils reçoivent plus de soins que les autres.

– Ils ne sont pas punis pour leurs fautes ?

– Oh si, mais pas là-haut. Ils sont obligés de revenir dans le monde physique dans des conditions difficiles qui leur permettent d'expier leurs crimes.

– Si je comprends bien, en faisant le bien maintenant, on se prépare de belles vies, et en faisant le mal, on se prépare des vies difficiles ?

– Tu as tout compris.

– Vous devriez aller le dire à la télévision pour que les gens sachent enfin la vérité sur la mort.

– Nous avons tous une mission à accomplir sur la Terre, Alexanne. Ce peut être d'élever des enfants, d'enseigner, de se produire sur une scène, de soigner les malades ou de transmettre les messages de Dieu. Les anges ont déjà choisi ceux d'entre nous qui doivent faire connaître publiquement leurs paroles. Malheureusement, je ne fais pas partie de ce groupe. Le destin des femmes Ivanova est de soigner les gens, sans tambour ni trompette.

– Mais j'ai d'autres plans pour ma vie, moi.

– Il y a plusieurs façons de guérir les autres.

Tatiana se leva et embrassa Alexanne sur le front.

– Plusieurs façons, répéta-t-elle.

– Merci de vous occuper aussi bien de moi.

– Cela fait aussi partie de ma mission. Bonne nuit, ma chérie.

Alexanne termina sa tisane sans se presser et monta finalement à sa chambre après avoir éteint toutes les lumières. Assise sur son lit, elle ouvrit son cahier d'anges et prit sa plume.

Mes chers anges,

Trois d'entre vous ont emmené ma grand-mère au ciel ce soir. En fait, je n'ai vu que leurs mains transparentes. Jamais je n'ai pensé que des êtres puissent être composés de lumière. C'est dans ces moments-là que je me rends compte que l'Univers est immense et qu'il est peuplé de toutes sortes de créatures. J'espère qu'un jour, je pourrai voir vos visages et vos ailes. Je vous remercie du fond de mon cœur d'avoir guidé ma grand-mère et j'espère qu'elle pourra revoir son mari, mon père et ma sœur avant qu'ils se réincarnent. J'aurais des milliers de questions à vous poser, mais vous avez travaillé si fort tout à l'heure que je vais vous laisser vous reposer. Bonne nuit, mes chers anges. Je vous aime.

Alexanne

Elle ferma le précieux album et le replaça sur sa commode. Elle sauta ensuite dans son lit et s'endormit presque aussitôt.

Chapitre 24
Mikal

À son réveil, Alexanne s'habilla, brossa ses cheveux et jeta un coup d'œil à son cahier d'anges. Elle trouva les mots *Nous t'aimons aussi* sous sa dernière lettre. Transportée de joie, elle le referma et quitta sa chambre en gambadant. Elle descendit prestement l'escalier et fonça vers la cuisine, pressée de dire à sa tante que les anges lui avaient encore une fois répondu.

Elle s'arrêta net dans la porte en voyant le dos d'un étranger, assis à la petite table ronde. Effrayée, elle explora rapidement le reste de la pièce. Sa tante préparait des bols de céréales sans la moindre inquiétude, alors Alexanne comprit qu'elle connaissait cet homme. Tatiana ressentit la présence et l'inquiétude de sa nièce et se retourna vers elle. Son sourire rassura aussitôt l'adolescente.

– Alexanne, te voilà enfin, l'accueillit Tatiana, qui semblait plus heureuse qu'à l'accoutumée. Je te présente ton oncle, Alexei Kalinovsky.

– C'est Mikal, fit-il en se retournant vers Alexanne.

Contrairement à sa sœur et à son frère, qui étaient châtains, Alexei avait les cheveux noir de jais. Au lieu d'être verts, ses yeux étaient bleu très pâle. Il n'avait pas non plus la carrure athlétique de Vladimir. Même assis, il lui sembla plus grand et plus mince que son père. « C'est peut-être le fils du laitier... », se surprit à penser Alexanne.

– Pourquoi Mikal ? demanda l'adolescente, impressionnée par le regard spectral de son oncle.

– Il a changé son nom il y a plusieurs années. Viens t'asseoir, ma chérie. Je lui parlais justement de toi.

L'orpheline fit prudemment le tour de Mikal et s'assit de l'autre côté de la table. Son oncle portait ses cheveux noirs plus bas que les épaules, et coupés un peu n'importe comment. Malgré son apparence de voyou à la fin de la vingtaine, il était quand même fraîchement rasé. Il ne la regardait pas comme un homme content de rencontrer sa nièce, mais comme un animal sauvage craignant la captivité. Tatiana posa un bol de céréales devant sa nièce, ce qui fit sursauter Alexanne, puis s'installa entre elle et son frère.

– Mon jeune frère m'apporte des produits naturels qu'il prépare lui-même. Mais je pense te l'avoir déjà dit.

– Oui, confirma Alexanne.

– Je ne pensais pas que la fille de Vlado était aussi grande, s'étonna Alexei.

Sa voix était grave et rauque. Elle ne correspondait pas du tout à son physique élancé.

– Elle va avoir seize ans cet été.

– Pourquoi est-elle ici ?

– Parce que mes parents ont perdu la vie dans un accident de voiture, répondit Alexanne sur un ton agressif qui la surprit elle-même.

– Nous sommes la seule famille qu'il lui reste, ajouta Tatiana.

– Si c'est vraiment leur fille, c'est une bonne chose qu'ils soient morts, laissa tomber le benjamin sans le moindre regret.

– Les services sociaux sont venus me la confier, affirma sa sœur.

– T'ont-ils montré leurs papiers d'identité ?

– J'ai tout vérifié. Arrête de t'en faire. Tu es en sécurité, ici.

Alexanne se rappela ce que sa tante lui avait dit au sujet d'Alexei. Il s'était enfui de la maison lorsqu'il était enfant et il avait été recueilli par une secte, dont il s'était aussi échappé. Était-ce la raison de sa méfiance ?

– Tu pourras même aider Alexanne à développer ses pouvoirs, car ils ont à peine commencé à se manifester.

– Vlado ne comprenait pas l'importance des fées pour les humains, commenta Alexei. Il a été stupide de quitter la région.

– Mon père n'était pas stupide, le reprit durement sa nièce.

– Alexei n'a pas de manières, mais il est tout de même gentil, intervint Tatiana pour éviter le conflit potentiel.

Son frère lui décocha un coup d'œil amusé et se mit à manger ses céréales avec appétit. Alexanne inspira profondément pour chasser son irritation. Même si sa première impression de son oncle n'était pas bonne, elle voulait bien lui accorder une seconde chance.

– Habitez-vous le même village que les Richard ? voulut-elle savoir.

– Qui sont-ils ? demanda Alexei, méfiant.

– Ce sont des amis à nous, expliqua Tatiana.

Elle se tourna ensuite vers sa nièce.

– Ton oncle ne demeure pas dans ce village. En fait, il réside à la même distance d'ici que les Richard, mais en direction opposée.

– Je n'habite pas un village, précisa Alexei. C'est plutôt une ferme expérimentale.

Il posa ensuite sur sa sœur un regard menaçant pour qu'elle n'en dise pas plus long.

– Une ferme ? s'étonna Alexanne qui, elle, voulait en savoir davantage. Mais je croyais que vous détestiez le travail manuel.

– Mon petit frère n'est pas un fermier, lui apprit sa tante. C'est plutôt un artiste qui crée des plantes aux propriétés médicinales. Son travail n'est pas vraiment connu du public.

– Les vendez-vous à des compagnies de produits naturels ? demanda innocemment Alexanne.

Alexei éclata d'un rire profond qui stupéfia l'adolescente.

– Mais qu'est-ce que j'ai dit ? se désola-t-elle.

– Il ne croit pas à la nécessité de vivre en société, commenta Tatiana.

– Mais à quoi cela sert-il de produire des médicaments qui ne peuvent pas être mis sur le marché ?

Alexei arrêta de rire.

– Ce ne sont pas des médicaments, lâcha-t-il.

– Des produits naturels, alors, se reprit Alexanne.

– J'approvisionne les véritables médecins de la planète : les chamans et les guérisseurs.

– Cela vous rapporte-t-il assez d'argent pour bien vivre ?

– Vlado t'a vraiment empoisonné l'esprit.

– Ne pourriez-vous pas faire preuve de respect quand vous parlez de mon père ? se fâcha Alexanne.

– Je n'ai pas d'estime pour ceux qui massacrent le sol, et je n'ai pas besoin de leur argent. La terre me fournit de bonne grâce tout ce dont j'ai besoin.

– Autrement dit, vous ne voulez pas travailler pour gagner votre vie.

– Non, je ne suis pas un esclave comme tous les autres hommes.

– Il n'y a que les paresseux et les parasites qui vivent aux crochets des autres.

– Alexanne, c'est assez, l'avertit sa tante, qui connaissait la nature belliqueuse de son frère.

– Si vous voulez bien m'excuser, je n'ai pas faim ce matin, bougonna Alexanne.

Elle quitta la cuisine par la porte qui donnait sur la cour.

– Pourquoi es-tu si dur avec elle ? reprocha Tatiana à son frère. Elle n'est qu'une adolescente.

– Elle sent la ville et la hiérarchie.

– Parce que c'est là qu'elle a grandi, mais elle est en train de changer.

– Je ne capte pas le sang des fées en elle.

– Alors là, tu fais erreur, parce que son don de double vue s'est déjà manifesté avant qu'elle arrive ici. Donne-lui une chance, veux-tu ? Ses parents sont morts, alors il nous revient de l'élever.

– Je me méfie de tout ce qui vient de l'extérieur, tu le sais bien.

– C'est ta nièce, Alexei, et une adolescente, de surcroît. Comment pourrait-elle être liée à la secte ou au gouvernement ?

– Ils ont des espions partout.

Alexei continua de manger sous le regard découragé de sa sœur, qui ne voulait pas que les deux seuls membres qui restaient de sa famille passent leur vie à se quereller.

Chapitre 25
Le loup

Alexanne se rendit jusqu'à la balançoire au fond de la cour où elle s'assit en tentant désespérément de calmer sa colère. Elle n'avait pourtant pas un tempérament irascible. Jamais elle ne s'emportait contre les autres à l'école. Au contraire, elle était d'une docilité exemplaire ! Pourquoi cet homme, qu'elle venait à peine de rencontrer, la mettait-il dans un état pareil ?

La minuscule fée blonde, qui la suivait partout, se posa alors sur le banc devant elle, très inquiète de la trouver dans une telle fureur.

– Je n'ai qu'un seul oncle, Coquelicot, et il se donne le droit de salir la mémoire de mon père ! s'exclama l'adolescente.

Alexanne se mit à se balancer en faisant des mouvements brusques, et la petite créature magique dut s'accrocher fermement aux lattes de bois pour ne pas être catapultée dans l'herbe. Elle gazouilla aussitôt un commentaire dans sa langue d'oiseau.

– Ne perds pas ton temps. Je n'y comprends toujours rien.

L'adolescente s'arrêta net en réfléchissant à cette première rencontre avec le plus jeune des Kalinovsky.

– Il a les mêmes yeux qu'Orion… Tu ne trouves pas ça bizarre ?

La minuscule fée se mit alors à lui raconter quelque chose en faisant de grands gestes. Alexanne haussa les sourcils, incapable de déchiffrer ses signaux. Coquelicot prit donc son envol, saisit la manche du chandail d'Alexanne et la tira vers le jardin. Afin de comprendre ce qu'elle tentait de lui dire, l'adolescente descendit de la balançoire et la suivit. En battant des ailes, la fée l'emmena jusqu'à la fontaine, lâcha le vêtement de l'adolescente et se posa sur le sol.

– Il y a quelque chose ici que je dois voir, Est-ce bien ça ?

Coquelicot hocha vivement la tête, puis se mit à mimer la démarche et les dents d'un prédateur. Alexanne se pencha et distingua les empreintes dans la boue.

– Ce sont des pattes de loup, probablement celles d'Orion. Tout ce que je t'ai dit, c'est que cet homme avait les mêmes yeux que lui…

En prononçant ces mots, l'orpheline comprit ce que Coquelicot tentait de lui dire.

– Tu penses que cet homme est un loup ?

La petite fée laissa retomber ses épaules, contente de s'être enfin fait comprendre.

– Mais c'est impossible…

Coquelicot s'envola pour se poser sur le bord de la fontaine. Elle mima un homme se faisant mordre la main, puis tomba sur la pierre et se tordit de douleur.

– Est-ce que ça va ?

La minuscule créature la regarda intensément pour lui recommander de ne pas interrompre sa présentation, puis elle se mit à marcher à quatre pattes en hurlant comme un loup.

– Il serait donc un loup-garou, selon toi ?

Coquelicot lui fit un signe de tête affirmatif.

– Mais dans quelle famille de fous suis-je née ? s'effraya Alexanne. Ma grand-mère est un fantôme, ma tante est une fée et mon oncle, un loup-garou…

Éprouvant un urgent besoin d'être rassurée, elle décida d'appeler Matthieu ou Marlène. Pour ne pas se retrouver dans la même pièce que son oncle, elle longea le côté de la maison, mais s'arrêta juste avant de tourner le coin, lorsqu'elle entendit s'ouvrir la porte principale. Elle étira le cou pour voir ce qui se passait et aperçut Tatiana qui acceptait la boîte de plantes que lui tendait son frère.

– Je n'ai pas pu tout t'apporter ce matin, mais je reviendrai avant le coucher du soleil avec le reste, lui dit-il.

– Tu peux revenir demain, si tu veux.

– Tu sais bien que ce ne sera pas possible.

Tatiana l'embrassa sur la joue.

– Prends soin de toi, petit frère.

– N'est-ce pas ce que je fais de mieux ?

Il baissa les yeux, comme s'il était souffrant, puis recula et marcha vers la route. Tatiana entra dans la maison et referma la porte. Toujours dissimulée entre la brique rouge de la maison et un arbuste, Alexanne espionna son oncle. Elle le vit s'éloigner de la propriété, les mains dans les poches de son veston de denim usé. Une fois au bout de l'entrée, il tourna à gauche sur la route de terre. Désirant absolument savoir où il allait, l'adolescente sortit de sa cachette et courut jusqu'à un bosquet de bouleaux. Elle risqua un œil sur le chemin, mais il n'y avait plus personne !

– A-t-il aussi le pouvoir de disparaître ?

Elle se posta sur la route qui s'étendait très loin devant elle et ne vit aucun signe d'Alexei ou d'un véhicule quelconque.

– Pourtant, ma tante m'a dit que seules les femmes de notre famille possédaient des facultés surnaturelles…

Alexanne fit quelques pas en regardant entre les arbres pour voir si Alexei ne s'y était pas dissimulé, mais il n'y avait personne nulle part. Elle revint à la maison en courant et trouva Tatiana qui lavait la vaisselle.

– Tu sors par une porte et tu entres par l'autre maintenant ?

– J'ai suivi votre frère ! Il est allé au bout de l'entrée, il a tourné à gauche sur la route et il a disparu !

– Mais que me racontes-tu là ?

– On peut voir très loin sur la route, et j'étais juste derrière lui ! Il est impossible qu'il ait parcouru toute cette distance en si peu de temps.

– En camion, c'est certainement possible.

– Je n'ai pas entendu de moteur ! Et s'il avait été en camion, il aurait fait lever de la poussière ! Mais il n'y avait rien ! Rien du tout ! Comprenez-vous ce que je suis en train de vous dire ?

– Non, Alexanne. Je t'en prie, explique-toi.

L'adolescente débarrassa sa tante du bol et du torchon et les déposa sur le plan de travail. Elle prit sa main et l'emmena à la table où elle la fit asseoir afin d'avoir toute son attention.

– Je pense qu'il est temps que vous me disiez toute la vérité au sujet d'Alexei.

Tatiana soupira en se demandant jusqu'où elle pouvait aller sans l'effrayer.

– Surtout, ne me dites pas que c'est mon imagination qui me joue des tours, l'avertit Alexanne. Je ne crois plus à cette excuse.

– Alexei est différent de tous les autres hommes.

– Ça, je l'avais remarqué.

– Il est le dernier enfant que ma mère a mis au monde, et il a failli mourir en naissant. C'est grâce à ses notions de guérison que ma mère a finalement réussi à le sauver. Mais il ne s'est pas développé comme Vlado et moi.

– Il était retardé mentalement ?

– C'est ce que nous avons d'abord pensé, car il ne parlait pas et il se désintéressait de tout ce que nous tentions de lui apprendre. Parce qu'ils ne faisaient pas confiance à la médecine traditionnelle, mes parents n'ont rien fait pour l'aider. Nous nous sommes habitués à son silence et à ses difficultés d'apprentissage et nous avons été très patients avec lui.

– Dans le grenier, votre mère m'a dit qu'il était une âme tourmentée.

– Ma mère était très attachée à la religion de son pays, que personne ne pratiquait dans la région. Elle nous a élevés en fonction de ses croyances, mais Alexei n'a jamais eu la même compréhension des choses que nous. Il vivait dans son monde à lui et il préférait la compagnie des animaux. Ma mère disait souvent que seules les âmes primitives se comportaient comme lui. Au lieu de se montrer docile comme ses autres enfants, il se rebellait et sortait pour aller jouer avec les chiens, par tout les temps.

– Avec les chiens ? s'étrangla Alexanne en pensant au loup.

– Il leur faisait faire tout ce qu'il voulait sans jamais ouvrir la bouche. Nous ne comprenions pas comment il s'y prenait à l'époque, mais maintenant, je sais qu'il se servait de ses facultés télépathiques. Je ne sais pas quand il a appris à parler, mais lorsqu'il s'est enfui de la secte et qu'il s'est présenté chez moi, il y a quelques années, il s'exprimait normalement.

– S'il avait appris à parler avec vous, il serait bien plus poli.

– Alexei est abrupt, c'est vrai, mais il faut que tu prennes en considération qu'il a beaucoup souffert, autant chez nous que durant son séjour au sein de la secte.

– J'ai vu dans ses yeux qu'il vous aimait beaucoup, mais on dirait qu'il méprise les autres membres de sa famille.

– Il a eu des relations tendues avec notre père, parce qu'il refusait de travailler la terre avec Vlado, et il ne s'entendait tout simplement pas avec ma mère. C'était l'eau et le feu. Mon petit frère vivait dans sa tête et il continue malheureusement de le faire encore aujourd'hui.

– Pourquoi s'est-il enfui de chez vous ?

– C'est la faute de mon père, je crois. Puisque Alexei ne voulait rien faire pour nous aider à survivre, il lui a dit qu'il n'était plus question qu'il le nourrisse et qu'il le loge gratuitement. Ce n'était qu'une menace pour le faire réagir, car le petit n'avait que dix ans. Mais peu de temps après, nous avons constaté en nous réveillant qu'il était parti en emportant les quelques affaires qu'il possédait, et il n'est jamais revenu.

– Comment s'est-il retrouvé dans une secte ?

– Il m'a raconté qu'à l'automne, incapable de trouver de quoi manger dans la forêt, il s'est présenté à leur forteresse et on l'a nourri. Il y est resté emprisonné pendant plus d'une dizaine d'années et, pour que mes parents ne puissent pas venir le chercher, on a délivré son acte de décès et on lui a donné un nouveau nom. C'était une brebis perdue, un enfant, alors le grand chef l'a adopté et préparé à prendre un jour sa relève.

– Lui qui avait toujours refusé l'enseignement religieux de sa propre mère…

– Il a aussi résisté à cet endoctrinement, crois-moi. Ce qui intéressait Alexei, c'était uniquement la nourriture et le logement.

– En d'autres termes, mon oncle est un profiteur.

– Maintenant, c'est toi qui es dure avec lui, Alexanne.

– Oui, vous avez raison. Pardonnez-moi. Mais dites-moi, pourquoi Alexei a-t-il quitté la secte ?

– Pour la même raison qu'il a abandonné sa famille. Une fois qu'il a été assez vieux, on a exigé qu'il prenne ses responsabilités et qu'il fasse sa part pour la communauté. Alexei est un homme solitaire et indépendant. Il ne fait que ce qu'il veut, quand il veut. Ils ont donc tenté de le mater. Exaspéré par les punitions et les privations, il a tenté le tout pour le tout, malgré les hommes qui lui tiraient dessus avec leurs carabines. C'est son instinct qui lui a permis de revenir jusqu'ici, car je l'ai trouvé évanoui à ma porte, avec huit balles de fusil dans le corps. Je l'ai traîné jusqu'au salon et je l'ai soigné, même si j'étais certaine qu'il allait finir par mourir de ses blessures. Mais toujours aussi têtu, au bout d'une semaine, il a ouvert les yeux.

– Vous lui avez sauvé la vie, c'est donc pour ça qu'il vous aime tant !

– Il m'aimait déjà avant ces tristes événements.

Tatiana lui raconta qu'il avait rapidement repris des forces et qu'un matin, elle ne l'avait pas trouvé dans son lit. Elle avait suivi ses traces jusqu'à la rivière, au pied de la montagne, puis, plus rien, comme s'il s'était volatilisé.

– Il n'est revenu que deux ans plus tard avec une boîte d'herbes médicinales pour me remercier. C'était le premier mot que j'entendais de sa bouche en vingt-deux ans.

– Même quand vous l'avez soigné, il ne vous a rien dit ? s'étonna Alexanne.

– Rien du tout. Mais ses deux ans de liberté totale dans les bois lui ont délié la langue. Nous avons bavardé toute la nuit. C'est là qu'il m'a raconté tout ce qui lui était arrivé depuis son départ de la maison.

– Qui lui a enseigné à cultiver des plantes médicinales ?

– Une femme dans la secte. Il a commencé à en trouver dans les bois et il les a rassemblées selon leurs propriétés curatives. Il a un flair extraordinaire pour les plantes.

– Vous avez continué de le revoir, donc.

– Il revient tous les étés.

– Où va-t-il, l'hiver ?

– Il s'est construit un abri, mais je n'y suis jamais allée.

– Y a-t-il encore des choses que vous ignorez à son sujet ?

– Est-ce que tu me le demandes parce que tu crois l'avoir vu disparaître sur la route ?

– J'ai bien peur que ce soit plus compliqué encore. Coquelicot croit que votre frère est un loup.

– Un loup ? répéta Tatiana, qui ne savait pas si elle devait rire ou s'inquiéter.

– Il a les mêmes yeux qu'Orion, admettez-le.

– Ton pouvoir de double vue t'a-t-il fait voir un animal sauvage dans ses yeux ?

– Je n'ai pas pu supporter son regard assez longtemps pour y voir quoi que ce soit. Mais Coquelicot semble plutôt certaine de ce qu'elle avance.

Pour la première fois depuis qu'Alexanne habitait chez elle, Tatiana sembla hésiter.

– Moi, ce que je vois dans ses yeux, dit-elle finalement, c'est son amour de la nature, des plantes et de la terre. Ce ne sont pas des pensées qu'entretiendrait un prédateur. Mais laisse-moi y réfléchir pendant quelques jours, d'accord ?

Sombrant dans la tristesse, Tatiana quitta la cuisine. Alexanne n'avait pas voulu la mettre dans un état pareil, mais il était trop tard maintenant. Le lapin... ou plutôt le loup était sorti du chapeau. L'adolescente décida toutefois d'en avoir le cœur net. Elle capturerait Orion et elle l'obligerait à dévoiler sa véritable identité. Elle alla donc chercher le pot de beurre d'arachide dans l'armoire.

Chapitre 26
Le piège

Alexanne déposa le sandwich au beurre d'arachide au milieu du sentier et grimpa sur une haute branche d'arbre, quelques mètres plus loin. Quelques minutes plus tard, Orion apparut entre les conifères et s'arrêta pour flairer la nourriture. Il releva aussitôt la tête, sentant la présence de l'adolescente sur son perchoir.

– N'aie pas peur, Orion. Je veux seulement savoir si tu es mon oncle Alexei.

Le loup s'empara de son butin et se sauva dans le sous-bois, malgré les appels de l'adolescente. Coquelicot se posa alors près d'elle sur la branche.

– Tu n'as pas besoin de me le dire, fit Alexanne, découragée. C'était un plan stupide. Il faut que je trouve une façon de le capturer sans lui faire de mal.

La petite fée ouvrit de grands yeux affolés, car les loups possédaient de longs crocs, mais Alexanne ne se préoccupa pas de sa frayeur et descendit de l'arbre. Elle alla chercher une pelle de jardin à la maison et se mit à creuser une fosse entre les arbres, sous le regard inquiet de la minuscule créature magique.

– J'en ai au moins pour deux jours, lui dit Alexanne, mais je pense que ça vaut le coup.

Absorbée par son travail, l'adolescente ne vit pas s'enfuir la petite fée, mais elle s'immobilisa lorsqu'elle entendit finalement des grognements dans les fougères. Alexanne se redressa lentement et regarda entre les arbres, mais ne vit rien. Elle allait se remettre à l'ouvrage lorsqu'une main se plaqua brutalement sur sa bouche. Elle laissa tomber la pelle, mais un bras musclé s'enroula autour de sa taille, l'immobilisant. Son assaillant la souleva de terre et l'emporta avec lui.

* * *

Dans la cuisine de sa grande maison, Tatiana Kalinovsky ressentit la soudaine détresse de sa nièce. Elle s'élança dans la cour, mais ne vit Alexanne nulle part. Se servant de ses facultés magiques, elle repéra sa présence dans la montagne et comprit qu'elle n'était pas seule…

* * *

Terrorisée, Alexanne ne reconnut pas le sentier que son assaillant empruntait dans la forêt, mais lorsqu'ils débouchèrent dans une clairière, elle vit se dresser devant eux les bâtiments de ferme de ses grands-parents. Utilisant son pied, son ravisseur défonça la porte de la maison. Sachant très bien que cet endroit tombait en ruine, l'adolescente tenta de résister, mais fut poussée à l'intérieur. Elle tomba à genoux sur le plancher poussiéreux et se retourna vivement pour découvrir avec stupeur qu'Alexei se dressait devant elle.

– Maintenant, on va pouvoir se parler, lâcha-t-il, sur un ton inquiétant.

– On ne peut pas rester ici ! Cette maison pourrie risque de nous tomber dessus !

– Raison de plus pour m'avouer plus rapidement la vérité.

Furieux, il se mit à arpenter la pièce, ce qui fit dangereusement craquer les murs. Il ne lâchait pas l'adolescente des yeux, comme s'il s'apprêtait à la déchiqueter. Puis, il arrêta brusquement et s'accroupit devant elle.

– Pourquoi m'as-tu suivi jusque sur la route ?

– J'avais des doutes sur votre identité, avoua Alexanne, effrayée.

– Est-ce que tu travailles pour la police ?

– Bien sûr que non ! Je n'ai que quinze ans !

– C'est le Jaguar qui t'a demandé de me retrouver ?

– Je ne sais pas qui c'est.

– Il adore les fillettes de ton âge. Que t'a-t-il promis en échange de ma tête ?

– Je ne le connais pas !

Alexei recommença à marcher nerveusement sans la perdre de vue. Morte de peur, l'orpheline n'osait pas bouger.

– Si tu ne crois pas que je sois un minable Kalinovsky, alors qui crois-tu que je sois ?

Elle n'osa pas lui exposer sa théorie au sujet du loup et conserva un silence coupable. Il se rapprocha d'elle, enfonçant son regard dans le sien à la manière d'un poignard.

– Pour qui creusais-tu cette fosse ? Qui comptais-tu y enterrer ?

– Personne ! Je voulais capturer un loup !

Il s'accroupit devant elle en la fixant si intensément qu'elle eut quasiment l'impression qu'il allait lui voler son âme. Des larmes se mirent à couler sur les joues de l'adolescente, qui crut qu'elle ne sortirait jamais vivante de cette maison de malheur.

– Si tu n'es pas de la police ou envoyée par le Jaguar et la secte, alors qui es-tu ?

– Je suis Alexanne Kalinovsky ! La fille de Vladimir Kalinovsky et de Marie Angers ! C'est la vérité ! Ma grand-mère s'appelait Hannah Ivanova et mon grand-père…

En entendant le nom de sa mère, Alexei se redressa vivement.

– Ne me parle pas d'elle ! hurla-t-il.

– Je sais que vous ne vous entendiez pas tous les deux, mais on ne choisit pas ses grands-parents. Je ne la connaissais même pas avant d'arriver ici, et...

Elle était tellement effrayée par les yeux meurtriers d'Alexei que sa gorge se serra.

– Si tu es vraiment la fille de Vlado, tu as dû hériter des étranges pouvoirs des guérisseuses.

– On ne m'a jamais encouragée à les développer, hoqueta-t-elle.

– Les véritables Ivanova ont ces pouvoirs à la naissance, qu'on les encourage ou non à les utiliser.

– Mon père ne voulait pas que je sois une fée... C'est pour ça qu'il nous a emmenées vivre à Montréal, ma mère et moi, mais mon pouvoir de double vue s'est déclenché tout seul...

– Dis-moi ce que tu vois dans mes yeux.

– Je ne peux rien voir quand je pleure...

– Prouve-moi que tu n'es pas une marionnette du Jaguar !

Alexanne n'avait plus le choix. Elle ne savait pas quel genre de tourments on avait infligé à cet homme durant son séjour dans la secte, mais ils avaient dû être terribles, puisqu'il avait complètement perdu la raison. Elle essuya ses larmes en tremblant et parvint à ralentir sa respiration. Les yeux pâles d'Alexei se transformèrent en petites fenêtres à travers desquelles elle vit d'abord une scène d'une autre époque. Puis, subitement, elle se retrouva elle-même dans ce curieux tableau. Devant elle, une version rajeunie de Hannah Ivanova venait de déposer brutalement un bambin de deux ans sur le plancher.

– Je ne peux pas croire que tu sois sorti de mon corps, petit démon ! As-tu seulement une âme ?

L'enfant éclata en sanglots et la pièce devint très sombre. Assis dans le noir, il continua de pleurnicher. C'est alors que Tatiana, beaucoup plus jeune, s'approcha de lui, le prit dans ses bras et le serra contre sa poitrine.

– Tu n'as plus rien à craindre, Alex… Je suis là.

Alexanne fut projetée de nouveau dans le présent et se retrouva assise devant son oncle.

– Qu'as-tu vu, fillette ?

Elle avait la gorge si serrée qu'elle était incapable de répondre.

– Qu'y a-t-il au fond de mon âme de damné ?

Involontairement, Alexanne fut une fois de plus catapultée dans un autre lieu et un autre temps. Elle vit Alexei portant une longue tunique blanche couverte de sang, courant à en perdre haleine entre les arbres. Il tomba soudainement dans le sentier et roula en bas d'une pente jusque dans un buisson, où un loup l'attendait, en lui montrant ses crocs.

Alexanne revint à la réalité. Elle n'était plus qu'à quelques pouces du visage de son oncle déséquilibré.

– Tu ne vois rien du tout, n'est-ce pas ? Dis au Jaguar que je n'ai pas oublié tout le mal qu'il m'a fait et qu'il ne sera jamais en sécurité tant que je vivrai !

– J'ai vu…

Avant qu'elle puisse prononcer un mot de plus, il avait bondi vers la porte comme un criminel craignant d'être capturé. En tremblant, Alexanne parvint à se lever. Cet endroit n'était pas sûr. Elle ne devait pas rester là. Elle s'éloigna de la maison et crut voir un loup fonçant vers la forêt.

– Je le savais…, soupira-t-elle avant de perdre connaissance.

Derrière elle, la maison s'écroula comme un château de cartes.

Chapitre 27
Alexei

Alarmée par l'énergie turbulente de son jeune frère et la terreur de sa nièce, Tatiana avait emprunté le sentier dans la montagne. Il lui était facile de traquer l'énergie qui émanait de ces deux êtres chers. Elle utilisa tous les raccourcis qu'elle avait découverts depuis qu'elle habitait la région et déboucha sur les terres des Kalinovsky, mais pas assez rapidement pour empêcher Alexei de terroriser sa nièce. Plus vigoureux que sa sœur, il l'avait facilement distancée.

Lorsque Tatiana arriva enfin dans la clairière, la maison venait tout juste de s'effondrer. Elle remercia le ciel que l'adolescente ne se soit pas trouvée à l'intérieur quand elle l'aperçut devant l'amas de planches. Reprenant connaissance, Alexanne se jeta dans ses bras en pleurant. La guérisseuse se contenta de la serrer, jusqu'à ce qu'elle se soit calmée.

– Es-tu blessée ? demanda-t-elle finalement.

– Non, hoqueta Alexanne. Pourquoi ne m'avez-vous pas tout dit au sujet d'Alexei ?

– Tu n'étais pas prête à l'entendre, ma pauvre enfant.

Sans se presser, la guérisseuse la ramena à la maison en suivant le sentier cette fois. Cette longue marche achèverait d'apaiser la jeune fille.

– Il croit que je suis une espionne, ou un truc comme ça, lui apprit Alexanne, au bout d'un moment.

– Alexei se conduit en brave, mais au fond de lui, il est terrorisé à l'idée que le chef de la secte pourrait le retrouver.

– Pourquoi ne veut-il pas croire que je suis réellement sa nièce ?

– Il est difficile de comprendre ce qui se passe vraiment dans sa tête, tu sais.

Alexanne arrêta de trembler lorsqu'elle fut assise sur une chaise de la cuisine de Tatiana, un châle sur les épaules et une tasse de tisane devant elle. Elle but le liquide chaud à petites gorgées, incapable d'effacer de son esprit les yeux cruels de son oncle.

– Madame Léger a téléphoné pour dire qu'elle te rendrait visite demain matin, lui apprit Tatiana en s'asseyant devant elle. J'imagine que tu vas vouloir repartir avec elle après ce qui s'est passé aujourd'hui.

– Ah çà, non ! répondit Alexanne en secouant la tête. Je suis une fée, que ça me plaise ou non, et j'ai des obligations envers cette famille.

Son attitude prit sa tante de court. C'était bien la première fois qu'elle reconnaissait ouvertement son héritage magique.

– Ma grand-mère était une fée elle aussi, poursuivit l'adolescente, mais elle utilisait ses pouvoirs sans les accompagner d'amour et pas de façon désintéressée. J'ai vu de mes propres yeux ce que Hannah a fait à son fils quand Alexei m'a forcée à regarder en lui. J'ai reculé dans le passé, jusqu'à l'époque où il était bébé. Votre mère l'abandonnait dans le noir parce qu'elle avait peur de lui !

– Doux Jésus... s'étrangla Tatiana.

– Je vous ai vue défier votre mère et vous occuper de lui. Il n'a jamais oublié le réconfort que lui ont procuré vos bras, même à un si jeune âge.

– Mais comment...

– Dans ma vision suivante, Alexei était plus vieux, ajouta Alexanne, sans laisser sa tante l'interrompre. Il portait une tunique blanche souillée de sang. J'ai senti sa souffrance, mais je n'ai pas été capable de le lui dire en revenant à la réalité.

– Mais comment en sommes-nous arrivés là ?

– C'est ma faute. Quand je l'ai suivi sur la route ce matin, il a pensé que quelqu'un m'avait envoyée pour le trahir, alors qu'en réalité, je voulais juste savoir s'il était un loup.

– Quel gâchis…

– Il souffre tellement, tante Tatiana. Je veux l'aider à oublier tout le mal qu'on lui a fait.

– J'ai bien peur que ce soit une mission au-dessus de tes forces, mon enfant.

– Les anges m'aideront, j'en suis certaine. Surtout, ne vous inquiétez pas pour madame Léger, elle ne saura rien de ce qui s'est passé aujourd'hui.

Alexanne serra Tatiana dans ses bras pour la rassurer et grimpa à sa chambre, bien décidée à sauver l'âme de son oncle loup-garou. Elle se saisit aussitôt de son cahier d'anges et de sa belle plume, et se mit à écrire.

Mes chers anges,

J'ai une importante faveur à vous demander. Aujourd'hui, j'ai fait la connaissance de mon oncle Alexei, un pauvre homme qui n'a connu que de la souffrance depuis sa naissance. Je veux que vous m'aidiez à instaurer la paix et le bonheur dans son cœur. Je vous en prie, donnez-moi le courage et la force de le soulager. Mettez dans ma bouche les paroles qu'il faut pour l'apaiser. Merci à l'avance pour votre soutien et la force que vous me donnerez.

Alexanne

Elle referma l'album et se coucha, à bout de forces. Cette nuit-là, à 4 h 44, un bel ange apparut près de son lit. Il posa la main sur sa tête sans la réveiller, et l'inonda de lumière.

Le lendemain matin, lorsque Alexanne se présenta au salon, Danielle Léger était déjà en train de bavarder avec sa tante. Son porte-documents en cuir était ouvert sur la table, et elle cochait des cases sur un formulaire.

– Bonjour, madame Léger, la salua Alexanne avec un sourire qui ne laissa pas du tout transparaître les événements de la veille.

L'orpheline s'assit sagement près de Tatiana et observa les traits de Danielle. Avec ses cheveux blonds, ses yeux bleus et sa peau très pâle, elle était très jolie, mais sur son front, de petits plis trahissaient ses soucis.

– Je suis contente de te voir en aussi bonne forme, Alexanne. Je voulais voir comment tu allais, et aussi savoir si tu avais besoin de quoi que ce soit.

– J'ai tout ce que je peux désirer ici, même des amis.

– C'est merveilleux !

Danielle remit le formulaire dans le porte-documents et le referma, comme si cela répondait à toutes ses questions.

– Eh bien, la prochaine fois qu'on se verra, je serai probablement accompagnée d'un technicien qui t'installera un ordinateur pour que tu puisses poursuivre tes études.

– Super ! s'exclama Alexanne en s'efforçant d'être convaincante.

– Je ne prendrai pas plus de votre temps, déclara Danielle en se levant. Je vous félicite de l'excellent travail que vous faites auprès de votre nièce, madame Kalinovsky.

– Tout le mérite lui revient, je vous assure, avoua Tatiana.

Les deux fées reconduisirent la travailleuse sociale jusqu'à la porte et demeurèrent sur la galerie jusqu'à ce qu'elle ait quitté la propriété.

– Je me demande comment elle aurait réagi si je lui avais dit que depuis sa dernière visite, j'ai découvert quelques-unes de mes vies antérieures, que je me suis fait un petit ami qui a déjà été mon mari en Russie, que je vous ai aidée à faire monter quelqu'un au ciel, que j'ai vu des mains d'anges et que je me suis fait enlever par un loup ? ricana Alexanne.

Tatiana lui décocha un regard amusé.

– As-tu changé d'idée au sujet d'Alexei ? s'enquit-elle.

– Non. Je vais le sauver. Allez-vous m'aider ?

– Je ne sais même pas, ma chérie. Alexei est si imprévisible. Je ne mets pas en doute la pureté de tes intentions, mais n'oublie pas que ton oncle est un rebelle. Il est peut-être déjà à des kilomètres d'ici.

– Mes anges m'ont dit qu'il entendra mon appel. Je vous en prie, faites-moi confiance.

À ce moment précis, un loup hurla dans la forêt.

– Vous voyez bien qu'ils ont raison, ajouta Alexanne, confiante.

Perchée sur la balustrade, Coquelicot se tourna vers les deux femmes en gazouillant. Tatiana ratissa rapidement la région avec son sixième sens.

– Il approche, déclara-t-elle. Es-tu bien certaine de vouloir l'affronter ?

– Je n'ai jamais été aussi certaine de toute ma vie.

Elles se dirigèrent vers le côté de la maison. Moins téméraire, Coquelicot plongea dans les feuilles d'une plante suspendue à une tonnelle pour se cacher.

Chapitre 28

De l'aide divine

Alexanne se planta au milieu de la cour et demanda à Tatiana de rester près de la maison. L'adolescente distingua alors la silhouette immobile d'Alexei entre les arbres. Elle implora l'aide de ses mentors célestes. Immédiatement, un bel ange apparut derrière elle, déployant ses ailes immaculées. Alexanne entendit les mots qui sortaient de sa bouche, mais ce n'était pas sa voix qui les prononçait.

– *Nous comprenons ta douleur et ta colère, Alexei Kalinovsky.*

Craignant une ruse, Alexei demeura dans la forêt, observant avec étonnement sa nièce qui se transformait graduellement en un phare de lumière éclatante.

– *Écoute cette enfant de la lignée des Ivanova.*

Le corps nimbé d'un halo doré, Alexanne fit quelques pas vers son oncle.

– *Nous voulons t'aider, Alexei. Les femmes de ta famille ne sont pas seulement des médecins du corps, elles sont aussi des médecins du cœur, et le tien souffre depuis ta naissance. Tu as durci ton cœur pour ne plus jamais souffrir, mais cela n'a pas empêché d'autres personnes cruelles de te torturer.*

Alexei poussa un cri de fureur qui mit en fuite tous les oiseaux qui nichaient dans les arbres environnants. Alexanne ne broncha pas.

– Tu leur as ouvert ton cœur, croyant qu'ils mettraient fin à ton errance, mais ils ont abusé de ta confiance. Ils t'ont nourri et vêtu, et ils t'ont enseigné ce qu'ils croyaient savoir de la vie, mais ce n'était pas ce que tu cherchais. Ils n'ont pas su te donner l'amour dont tu avais réellement besoin, celui de ta mère.

– Ne me parlez pas d'elle ! hurla Alexei en sortant de la forêt.

Il s'arrêta devant sa nièce, haletant comme un animal blessé, mais n'osa pas la toucher, car il craignait le contact avec la belle lumière qui l'entourait.

– Ils n'ont pas voulu te laisser partir et ils ont tenté de te tuer. Nous avons senti chacune des balles qui ont déchiré ta chair. Tu as réussi à t'échapper, mais la colère continue de gronder en toi et elle te tue un peu plus tous les jours.

– Ça suffit !

– Nous voulons te délivrer de cette colère et te permettre de recevoir l'amour que tu mérites.

– Depuis quand les anges sauvent-ils l'âme des damnés ?

– Nous aimons toutes les créatures de Dieu, mais nous ne pouvons t'obliger à accepter le magnifique cadeau que nous avons à t'offrir.

Alexanne lui tendit les mains, mais méfiant, Alexei recula. Des larmes ruisselaient sur les joues de cet homme profondément meurtri par la vie.

– Elle est leur messager, petit frère, intervint Tatiana. Fais-lui confiance.

– Pourquoi m'offriraient-ils tout à coup ce que personne n'a jamais réussi à me donner ?

– Nous t'aimons inconditionnellement depuis ta première incarnation, Alexei. Nous n'avons jamais cessé de t'aimer, mais toi, tu nous as oubliés.

– Prends ses mains, insista Tatiana. Surtout, n'aie pas peur.

Alexei tourna en rond, déchiré entre la douleur et l'espoir. Alexanne continua de lui tendre les bras sans bouger. Au bout d'un moment, il s'approcha d'elle, à pas comptés, comme une bête effarouchée, et avança finalement ses doigts tremblants.

– *Sens tout notre amour, Alexei.*

Leurs mains furent alors enveloppées d'une éclatante lumière, et l'homme sauvage tomba sur ses genoux. Alexanne ferma les yeux et le halo disparut d'un seul coup. Elle libéra doucement son oncle qui la fixait avec étonnement. Ses yeux brumeux semblaient revenir d'un long coma.

Sachant fort bien que les réactions de son frère étaient souvent déroutantes, Tatiana s'empressa de les rejoindre.

– Est-ce que ça va ? demanda la guérisseuse.

– La tête me tourne, mais oui, ça va, assura Alexanne.

Tatiana se pencha donc vers Alexei. Il se réfugia dans ses bras comme lorsqu'il était enfant.

– Merci, murmura Alexanne en levant les yeux au ciel.

Tatiana aida son frère à marcher jusqu'à la maison et le fit coucher dans l'une des chambres d'invités, car il était vidé de toute son énergie. Lorsqu'elle redescendit au rez-de-chaussée, elle trouva sa nièce assise dans les dernières marches de l'escalier, son cahier d'anges dans les bras.

– Comment as-tu su quoi lui dire ? voulut savoir Tatiana, en s'asseyant près d'elle.

Alexanne ouvrit l'album et lui montra, sous sa dernière requête, le dessin de deux mains ouvertes sur lesquelles reposait un cœur.

– Je leur ai tout simplement fait confiance. Comment se porte Alexei ?

– Il dort et il semble en paix pour la première fois depuis fort longtemps. Et toi, tu tiens toujours le coup ?

– Je me sens capable de rester éveillée, mais c'est comme si un poids énorme avait été retiré de mes épaules, comme si j'avais payé une immense dette envers lui.

– Ce n'est pas impossible, tu sais. Demande-le à tes anges.

Alexanne se promit de leur écrire avant d'aller au lit.

– Qu'as-tu envie de faire pendant que notre pensionnaire se repose ?

– Nous avons négligé les fleurs aujourd'hui. On pourrait les arroser ?

– C'est une excellente idée.

Alexanne déposa son cahier d'anges sur la console de l'entrée et suivit Tatiana dehors. Elle savait que cela la réconforterait de s'occuper de ses plates-bandes favorites.

Chapitre 29
La secte

En rentrant à la maison, à la fin de la journée, Alexanne s'étonna de ne pas trouver son cahier d'anges là où elle l'avait laissé. Elle jeta un coup d'œil au salon en pensant que Tatiana l'avait sans doute déplacé, et vit son oncle Alexei assis sur le divan, le bel album sur les genoux. Elle alla donc s'asseoir sur le plancher en face de lui, de l'autre côté de la table basse, car elle ne savait pas encore jusqu'à quel point elle pouvait lui faire confiance. Il posa ses yeux perçants sur elle sans dire un mot.

– C'est un cahier d'anges, lui apprit-elle.

– Je sais, répliqua-t-il, de sa voix rauque. Tatiana en avait un semblable.

– C'est une merveilleuse façon de rester en contact avec les êtres célestes.

– Mais c'est pour les femmes.

– Si vous voulez mon avis, c'est une tradition ridicule qui n'a plus sa place à notre époque. Ces albums ne devraient plus être réservés uniquement aux filles.

– Tu es une drôle de petite bonne femme, toi.

– Mon père disait en effet que j'ai du caractère.

– Je suis désolé de t'avoir traitée comme je l'ai fait.

– Je comprends maintenant pourquoi vous ne faites confiance à personne.

– Je ne veux pas que les membres de la secte me retrouvent, mais je n'ai pas peur de mourir.

– Ça ne vous oblige pas à aller vous planter encore une fois devant leurs fusils, vous savez. Mais pourquoi, au juste, ces gens ont-ils voulu vous tuer ?

– La secte est une retraite fermée, une sorte de monastère dont on ne peut plus jamais sortir. Ils ne voulaient pas que je raconte ce que j'y ai vu.

– Somme toute, c'était une prison ?

– Un gros cachot déguisé en paradis. Les hommes qui se soumettent aux règlements sont bien traités, mais les femmes n'y sont pas respectées. On abuse d'elles au nom d'un mortel qui se prend pour un dieu et qui se donne tous les droits.

– Qu'arrive-t-il aux hommes qui refusent d'obéir ?

– Ils sont brutalement rappelés à l'ordre. Et quand ils essaient de s'échapper, on les abat sans aucun remords.

– Qui vous a donné le nom de Mikal ?

– C'est le Jaguar, le chef de la secte.

– Il vous a personnellement tourmenté, n'est-ce pas ?

– Je ne veux pas en parler.

– Pourquoi ne pas clore ce chapitre de votre vie en reprenant votre véritable nom ?

– Parce que Alexei Kalinovsky n'existe plus. Ils ont envoyé mon certificat de décès quelque part dans une grande ville.

– Je suis certaine que les autorités se montreraient compréhensives si vous leur expliquiez ce qui vous est arrivé. Après tout, vous n'étiez qu'un enfant à cette époque. Vous ne saviez pas vraiment ce qu'impliquait un certificat de décès. Je connais une dame qui travaille pour les services sociaux. Elle pourrait vous aider.

– Je ne désire pas faire partie de la société.

– Je respecterai votre volonté, mais quand vous vous sentirez prêt à redevenir un Kalinovsky, il suffira de me faire signe.

– Je m'en souviendrai.

– En attendant, même si vous ne pouvez pas reprendre votre vrai nom, pourquoi ne pas en choisir un autre pour vous faire oublier la secte ?

Il redonna le cahier d'anges à Alexanne qui l'ouvrit aussitôt à la dernière page où, à son grand étonnement, elle trouva le nom *DANIEL* écrit dans le dessin du cœur que tenaient les deux mains ouvertes.

– Daniel ? s'étonna Alexanne. Mais qui a écrit ça ?

– Ce n'est certainement pas moi.

– Et tante Tatiana était dehors avec moi... alors ce sont sans doute les anges. Ils communiquent de cette façon avec moi. Je pense que Daniel Kalinovsky, ça vous irait très bien. Il faudra évidemment trouver une astuce pour vous faire inscrire à l'assurance sociale.

– Je viens de te dire que ça ne m'intéressait pas, maugréa-t-il en se levant.

– Où allez-vous ?

– Dehors.

– Reviendrez-vous pour le dîner ?

– Je n'aime pas les contraintes, Alexanne.

Il se dirigea vers la porte de sa démarche d'homme sauvage.

– Une dernière question, je vous en prie ! insista l'adolescente.

Alexei se retourna et posa une fois de plus son regard méfiant sur elle.

– Êtes-vous un loup ?

Un léger sourire s'étira sur ses lèvres, puis disparut aussitôt. Mais Alexanne avait vu ses canines acérées.

– Je ne suis pas un animal, répondit-il finalement.

Il tourna les talons et quitta la maison. Alexanne baissa les yeux sur l'illustration des mains dans son cahier d'anges en se demandant pourquoi ses mentors y avaient inscrit ce prénom...

Chapitre 30
Les enfants magiques

Alexanne ne revit son oncle qu'à la fin de la semaine. Il ne lui servit à rien de questionner Tatiana au sujet des allées et venues de cet homme mystérieux. Ses aînés semblaient vouloir garder secrètes les activités de celui-ci. Ce matin-là, l'adolescente était dans la cour et arrachait des mauvaises herbes dans une plate-bande de bégonias, lorsque Alexei arriva devant elle. Alexanne remarqua que, comme sa tante, on ne l'entendait pas venir. Même ses semelles ne craquaient pas. Il lui tendit un bâtonnet de jus de fruits glacé et s'assit sur les dalles de pierre. Elle ne savait pas ce qu'il faisait de ses journées, mais ses cheveux mal coupés étaient toujours propres, et sa barbe, toujours fraîchement rasée.

– Vous en voulez la moitié ?

– Non. Je ne mange pas ces trucs-là.

Alexanne croqua le bâtonnet à l'orange sous le regard fasciné de son oncle. Elle avait rencontré beaucoup de gens à Montréal, mais personne qui ressemblait à Alexei Kalinovsky.

– Je sais que vous n'êtes pas un animal, mais c'est fou comme vous ressemblez à un loup.

– Qu'est-ce que ça changerait que j'en sois un ou pas ?

– Vous m'aideriez à confirmer mes nouvelles perceptions extrasensorielles. Il faut que vous compreniez que je n'ai pas reçu l'entraînement des enfants magiques, à cause de mon père. J'essaie donc de rattraper le temps perdu.

– Les enfants magiques, répéta Alexei, avec tristesse.

– Et je commence sérieusement à penser que vous en êtes un vous aussi, et que c'est pour cette raison que votre mère a eu si peur de vous.

La mention de cette femme assombrit aussitôt le visage d'Alexei. Il n'arriverait donc jamais à pardonner à Hannah les supplices qu'elle lui avait fait subir.

– À mon avis, vous avez dû vous servir de vos pouvoirs dès le berceau, ce qui l'a effrayée, puisque seules les filles sont censées posséder des facultés surnaturelles, ajouta Alexanne en faisant mine de ne pas remarquer son changement d'humeur.

– Je ne me souviens pas de mon enfance.

– Je sais que vous avez le pouvoir de double vue, vous aussi.

– Je n'ai aucun pouvoir.

– Vous en savez trop sur ce don pour ne pas le posséder. Et n'allez pas me dire que c'est votre sœur qui vous en a parlé, car elle vivait déjà chez madame Carmichael quand vous étiez jeune. Je sais aussi que vous êtes capable de ressentir la présence et les émotions des gens, comme tante Tatiana.

– Pas toi ?

– Pas encore, mais ça ne saurait tarder. Peut-être que vous vous changez en loup sans vous en rendre compte, comme dans les films.

Alexei ne répliqua pas.

– J'ai vu le loup qui vous attendait dans les buissons quand vous êtes tombé sous les balles de la secte.

– Quoi ? fit-il, angoissé. Est-ce tout ce que tu as vu ?

– Malheureusement, oui.

Alexei voulut partir, mais Alexanne lui saisit gentiment le bras.

– Nous avons le même sang dans les veines, oncle Daniel. Je vous en prie, ne commencez pas à me fuir.

– Ne m'appelle pas comme ça.

– Mais vous êtes mon oncle.

– Je n'aime pas les hiérarchies.

– Je vous traiterai en égal si vous faites la même chose.

Alexei hésita, mais sans chercher à se défaire de l'emprise de sa nièce. Il lui était difficile de résister à cette enfant qui ressemblait beaucoup à Tatiana.

– J'imagine que si je ne t'en parle pas, tu essaieras de le voir par toi-même, grommela-t-il, sur la défensive.

– Je préférerais que ça vienne de vous.

– Arrête de me vouvoyer.

– On m'a enseigné les bonnes manières chez moi, je suis désolée.

– Alors, agis autrement quand tu es avec moi.

– Je vais essayer, à la condition que tu me parles du loup. Je veux savoir ce qui est arrivé.

Alexei libéra son bras et alla s'asseoir plus loin.

– Le buisson cachait l'entrée de sa tanière, se livra enfin Alexei. Il a commencé par me provoquer pour que je m'éloigne, mais mes blessures ne me permettaient plus de bouger. Il s'est avancé, prêt à bondir, alors j'ai rassemblé toutes mes forces et j'ai réussi à me retourner sur le ventre, puis à me traîner sur le sol. Il m'a sauté à la gorge et il m'a mordu. Je n'ai jamais compris pourquoi il ne m'avait pas tué pour me donner à manger à ses louveteaux. Après avoir planté ses crocs dans ma chair, il est parti.

– Et te changes-tu en loup depuis ce temps ?

– Il y a des moments où je pense comme un loup. J'aime ma solitude et je me tiens loin des humains, mais je n'en suis pas un.

– Est-ce après cette attaque que tu es venu directement ici pour que Tatiana te soigne ?

– Oui, mais je ne me souviens de rien. Quand j'ai repris connaissance, j'étais dans cette maison, et elle était auprès de moi.

– Est-il possible que tu aies parcouru tout ce chemin sous une autre forme ?

Matthieu arriva sur le côté de la maison en sifflant, car il savait qu'il pourrait trouver sa belle au milieu des fleurs à cette heure de la journée. Alexanne pivota sur ses genoux, et son cœur se mit à palpiter follement dans sa poitrine. Elle tourna ensuite la tête vers son oncle avec l'intention de lui présenter son petit ami, mais Alexei n'était plus là. Matthieu s'agenouilla devant Alexanne et l'embrassa avec tendresse.

– Pourquoi es-tu surprise de me voir ? s'étonna-t-il. Je t'avais pourtant dit que je venais te chercher aujourd'hui.

– Ce n'est pas à cause de toi, Matthieu, mais de mon oncle. Il était là il y a une seconde à peine !

– Là, où ?

– À côté de moi. Ne l'as-tu pas vu en venant jusqu'ici ?

– Non. Il n'y avait personne avec toi.

– Ne te moque pas de moi, Matthieu Richard.

– Mais je t'assure qu'il n'y avait personne !

Alexanne observa les alentours et distingua les empreintes d'un animal dans la terre entre les fleurs. Était-il possible qu'il se soit métamorphosé à côté d'elle sans qu'elle s'en aperçoive ?

– On dirait des traces de loup, remarqua Matthieu.

– Tu as parfaitement raison, et quand je lui mettrai la main au collet, il va passer un mauvais quart d'heure !

– Tu vas donner une raclée à un loup ?

Embarrassée, Alexanne prit la main du jeune homme et le ramena à la maison, afin de prendre le sac à dos qu'elle avait préparé pour la soirée. Tatiana les rejoignit dans l'entrée. Elle s'assura qu'elle avait tout ce qu'il lui fallait et les avertit qu'il y aurait un orage en soirée. Matthieu déclara que son père lui laissait la camionnette toute la journée, et qu'ils seraient certainement à l'abri de la pluie. Il promit aussi de ne pas ramener Alexanne trop tard, puis fit monter cette dernière dans le véhicule. Lorsqu'il quitta l'entrée, Alexei sortit de sa cachette, derrière les arbres, et se planta à côté de sa sœur.

– Est-ce prudent de la laisser partir avec lui ?

– Matthieu est le fils d'un bon ami à moi et il est sérieux pour son âge, affirma Tatiana. Tu t'inquiètes pour rien.

Sur le siège du passager, Alexanne jeta un coup d'œil derrière elle et vit Alexei !

– Matthieu, regarde dans le rétroviseur ! ordonna-t-elle.

– Il y a un homme avec ta tante.

– C'est mon oncle !

– Je te jure qu'il n'était pas là quand je suis allé te chercher dans le jardin. C'est la vérité.

– Je ne sais pas comment il y arrive, mais il a le don de disparaître avec la rapidité de l'éclair.

– Mon père m'a déjà parlé de lui.

– Ah oui ? Qu'est-ce qu'il t'a dit ?

– Apparemment, il habite très loin, de l'autre côté de la montagne, et il fabrique des produits naturels.

– C'est tout ce qu'il t'a raconté ?

– Il dit aussi qu'il n'est pas très sociable.

– Ça, c'est vrai, confirma-t-elle en se retournant une fois de plus pour l'observer.

Mais les deux adultes n'étaient plus là. Alexanne décida de ne plus penser à eux du reste de la journée et de s'amuser. Elle reporta donc toute son attention sur Matthieu.

Chapitre 31
Le cahier d'Alexei

Lorsque la camionnette eut tourné sur la route de terre, au bout de l'allée, Alexei alla s'asseoir dans l'une des berceuses de la galerie. Il y avait longtemps qu'il ne s'était pas senti aussi tranquille. Il se berça en pensant à Alexanne. Cette charmante enfant exerçait une attirance certaine sur lui, mais il n'arrivait pas à comprendre pourquoi. Tatiana lui apporta alors un cahier d'anges et s'assit sur l'autre chaise.

– C'est l'album d'Alexanne ?

– Non, c'est le tien, Alexei. Nous avons décidé de briser la tradition des Ivanova.

Elle se pencha pour faire glisser une belle plume d'argent dans la poche de sa chemise.

– Juste pour moi ?

– Notre nièce est persuadée que, malgré le fait que tu sois un garçon, tu as été toi aussi un enfant magique.

– Elle dit des tas de bêtises, cette nièce.

– La nuit dernière, je me suis rappelé notre vie de famille et je dois avouer qu'elle a raison. Tu faisais des choses étranges quand tu étais petit.

– J'en fais encore, répondit Alexei en ricanant.

– Je me suis souvenu que tu n'avais qu'à tendre la main quand tu voulais ta sucette pour qu'elle se retrouve mystérieusement dans ta bouche quelques secondes plus tard.

– Je ne me souviens pas de ça, fit-il en se refermant.

– Tu avais aussi le don de te faire obéir par tous nos chiens sans jamais leur adresser la parole.

Il baissa le regard sur le beau cahier, effrayé de ne rien trouver de tel dans sa mémoire, car il avait depuis longtemps effacé tous ses souvenirs.

– Quand je pense à mon enfance, je ne vois que le visage grimaçant de mère et je ressens une incompréhensible terreur… Je ne me rappelle même pas de père…

Il leva des yeux malheureux sur sa grande sœur.

– Alexanne me fait peur elle aussi, avoua-t-il.

– Pourtant, elle t'aime beaucoup et elle n'a certainement pas l'intention de te faire du mal.

– Elle lit en moi comme dans un livre ouvert.

– Lui as-tu parlé du loup ?

– Je ne lui ai raconté qu'une partie de l'histoire, mais elle finira bien par deviner le reste, et elle me détestera elle aussi.

– Elle n'est pas comme tout le monde, ne l'oublie jamais. En attendant, tu peux aussi t'adresser aux anges.

– Le ciel ne veut plus de moi depuis bien longtemps, Tatiana.

Il se leva et déposa l'album glacé sur la balustrade. Il sortit la plume de sa poche de chemise et la déposa sur la couverture du cahier. Il sauta sur la pelouse et s'éloigna en direction de la forêt sous le regard déçu de Tatiana.

Chapitre 32
Le village

Après avoir vu défiler des arbres de chaque côté de la route pendant une heure, Alexanne s'enthousiasma lorsque la camionnette arriva enfin sur la rue principale de Saint-Juillet. Matthieu roula pendant quelques minutes encore, puis s'arrêta devant la dernière maison.

– Voilà, c'était mon village, déclara-t-il avec une moue moqueuse.

– Il compte combien d'habitants ?

– Sept cent trois depuis la semaine dernière.

– Seulement ça ! Tu dois connaître tout le monde !

– Oui, mais le désavantage, c'est que tout le monde sait toujours tout ce qu'on fait. Demain, tu seras sans doute le sujet de toutes les conversations à l'épicerie, au café et même à l'église. Les gens vont dire : « As-tu vu la fille que Matthieu Richard a ramenée au village hier ? On savait que ça finirait par arriver, parce que les filles d'ici ne l'ont jamais intéressé. »

Alexanne pouffa de rire devant son imitation convaincante des commères du village, mais l'expression on ne peut plus sérieuse de Matthieu lui indiqua qu'il ne plaisantait pas.

– Bon, dans ce cas, on va leur en donner pour leur argent, décida-t-elle.

– Alexanne, ne fais pas de bêtises. J'habite ici, moi.

Matthieu fit demi-tour sur la rue principale, pendant qu'Alexanne regardait par la fenêtre, fascinée par tout ce qu'elle voyait. Les maisons étaient coquettes et propres et elles n'avaient jamais plus de deux étages.

– Est-ce que toute la population vit sur la même rue ? s'enquit-elle.

– Seulement la moitié. Les autres habitent sur les rues transversales ou sur le bord du lac, mais ils sont peu nombreux par là, parce que le nombre de terrains est limité. Presque toute la forêt autour du lac est une réserve de chasse.

En entendant le mot « chasse », elle lui lança un regard désapprobateur.

– Je n'ai rien à voir là-dedans, se défendit le jeune homme. Au début du siècle, ce village n'était qu'un ramassis de cabanes de chasse.

– As-tu fait des pressions sur ton député pour la faire interdire dans la région ?

– Moi ? Mais je n'ai que seize ans ! Penses-tu vraiment qu'on me prendra au sérieux ? Et puis, tous les habitants du village sont des chasseurs de père en fils ! Ils vont me lapider si je fais une chose pareille !

– Ils doivent déjà savoir que ton père ne tue plus d'animaux.

– Ils ne savent même pas qu'il a tenté de se suicider, avoua Matthieu. Il a dit à ses amis qu'il avait eu un accident avec son fusil et qu'il avait décidé d'abandonner ce sport.

– Vous leur avez menti ? lui reprocha l'adolescente.

– Il n'est pas facile de vivre dans une société fermée comme la nôtre, Alexanne. Essaie de comprendre. D'où tu viens, il y a des milliers de personnes et tout le monde se fiche des autres. Ici, c'est différent. Et puis, je ne veux pas qu'on passe la journée à se disputer à cause d'un domaine de chasse.

– Oui, tu as raison.

Il arrêta la camionnette devant la façade du magasin *Richard Électronique* et en descendit. Il fit le tour du véhicule et ouvrit la portière à sa passagère. Déjà, les piétons commençaient à s'arrêter pour l'examiner. Alexanne glissa de son siège et tomba dans les bras de Matthieu. Elle lui entoura le cou et l'embrassa langoureusement sur les lèvres.

– Alexanne, tu vas me causer des ennuis, geignit Matthieu.

– Je veux seulement que notre relation soit très claire pour eux.

Découragé, le jeune homme réussit à prendre Alexanne par la main et l'entraîna vers le magasin, où il la fit entrer sans délai. Derrière le comptoir, Paul les regarda approcher avec un sourire moqueur, car il n'avait pas manqué, lui non plus, leur démonstration d'affection devant sa boutique.

– Mademoiselle Kalinovsky, soyez la bienvenue dans notre repaire, dit-il pour l'accueillir.

– Je vous remercie, monsieur Richard. C'est mignon comme tout ici.

Le qualificatif, qui se serait davantage appliqué à un salon de coiffure, fit hausser les sourcils de Matthieu et naître une flamme d'amusement dans les yeux de son père.

– On fait ce qu'on peut, assura-t-il. Matthieu, je sais que je t'ai dit que tu pouvais utiliser la camionnette toute la journée, mais j'ai une livraison urgente à faire cet après-midi. Est-ce que tu pourrais organiser ton horaire en conséquence ?

– On pourrait aller au lac à pied ? suggéra l'adolescente.

– Pourquoi ne l'emmènes-tu pas au quai du père Collin ? conseilla Paul. Il est parti à Québec pour la semaine.

– Oui, je pense que tu aimeras le paysage, agréa Matthieu en se tournant vers Alexanne.

Il spécifia toutefois à son père qu'il en aurait besoin dans la soirée pour aller voir un film et pour reconduire Alexanne chez elle. Il prit ensuite la main de sa jeune amie et ils traversèrent la rue sous les regards curieux des villageois et marchèrent dans un petit sentier qui menait sur le bord de l'eau.

– C'est tellement paisible ici, remarqua Alexanne.

– C'est toujours comme ça, mais parfois, c'est carrément ennuyeux.

– Quand tu auras marché pendant une demi-heure sur la rue Sherbrooke, tu vas apprécier la tranquillité de ton patelin.

– Ce doit être toute une expérience quand même, soupira-t-il, rêveur. Je vois souvent la ville de Montréal aux informations, mais sur un écran de télévision, je suis certain que ça ne rend pas justice à son charme.

– Tu es décidément un romantique.

Ils arrivèrent sur le bord du lac. Devant eux, une chaloupe verte était amarrée à un quai de bois.

– Est-ce le quai du père Collin ? s'enquit-elle.

– Oui et la maison, là-bas, c'est la sienne.

– C'est le prêtre du village ?

– Non. Le père Collin est un ancien jésuite à la retraite. Notre prêtre s'appelle Sébastien Brisson. Je ne suis même pas sûr qu'il ait trente ans.

– Et cette chaloupe, appartient-elle à l'homme qui est parti à Québec pour la semaine ?

– Si je continue à te fréquenter, tu vas me faire jeter en prison, Alexanne Kalinovsky !

– Je ne te demande pas de la voler, juste de l'emprunter !

Il l'aida à s'asseoir dans l'embarcation et la détacha. Elle l'observa, tandis qu'il s'emparait des rames et les manœuvrait adroitement pour les éloigner de la berge. Non seulement Matthieu était beau et poli, il était également galant et romantique. Ils passèrent tout l'après-midi à voguer sur l'eau en se racontant des anecdotes de leur enfance. Puis, lorsque l'heure du dîner approcha, Matthieu les ramena au quai du père Collin.

Ils marchèrent jusqu'à la maison des Richard, située à quelques minutes de leur boutique, sur une rue transversale.

Toute la famille s'était endimanchée pour la recevoir, ce qui amusa beaucoup Alexanne. Les deux petites sœurs de Matthieu, Viviane et Magali, portaient même des rubans colorés dans leurs cheveux blonds. Elles examinèrent l'étrangère de la tête aux pieds, jusqu'à ce qu'elles soient appelées à table. Les fillettes dévoilèrent à Alexanne des épisodes cocasses de leur vie de famille, qui firent parfois rougir Matthieu, mais il était impossible de les faire taire.

Après le dîner, le jeune homme montra sa chambre à Alexanne, qui s'étonna de la trouver si bien rangée. Elle remarqua tout de suite les affiches de châteaux et de chevaliers sur les murs, et les rideaux de style médiéval. Sur la commode reposaient des chandeliers de fer forgé, et dans un coin, plusieurs guitares reposaient sur des supports.

– As-tu fait le ménage en prévision de ma visite ? se moqua Alexanne.

– Non. J'aime que les choses soient à leur place.

– Et les châteaux aussi.

Alexanne s'assit sur le lit et montra du doigt les guitares pour lui indiquer son désir de l'entendre jouer quelque chose.

– Comme ça ? À froid ?

– Ne me dis pas que tu es timide ? Je ne suis plus une étrangère maintenant !

Il choisit un instrument acoustique, puis s'assit sur le plancher, dos à Alexanne, et s'appuya contre le lit. Il prit une profonde inspiration et joua une mélodie romantique. Dans le couloir, la mère de Matthieu s'arrêta près de la porte fermée et y appuya une oreille. Paul Richard arriva derrière elle.

– Laisse-les tranquilles, chuchota-t-il en la prenant par la main.

– Il joue pour elle, s'émut-elle.

– Tu m'as promis de ne pas les espionner, Louise. Viens m'aider à faire la vaisselle.

– C'est la bonne, Paul, je le sais.

Il la poussa en direction de la cuisine. Dans la chambre, Alexanne glissa les doigts dans les cheveux châtains de Matthieu.

– Y a-t-il des paroles sur cette belle mélodie ?

– Là, tu exagères.

Il étira le cou par-derrière pour la regarder. Alexanne se pencha lentement et l'embrassa sur les lèvres. Il cessa de jouer et ils échangèrent un long baiser. Le temps sembla s'arrêter et la jeune fille se surprit à penser qu'elle n'avait jamais été si heureuse de toute sa vie.

Mais des kilomètres plus loin, assis sur le bord du puits de la maison de sa sœur, Alexei Kalinovsky était en train d'utiliser ses mystérieux pouvoirs pour savoir ce que faisait Alexanne.

L'adolescente, qui était en train d'embrasser Matthieu, ressentit aussitôt une présence étrangère dans son esprit. Elle sursauta, mettant fin au baiser.

– Qu'est-ce que tu as ?

– Je me sens espionnée, avoua Alexanne, bouleversée.

– Mes sœurs ! se fâcha Matthieu.

Il déposa la guitare sur son support et tenta de se relever avec l'intention d'aller leur faire un mauvais parti, mais Alexanne s'accrocha à son bras.

– Ne me laisse pas seule, l'implora-t-elle.

Constatant qu'elle avait vraiment peur, Matthieu resta assis par terre et l'attira dans ses bras. Il la serra contre lui et lui frotta le dos, en vain. Elle continua de trembler comme une feuille.

– Tu n'as rien à craindre, je suis avec toi, la rassura-t-il.

Alexanne n'osa pas lui dire que ce qu'elle avait ressenti n'était pas humain, et qu'il ne pourrait rien faire pour l'en protéger. Matthieu décida donc de lui changer les idées en l'emmenant voir le film deux heures plus tôt que prévu, dans la ville la plus proche.

Chapitre 33
Un oncle possessif

Lorsque Matthieu ramena finalement Alexanne chez elle, un peu avant minuit, des éclairs sillonnaient le ciel, illuminant toute la campagne. Le jeune homme jeta un coup d'œil à son amie et vit qu'elle faisait la moue.

– Est-ce que ça va, Alexanne ?

– Je n'ai pas envie de rentrer à la maison. Je préférerais rester avec toi.

– Mon père m'en voudrait si nous ne rentrions que demain matin, déclara-t-il en arrêtant la camionnette sur le bord de la route qui menait chez les fées. Il est plutôt vieux jeu. Et puis, je pense qu'il est important, si nous voulons nous revoir, que je ne perde pas sa confiance. Mais rien ne nous empêche d'étirer la soirée encore un peu.

Il arrêta le moteur et passa par-dessus le siège pour aller s'asseoir dans le coffre de la camionnette. Il prit la main de l'adolescente et l'incita à le suivre. Au milieu de l'orage, ils s'enlacèrent sur la couverture et s'embrassèrent. Alors qu'Alexanne commençait enfin à se détendre, le visage menaçant d'Alexei apparut dans la fenêtre arrière. Les deux adolescents hurlèrent de terreur.

– Êtes-vous en panne ? demanda l'homme-loup en ouvrant les portes.

Terrorisé, Matthieu n'arriva pas à prononcer un seul mot, mais reconnaissant enfin le visage de l'intrus, Alexanne se remit rapidement de son effroi.

– Pas du tout, affirma-t-elle. Matthieu, je te présente mon oncle Alexei.

– Vous feriez mieux de ne pas vous attarder, les avertit-il. Il y a une meute de loups pas très loin d'ici, et ils ont faim.

Alexanne, qui commençait à interpréter de mieux en mieux les expressions faciales de son parent, comprit aussitôt qu'il ne plaisantait pas. Les deux jeunes gens réintégrèrent leur siège, et Alexei grimpa dans la camionnette, refermant les portes derrière lui. Matthieu conduisit le véhicule jusqu'à la maison des Kalinovsky, sous la pluie torrentielle, au milieu des roulements de plus en plus terrifiants du tonnerre. Une fois devant l'entrée, il n'arrêta pas le moteur, et se retourna pour remercier l'oncle d'Alexanne, mais il avait disparu. Étonné, Matthieu interrogea la jeune fille du regard. Elle était aussi pâle et effrayée que lui.

– Mais où est-il passé ?

– Il a dû sortir de la camionnette pendant un coup de tonnerre, balbutia-t-elle. Je ferais mieux de rentrer maintenant.

– On s'appelle ?

Alexanne hocha vivement la tête, et Matthieu l'embrassa une dernière fois. Elle ouvrit la porte et descendit du véhicule. Elle courut sous la pluie et son prince charmant attendit qu'elle soit entrée dans la maison avant de faire reculer son gros véhicule. Il n'avait roulé que quelques mètres sur la route de campagne, lorsqu'un éclair découpa la silhouette d'un loup, planté au milieu de la route. Matthieu écrasa la pédale de frein.

Couchée depuis longtemps, Tatiana ressentit la colère de son jeune frère. Elle s'assit brusquement dans son lit et lui ordonna, en pensée, d'y penser à deux fois avant de donner libre cours à ses instincts. Aussitôt, sur la route, le loup tourna la tête vers la maison et prit la fuite en sautant par-dessus le fossé. Le cœur battant, Matthieu demeura immobile un moment. Aussi loin qu'il pouvait s'en souvenir, les loups n'attaquaient pas les voitures de cette façon. Malgré sa peur, il choisit de poursuivre sa route plutôt que d'aller se réfugier chez les Kalinovsky, car son père aurait besoin de la camionnette le lendemain matin pour faire ses livraisons.

Inconsciente du drame qui se jouait à l'extérieur de chez elle, Alexanne était montée à sa chambre. Elle avait décroché la serviette suspendue derrière sa porte et avait commencé à sécher ses cheveux lorsque Tatiana la rejoignit.

– Alexanne, que se passe-t-il ? s'inquiéta sa tante.

– Je me sens oppressée et je ne sais pas pourquoi. C'est peut-être à cause de l'orage.

– As-tu passé une belle soirée au moins ?

– Le film n'était pas très bon, mais Matthieu est si galant. Je pense que je suis amoureuse de lui.

Tatiana continua de bavarder avec elle jusqu'à ce que ses paupières commencent à être lourdes, puis elle retourna à sa chambre. Retirant une fine poudre dorée d'un petit sac de velours, Tatiana prononça une incantation en la répandant autour d'elle.

– Protégez notre maison cette nuit, dit-elle en terminant.

Dehors, un loup se mit à hurler. Tatiana comprenait son désarroi, mais la sécurité de sa nièce était plus importante que le salut de cette âme torturée.

* * *

À son réveil, Alexanne constata avec soulagement que l'orage était passé et que le soleil brillait de tous ses feux. Elle s'habilla et dévala l'escalier, en forme pour commencer la journée. C'est alors qu'elle entendit des voix de femmes dans le salon. Prudemment, elle s'arrêta sur la dernière marche et étira son cou pour voir qui était là, sans être vue. Elle distingua les visages de deux dames d'un certain âge, assises devant sa tante. L'une d'elles était confinée dans un fauteuil roulant.

– J'ai parlé de toi à Jacqueline, dit celle qui était assise sur le sofa. Toi seule peux maintenant l'aider.

Tatiana tendit les mains à la malade. Ne voulant surtout pas gêner sa tante dans son travail, Alexanne fila dans la cuisine sur la pointe des pieds. Elle se prépara un bol de céréales et se perdit dans ses pensées. Lorsqu'elle se retourna pour se rendre à la petite table ronde, elle trouva Alexei devant elle. Elle étouffa un cri de surprise et fit de gros efforts pour ne pas se mettre en colère.

– Il va vraiment falloir que tu arrêtes de me surprendre comme ça, maugréa-t-elle en poursuivant son chemin jusqu'à la table.

Elle se mit à manger et son oncle alla s'asseoir devant elle.

– Tu as failli faire mourir Matthieu hier soir, lui reprocha-t-elle.

– Je voulais seulement vous éviter des ennuis. C'est plutôt difficile de s'annoncer bruyamment au beau milieu d'un orage.

Alexanne se radoucit, comprenant qu'il avait raison.

– Tante Tatiana possède un livre sur les anges, et j'y ai trouvé un Daniel. Apparemment, c'est l'ange de la miséricorde. Il donne de l'inspiration à ceux qui ont des décisions à prendre et il communique directement avec Dieu.

– Pourquoi veulent-ils que je porte son nom ?

– C'est peut-être à cause de la miséricorde.

Elle mangea ses céréales avec appétit et constata que son oncle continuait de la fixer comme s'il ne la connaissait pas.

– La lumière que tu dégages est très belle, murmura-t-il.

– Je le savais que tu avais le don de double vue ! s'exclama Alexanne, contente de pouvoir vérifier la justesse de son diagnostic spirituel. Il n'y a que les fées qui voient la lumière et l'énergie des gens !

Alexei tourna vivement la tête en direction du couloir, comme s'il avait entendu quelque chose de suspect.

Chapitre 34
La transe

Alexanne n'avait rien entendu du tout, mais elle s'était tout de même tournée vers l'entrée de la cuisine. Elle vit alors entrer l'une des clientes de sa tante. Son sourire chaleureux fit tout de suite comprendre à l'orpheline qu'il s'agissait aussi d'une amie.

– Je ne veux surtout pas vous déranger, fit la dame.

Alexanne se tourna vers son oncle pour lui demander si c'était la présence de l'étrangère qui l'avait indisposé, mais il n'était plus là. La dame dans la porte capta aussitôt son désarroi.

– Il est parti en me sentant approcher, expliqua-t-elle. Tu es Alexanne, n'est-ce pas ?

– Oui, c'est moi.

– Je m'appelle Angéline. Est-ce que je pourrais te tenir compagnie pendant que ta tante traite mon amie ?

– Certainement. Voulez-vous manger quelque chose ?

– Non, mais je prendrais volontiers un grand verre d'eau.

Alexanne se dirigea aussitôt vers le plan de travail et lui servit celle que Tatiana avait puisée le matin même. Quand elle se retourna pour lui apporter le verre, elle vit la femme en train de passer la main au-dessus de la chaise où Alexei s'était assis. L'adolescente posa le verre sur la table.

– Avez-vous un don, vous aussi ?

– Je vois et je ressens parfois des choses invisibles, affirma Angéline. Et juste en te regardant, je peux déjà dire que tu possèdes le même talent.

– Que ressentez-vous ?

– C'est malheureusement une énergie qui n'aurait pas dû franchir le seuil de cette porte.

– Pourquoi dites-vous ça ?

– Je capte beaucoup de peur et de remords, comme dans le cœur d'un assassin.

– Vous faites erreur. C'était mon oncle qui était assis là, et les anges l'ont débarrassé de son mal.

– Me serait-il possible de parler à ton oncle ?

– Je ne crois pas, non. Il n'aime pas parler aux étrangers.

Le regard d'Angéline devint alors absent, tandis qu'elle entrait en transe.

– Il a eu plusieurs noms depuis sa naissance, déclara-t-elle en parlant très lentement. Que de souffrances... Les anges me montrent une forteresse au sommet d'une montagne, et des fusils, beaucoup de fusils... Ils me montrent aussi des chaînes et des menottes... On l'a empêché de faire ce qu'il voulait... Les anges me montrent aussi du sang qui coule du ciel... sur les arbres... et un loup...

– Parlez-moi du loup, la pressa Alexanne.

– Il a installé l'obscurité, en lui... Les anges me disent que tu n'es pas en sécurité en sa présence parce que ta lumière est trop faible... Ils me montrent un trou au niveau de ton plexus solaire... L'obscurité a déjà commencé à s'emparer d'une partie de ta lumière...

– Là, vous allez trop loin ! se fâcha l'adolescente. Les anges ne l'auraient jamais laissé faire une chose pareille.

– Ils ont essayé de te mettre en garde, mais tu as choisi de ne voir que le beau côté de ta mission... Tu as refusé de voir le danger… Ils me montrent maintenant un bouclier, comme ceux que portaient les chevaliers…

– Pour me protéger ?

– Ils veulent que tu t'en serves…

La dame sortit brusquement de sa transe en cherchant son souffle et s'agrippa à la table. Alexanne n'attendit pas qu'elle ajoute quoi que ce soit à ses révélations et quitta la cuisine en courant. Elle grimpa l'escalier en toute hâte et se jeta à plat ventre sur son lit. Elle se mit à pleurer en pensant que les anges n'avaient pas entièrement guéri Alexei. Puis, brusquement, elle se releva sur ses coudes et jeta un coup d'œil à son cahier d'anges. Décidée à vider son cœur, elle l'ouvrit.

En trouvant leur dernière réponse, elle poussa un cri de surprise et laissa tomber l'album sur le plancher. Sur la dernière page, ils avaient dessiné un bouclier et un loup enragé. Alexanne recula jusqu'à la fenêtre et se laissa glisser en position assise sur le sol. Profondément meurtrie, elle replia ses genoux et cacha son visage dans ses bras. La petite fée blonde se posa alors sur son épaule et lui caressa gentiment la joue, mais n'arriva pas à la consoler.

C'est dans cette position que Tatiana trouva sa nièce une heure plus tard. Elle avisa le dessin dans le cahier d'anges ouvert sur le plancher et sa nièce recroquevillée sous la fenêtre.

– Il est plutôt difficile de venir en aide à une femme malade, lorsque sa propre maison vibre de détresse, s'affligea la guérisseuse.

– L'une de ces deux femmes m'a dit que votre frère est un assassin et que je suis en danger en sa présence, pleura Alexanne. Vous ne me dites jamais tout ce que vous savez…

– Ma pauvre enfant, tu subirais un bien trop grand choc si je te disais toute la vérité d'un seul bloc.

– Commencez donc par me dire si les anges ont sauvé mon oncle, et ne m'épargnez pas cette fois.

– Alexanne, s'ils avaient vraiment sauvé Alex, il serait mort dans tes bras. C'est la seule libération possible pour lui.

Tatiana s'assit sur le lit en soupirant.

– Lorsque les gens de la secte lui ont tiré dessus, ils l'ont tué.

– C'est un zombie ?

– Pas tout à fait, mais sa réalité ressemble beaucoup à la leur. Quand il est arrivé chez moi, il était déjà mort. C'est la peur qui l'a tenu artificiellement en vie. Elle avait déjà avalé son âme. J'ai soigné ses blessures, mais c'est tout ce que je pouvais faire.

– La peur, c'est un autre nom qu'on donne au diable ?

– Non. Le diable n'existe pas, mais le mal, oui, et lorsqu'il règne en maître quelque part, comme dans la secte de la montagne, il se forme une espèce de tissu maléfique invisible, un peu comme dans le cas des hantises résiduelles, sauf que cette substance malfaisante s'infiltre dans les gens ou les animaux.

– Le loup ! s'exclama Alexanne. C'est le loup qui lui a transmis le mal !

– Mais en même temps, il l'a maintenu en vie.

– Alexei est-il condamné à vivre ainsi longtemps encore ?

– Jusqu'à ce qu'il transmette le mal à un autre être vivant. Alors, ses tourments prendront fin.

Alexanne frissonna d'horreur à l'idée qu'elle puisse devenir cette victime et vivre le même cauchemar. Tatiana entendit aussitôt ses pensées.

– Ta lumière l'attire, mais en raison du lien qui existe entre vous, il ne te fera pas de mal. S'il avait voulu te mordre, il l'aurait fait depuis longtemps.

– Donc les anges m'ont menti lorsqu'ils m'ont dit qu'ils m'aideraient à le libérer ?

– Non, Alexanne. Ils ont fait ce qu'ils pouvaient, mais ils ne tuent pas les gens, et la mort est la seule façon de libérer mon frère.

– A-t-il le pouvoir de se changer en loup ?

– Ce n'est pas un pouvoir, c'est une malédiction. Il n'est pas conscient de ses métamorphoses. Crois-moi, j'ai déjà épuisé toutes les solutions pour le sauver. La seule chose qu'il puisse faire, c'est de continuer de vivre seul dans la forêt.

– Non, je refuse de le laisser tomber.

– Dans ce cas, approche. Tu vas avoir besoin de toute la protection que je peux te fournir.

Alexanne alla se placer devant sa tante. Cette dernière répandit autour d'elle une fine poudre dorée qu'elle sembla matérialiser de nulle part.

– Que Dieu te garde, ma chérie. Ce que tu veux entreprendre est très dangereux, et même si je t'aime plus que tout au monde, je n'ai pas le droit de te priver de ton libre arbitre.

– C'est donc vous le bouclier ! comprit Alexanne en regardant retomber la poussière scintillante. Mais vous êtes encore plus que ça : vous êtes l'amour même ! Vous ne pouvez même pas détester la représentation du mal !

La guérisseuse l'embrassa sur le front.

– Tante Tatiana, pourquoi les anges ont-ils donné à votre frère le nom d'un ange qui est la personnification de l'amour alors que le mal ronge son âme ?

– Lui ont-ils donné le nom de l'ange ou celui du saint qui a été jeté dans la fosse aux lions ?

– Je n'avais pas pensé à ça…

Tatiana quitta la chambre, et Alexanne se précipita sur son cahier d'anges. Avec sa plume d'argent, elle écrivit ces mots sous le dessin du bouclier et du loup :

Mes chers anges,

Je comprends que vous soyez inquiets pour moi, mais vous auriez pu au moins me prévenir avant que je tente d'aider un homme sous l'emprise du mal. La dame qui est venue chez ma tante, tout à l'heure, prétend que mon oncle m'a arraché une partie de ma lumière. C'est sans doute pour cette raison que je me sentais si oppressée hier soir. Je vous demande maintenant de m'aider à redevenir aussi brillante qu'un phare, afin que je puisse aider mon oncle à trouver la paix. Je ne comprends pas pourquoi je tiens tant à l'aider, mais je veux le faire. Je dois le faire. Je pense même que c'est la seule chose que je suis venue faire sur la Terre. Je vous en prie, éclairez-moi.

Alexanne

L'album s'illumina dans ses mains. Elle sursauta et le laissa tomber sur son lit. L'enchantement ne dura qu'un instant. Dès que la lumière s'estompa, Alexanne tourna prudemment la page. Elle était couverte d'une écriture fine et ancienne. « Ils ne se servent pas de notre main pour écrire leurs messages ! » pensa Alexanne, émerveillée. « Ils les écrivent eux-mêmes ! »

Vous avez encore des dettes karmiques à régler entre vous. Jadis, dans une grande île qui a sombré dans l'océan, il t'a poussée dans un bateau pour te sauver la vie et il est resté sur le quai où il a péri. Dans une autre vie, lorsque tu n'étais qu'un bébé, il est entré dans un immeuble en feu pour te sauver, mais il y a laissé la vie. Et ainsi de suite. Vos âmes se sont toujours aimées, car elles sont issues du même souffle de vie du divin. Même si l'ombre s'est installée en lui, il se souvient de tout ce que vous avez vécu ensemble. Il ne pourrait jamais te faire de mal et s'il a pris une partie de ta lumière, c'était involontaire. Il s'en est aperçu, et il se sent coupable. En vérité, ce sont tes amis et tous ceux qui s'approcheront de toi qui sont en péril, car il cherchera à te protéger de tout le monde, sans discrimination.

Alexanne songea tout de suite à Matthieu. C'était donc pour cette raison qu'Alexei était monté dans la camionnette. Il avait indirectement tenté de la prévenir du danger. Très inquiète, elle poursuivit sa lecture.

Nous comprenons ton besoin de lui venir en aide, car il t'a souvent sauvé la vie, mais la seule personne qui puisse aider cet homme, c'est lui-même. Même dans l'obscurité la plus totale, il y a toujours une petite flamme qui cherche à subsister. Au fond de son âme, il y a encore une lueur d'espoir. Ce n'est pas toi qui dois devenir un phare, c'est lui.

À la grande déception d'Alexanne, le message s'arrêtait là. Elle demanda donc aux anges à voix haute de lui dire comment sauver son oncle une fois pour toutes. Mais le cahier ne s'illumina plus. Alexanne le secoua à plusieurs reprises, puis le referma avec tristesse.

Chapitre 35
La barrière magique

Debout devant le comptoir de la cuisine, Tatiana versait de l'eau chaude dans une tasse en réfléchissant aux événements des derniers jours. Alexei entra sans bruit par la porte grillagée, mais elle avait déjà senti sa présence.

– Elle a décidé de t'aider, et il n'y a rien que je puisse faire pour l'en empêcher, déclara la guérisseuse en pivotant vers lui.

– Toi aussi tu as essayé, et tu n'as rien pu faire pour moi. Sera-t-elle plus forte que toi ?

– Éventuellement, mais en attendant, elle n'est qu'une adolescente qui a encore beaucoup de choses à apprendre.

– Pourquoi as-tu mis une barrière autour d'elle ?

– Pour me donner le temps de réfléchir.

– Tu sais bien que je ne pourrais jamais la mordre. Nos destins sont liés. Est-ce qu'elle le sait ?

– Il y a encore bien des choses qu'elle ignore. Je ne peux pas lui dévoiler tous nos secrets de famille d'un seul coup.

– Mon temps est compté, Tatiana, et lorsque l'ombre se sera complètement emparée de moi, je choisirai une victime, je mourrai et j'irai en enfer.

– Combien de fois t'ai-je dit que cet endroit n'existe pas !

N'aimant pas être rabroué, Alexei quitta la maison en ouvrant brutalement la porte qui frappa le mur. Tatiana déposa un sachet de tisane dans l'eau en se demandant quoi faire pour que personne ne souffre dans cette triste histoire.

À l'étage supérieur, Alexanne était au téléphone avec Matthieu. Elle frissonna d'horreur lorsqu'il lui raconta que la veille, un loup avait surgi de nulle part, sur la route, lorsqu'il était parti de chez elle. La jeune fille n'eut pas le courage de lui dire qu'elle connaissait cet animal. Lorsqu'il lui proposa de revenir passer une journée chez elle, la fin de semaine suivante, l'adolescente paniqua et inventa une histoire abracadabrante pour l'en dissuader et ainsi le protéger de son oncle. Elle lui raconta qu'une patiente très malade était venue à la maison et qu'elle leur avait transmis un virus contagieux.

Matthieu offrit d'aller chercher un médecin à l'hôpital le plus proche, mais Alexanne affirma que sa tante avait la situation bien en main. Une fois la période de contagion écoulée, elle lui permettrait de revenir à la maison. Décontenancé, le jeune homme se vit contraint d'accepter cette séparation temporaire. En raccrochant, Alexanne espéra qu'il l'avait crue et qu'il garderait ses distances, jusqu'à ce qu'elle désamorce totalement l'agressivité de son oncle. Honteuse, elle descendit à la cuisine où sa tante buvait de la tisane en regardant par la fenêtre.

– Un virus ? répéta Tatiana, découragée.

– Ce n'est pas très astucieux, je l'avoue, et ça ne fait pas vraiment honneur à vos pouvoirs de guérison, mais je ne savais pas comment le protéger autrement.

– As-tu demandé conseil aux anges ?

– Oui, et ils prétendent qu'il y a encore, au fond de l'âme d'Alexei, une petite flamme qui se bat pour survivre. Ils ont aussi dit que ce n'était pas moi qui devais devenir un phare de lumière, mais lui.

En voyant l'expression songeuse de Tatiana, Alexanne voulut savoir à quoi elle pensait.

– À un vieux livre que j'ai déjà lu sur le sujet. Je l'ai justement replacé dans la bibliothèque il y a quelques mois.

Alexanne bondit sur ses pieds, fit le tour de la table, saisit la main de Tatiana et l'obligea à se lever.

– Doucement, doucement, protesta sa tante, qui renversa la moitié de sa tisane.

– Mais nous n'avons pas une seule seconde à perdre !

Alexanne la conduisit dans la bibliothèque et exigea qu'elle lui montre l'ouvrage en question. Tatiana marcha le long des rayons, qui occupaient tout un mur, en étudiant les bouquins, puis s'arrêta en levant la tête vers la tablette la plus élevée.

– Je pense que c'est le livre vert là-haut, se rappela-t-elle.

Alexanne poussa immédiatement l'échelle de bois sous ladite section et se dépêcha d'y grimper. Elle s'empara de l'ouvrage ancien et redescendit. Elle jeta un coup d'œil à sa couverture et ouvrit des yeux surpris en tentant de lire le titre.

– C'est en russe, lui apprit sa tante.

– Mais je ne lis pas cette langue !

– Moi, si.

Tatiana s'assit dans un fauteuil et tourna lentement les pages sous le regard exaspéré de sa nièce. Elle s'arrêta finalement au milieu du bouquin.

– Voilà le passage en question : *Comment sauver celui qui s'est laissé tenter par le mignon et qui désire mettre fin à son contrat avec lui*. Le mignon, c'est un nom qu'on donnait au diable autrefois.

– Mais vous m'avez dit que le diable n'existe pas.

– Ce livre a été écrit à une autre époque, par des gens qui avaient des perceptions différentes. Il va seulement nous servir d'inspiration pour trouver la façon de restaurer la lumière au fond de l'âme d'Alexei.

– Est-ce que mon oncle a signé un contrat avec ce mignon ? s'horrifia Alexanne en s'asseyant sur un tabouret devant Tatiana.

– Pas volontairement.

Tandis que Tatiana traduisait le passage à sa nièce, chez les Richard, Matthieu avait annoncé à son père que les deux guérisseuses étaient souffrantes et que cela l'inquiétait beaucoup. Mais Paul s'étonna encore plus que lui, car depuis qu'il la connaissait, Tatiana n'avait jamais été malade. Il décida donc que c'était leur devoir, en tant qu'amis de la famille, d'aller vérifier l'état de santé des deux fées. Il annonça à Matthieu qu'il viendrait le chercher après sa dernière installation, et qu'ils se rendraient chez les Kalinovsky pour leur venir en aide.

Rassuré, Matthieu aida son père à charger la camionnette, puis retourna dans le magasin afin de ranger les petites boîtes de marchandise électronique qu'ils avaient reçues durant la journée. C'est alors qu'il crut entendre un curieux grattement dans la porte de l'arrière-boutique. Croyant que c'était un raton laveur qui cherchait à pénétrer dans le magasin, il s'empara de sa batte de baseball et tourna lentement la poignée de la porte, avec l'intention de lui faire peur. Il l'avait à peine entrebâillée que les crocs du loup claquèrent devant lui.

Matthieu laissa tomber son arme et poussa de toutes ses forces sur la porte, puis réussit à la verrouiller. L'animal enragé s'acharna. Craignant que le loup ne parvienne à défoncer le bois, le jeune homme se précipita dans le magasin et referma la seconde porte qui le séparait de l'arrière-boutique. Il composa en tremblant le numéro du téléphone portable de son père et lui raconta en bafouillant ce qui venait de se passer.

Paul Richard fit aussitôt demi-tour. Quand il arriva finalement au magasin, Matthieu lui sauta dans les bras comme un enfant effrayé. Paul prit le temps de le rassurer avant de faire le tour du petit immeuble. Ses yeux d'ancien chasseur identifièrent facilement les empreintes de la bête. Il avait promis à Tatiana et aux anges de ne plus jamais abattre d'animaux, mais il n'allait certes pas laisser un loup s'attaquer à ses enfants. Il emmena donc Matthieu avec lui, chez son client, et verrouilla la boutique.

Chapitre 36
Un destin tragique

Assise sur une couverture, au milieu de la cour, Alexanne se prélassait au soleil. Elle continuait de se sentir coupable du mensonge qu'elle avait raconté à Matthieu, surtout qu'elle n'arrivait pas à trouver une solution pour libérer son oncle de la possession par un esprit malin. Tout comme elle s'y attendait, Alexei sortit de la forêt et s'arrêta à quelques mètres d'elle. Il était nerveux et visiblement malheureux, mais il faisait de son mieux pour le cacher à sa nièce.

– Tu n'as pas peur du loup, petite fille ?

– Non. Je n'ai pas peur de toi, ce qui est tout à fait normal, puisqu'on se connaît depuis plusieurs vies.

Alexei n'avait vraiment pas besoin qu'elle lui rappelle leur passé tragique.

– Maintenant, je sais pourquoi le destin a voulu que je vienne vivre ici, poursuivit Alexanne.

– Nous finissons toujours par nous rencontrer.

– Sais-tu pourquoi ?

– Parce que tu es incapable de te tirer d'affaire toute seule, maugréa Alexei.

– C'est du karma. Tu m'as souvent sauvé la vie et tu as souvent perdu la tienne à cause de moi, mais cette fois-ci, les choses vont changer. C'est moi qui te sauverai.

– Tu ne peux rien pour moi. Peu importe ce que je fais, c'est toujours moi qui meurs.

– N'en sois pas si sûr. Ta sœur m'a lu l'histoire d'un homme aux prises avec le même problème que toi. Ça s'est passé au XVIIIe siècle, en Russie. Un de ses ancêtres a été mordu par une bête maudite possédée par le diable.

– Je ne veux pas l'entendre.

Alexei se mit à reculer vers la forêt.

– Attends ! s'écria Alexanne. Elle a une fin heureuse !

– Il n'y en a jamais eu pour moi.

– Cet homme a été sauvé, Alexei !

Il prit la fuite et disparut entre les arbres. Profondément déçue de n'avoir pas réussi à l'intéresser à son propre salut, Alexanne retourna à la maison. Elle mangea sans appétit, puis aida sa tante à faire la vaisselle.

– À part vos céréales, que mange Alexei ?

– Des racines, des fruits sauvages, de l'écorce, tout ce qu'il trouve, répondit Tatiana.

– Est-ce qu'il tue des bêtes pour les manger ?

– Non. S'il faisait ça, il mourrait sur le coup.

– Donc, le loup qui l'a mordu n'a pas survécu ?

– Probablement.

Tatiana ressentit la profonde tristesse de sa nièce. Elle s'essuya les mains et lui saisit les épaules en la faisant pivoter vers elle.

– Je sais que tes intentions sont pures, mais parfois, on ne peut rien faire pour éviter son destin.

– Je veux seulement qu'il arrête de souffrir…

– Rappelle-toi ce que je t'ai dit au sujet du libre arbitre. Tu dois aussi respecter la volonté d'Alexei. Il ne veut pas mourir. Malgré toutes ses souffrances, malgré qu'il ne puisse pas demeurer parmi les autres hommes et malgré qu'il ne puisse pas aimer comme eux, il veut vivre. Et pour rester en vie, il doit constamment se battre pour résister au mal qui le pousse à mordre une nouvelle victime.

– Mais s'il y avait la moindre petite chance qu'il mène une vie normale ?

– Il n'y a que lui qui puisse transformer la petite flamme dans son cœur en un phare éclatant. N'est-ce pas ce que les anges t'ont dit ? S'il ne veut pas être sauvé, il faudra que tu l'aimes comme il est et que tu acceptes sa terrible condition.

– Je l'accepterai quand je serai convaincue que je ne peux pas la changer.

– Il n'y a pas à dire, soupira Tatiana, tu as la tête dure de ton père.

– Merci, répondit fièrement l'adolescente.

Tatiana libéra ses épaules, et Alexanne continua d'essuyer la vaisselle. Elle se dirigea ensuite vers la bibliothèque et se mit à lire les titres sur les dos des livres. Tatiana s'arrêta dans la porte et l'observa pendant un moment.

– Que cherches-tu, au juste ?

– J'essaie de trouver un livre sur les mauvais esprits qui ne soit pas écrit en russe.

– Il y en a quelques-uns à droite, mais je doute qu'ils te soient d'un grand secours. Tu devrais plutôt lire un ouvrage sur les métamorphoses. Prends le grand livre noir tout au fond du rayon.

Alexanne suivit son conseil et alla le chercher. Il y avait un dessin de loup sur la couverture, juste au-dessous du titre. « Parfait », pensa-t-elle. On sonna alors à la porte et l'adolescente posa sur sa tante un regard inquiet.

– C'est Matthieu, lui apprit cette dernière. Reste ici.

Alexanne se fit toute petite dans le fauteuil, pendant que Tatiana se rendait à la porte. Celle-ci trouva non seulement Matthieu, mais également Paul Richard sous le porche. Tous deux furent très surpris de la voir aussi bien portante.

– Alexanne a dit à Matthieu que vous aviez contracté un virus, commença Paul.

– Entrez. Je vais tout vous expliquer.

Ils la suivirent au salon. Matthieu étira son cou pour regarder au-delà du vestibule, inquiet de ne pas voir sa belle.

– Est-ce seulement Alexanne qui est malade ? demanda-t-il à la guérisseuse.

– Nous ne sommes pas souffrantes. Elle t'a raconté ce mensonge pour t'éloigner d'ici.

– Elle ne veut plus me voir ?

– Elle ne veut pas mettre ta vie en danger.

– Qu'est-ce qui vous menace ? s'alarma Paul.

– Tu ne me croirais pas si je te le disais.

– Rien ne peut plus m'étonner dans cette maison.

– C'est ce que tu penses…

– Je suis ton ami, Tatiana. Laisse-moi t'aider, si je le peux.

– Celui qui a vraiment besoin d'aide, c'est mon frère Alexei. Il est atteint d'un mal profond et la seule façon de l'en débarrasser, c'est de le transmettre à une autre personne, et à ce moment il mourra.

– Je n'ai jamais entendu parler d'une telle maladie, protesta Matthieu.

– Moi, si, laissa tomber Paul. Justement, Matthieu a été attaqué par un loup en quittant votre maison l'autre soir et il a failli être mordu par un loup dans notre arrière-boutique, pas plus tard que tout à l'heure. Est-ce que je dois mettre la population du village en garde ?

– Qu'est-ce que cela a à voir avec l'oncle d'Alexanne ? s'étonna Matthieu. C'est lui qui nous a avertis que des loups rôdaient dans la région !

– Le seul prédateur que vous devez tous craindre, c'est lui, expliqua Paul.

Matthieu les fixa tous les deux sans comprendre ce qu'ils tentaient de lui dire.

– Alexei a été mordu par un loup, il y a quelques années, lui raconta alors Tatiana.

– C'est un loup-garou ?

– En peu de mots, oui.

– S'est-il attaqué à Alexanne ?

– Non, c'est plutôt le contraire. Il essaie de la protéger contre tout le monde.

– Contre moi… soupira-t-il. C'est pour cette raison que je suis le seul à voir des loups ? Où est Alexanne, en ce moment ?

– Elle est dans la bibliothèque.

Sans attendre leur permission, il fonça dans le vestibule. Tatiana serra les mains de Paul dans les siennes.

– Sois sans crainte, dit-elle pour le rassurer. J'ai entouré la maison d'une protection que mon frère ne peut franchir. C'est en sortant d'ici que vous serez en danger. Il aurait vraiment été préférable que vous ne veniez pas.

– Alexanne aurait dû dire la vérité à Matthieu au lieu d'inventer cette histoire de virus.

– Elle ne voulait pas que ton fils la prenne pour une folle.

– Qu'as-tu l'intention de faire au sujet d'Alexei ?

– Je le soigne depuis des années et je l'ai vu passer du désespoir total à une condition plus tolérable. Comme je te l'ai déjà dit, il cultive des plantes médicinales dans la montagne pour faire sa propre contribution au bien-être des humains qu'il ne peut plus fréquenter.

– Donne-moi la permission de mettre fin aux souffrances de ton frère.

– Seulement en dernier recours. Et puis, Alexanne est si déterminée à sauver son âme que je n'ai pas le courage de l'en empêcher. Elle est très forte, Paul, plus forte que toutes les autres fées de notre lignée. Le problème, c'est que tout ceci se produit avant que ses facultés se soient complètement épanouies.

– Et si tu lui donnais un coup de pouce ?

– Mon plus grand pouvoir à moi, c'est l'amour inconditionnel. Alexanne n'est pas tout à fait comme moi. Je la conseille, mais je ne sais pas jusqu'où je peux aller. Peut-être qu'en fin de compte, c'est elle qui trouvera le remède ultime qui délivrera Alexei du mal.

Chapitre 37
Une autre solution

Matthieu s'arrêta à la porte de la bibliothèque. Alexanne mit fin à sa lecture et leva un regard penaud sur lui, incapable de trouver les mots qui excuseraient son mensonge. Matthieu vint se mettre à genoux devant elle, prit sa main et l'embrassa avec tendresse.

– Si nous voulons un jour vivre ensemble, il va falloir que tu apprennes à me dire la vérité, Alexanne.

– Si je te révélais tout sur ma famille, ce soir, tu te sauverais en courant.

– Je suis beaucoup plus brave que tu penses.

– Tu as pris la fuite quand nous avons décidé de nous débarrasser du fantôme de ma grand-mère, et ce n'était certes pas notre problème le plus grave, crois-moi.

– Je te jure que je ne le ferai plus jamais.

– Mais il n'est même pas question que tu restes ici ! s'exclama l'adolescente. C'est toi qui es en danger, en ce moment, pas moi ! C'est pour cette raison que je voulais que nous arrêtions de nous voir, le temps que ma tante et moi gérions cette crise familiale. Je suis une fée, Matthieu, que je le veuille ou non. C'est mon héritage de naissance. Et en tant que fée, j'ai des devoirs différents de ceux des humains. Est-ce que tu comprends ?

Alexanne lui confirma que son oncle avait bel et bien été mordu par un loup enragé, mais que ce n'était que l'aboutissement d'une horrible vie de souffrances, d'abord aux mains d'une mère tyrannique, puis d'une secte criminelle. Elle lui raconta aussi qu'elle avait vécu plusieurs incarnations avec Alexei, qu'il l'avait souvent sauvée de la mort en sacrifiant sa propre vie, et que c'était maintenant à son tour de l'aider.

– Si ton oncle est un loup-garou, pourquoi ne demandes-tu pas au curé Brisson de l'aider ? suggéra-t-il. Tu as beau être une fée, les exorcismes sont plutôt du domaine de l'Église, non ?

– Tu as raison. Je vais me rendre au village ce soir pour parler au curé.

– Ça ne peut pas attendre à demain ?

– Non.

Alexanne déposa le livre, prit la main de Matthieu et l'entraîna au salon.

– Les légendes prétendent que les balles d'argent peuvent tuer les hommes-loups, mais on n'en vend pas partout, était en train de déclarer Paul Richard.

– Mais il n'est pas question que vous le mettiez à mort ! s'alarma Alexanne.

– Nous ne faisons qu'examiner toutes les solutions, la rassura Tatiana.

– Dans votre livre russe, la famille a prié pendant quarante jours et quarante nuits pour sauver l'homme qui avait été mordu. Ils ne l'ont pas mis à mort. Je vais demander au curé du village de nous aider.

– Je sais bien que vous êtes toutes les deux des fées, mais ce n'est pas une mauvaise idée de recruter quelqu'un qui sait se battre contre le diable, remarqua Paul.

Alexanne demanda à sa tante la permission de se rendre tout de suite au village avec les Richard. Tatiana craignit qu'Alexei s'en prenne à la famille de Paul si leur nièce passait la nuit chez eux. Alexanne décida donc de se réfugier à l'église, où le mal n'avait aucun pouvoir. Cette fois, ce furent les Richard qui protestèrent contre son projet, mais l'orpheline réussit à les convaincre que s'ils voulaient tous reprendre bientôt une vie normale, c'était la seule solution.

Elle alla donc rassembler quelques affaires et quitta la maison avec les Richard. Pendant tout le trajet entre la maison de Tatiana et le village, la jeune fille surveilla la route, mais Alexei ne les suivit pas. Paul la laissa à l'église du village, comme elle le voulait, mais il lui remit son téléphone en lui disant de composer le 1 en cas d'urgence.

Quant à lui, Matthieu continua de rechigner. Les chevaliers n'abandonnaient jamais leur dame dans l'antre des dragons. Il eut beau protester, Alexanne ne changea pas ses plans. Elle l'embrassa sur le bout du nez et descendit de la camionnette, emportant son sac de couchage et son sac à dos. Paul savait que le loup ne ferait pas de mal à la petite, alors il fit confiance aux fées et ramena son fils chez lui.

Ses bagages sur les bras, Alexanne marcha dans l'allée centrale de la petite église déserte. La lumière était tamisée, et quelques lampions brûlaient de chaque côté de l'autel, ainsi que devant une niche réservée à la Vierge. C'était un endroit paisible où l'adolescente serait en parfaite sécurité. Attirée par le regard bienveillant de la mère de Jésus, l'orpheline se faufila derrière la balustrade et déroula son sac de couchage sur le sol entre les lampions et la statue de plâtre. Elle s'assit et leva les yeux sur Marie.

– Je ne vous ai jamais rien demandé avant aujourd'hui, et ce n'est peut-être pas le bon moment pour le faire, mais je vous en prie, veillez sur ma tante, mon oncle et la famille de Matthieu cette nuit. Je suis certaine que ce qui arrive à Alexei vous brise le cœur à vous aussi, mais il n'est pas responsable de sa condition. Dites-le à votre fils et demandez-lui de m'aider à soustraire mon oncle à l'obscurité. Il y a sûrement une façon de le faire sans que personne n'en sorte meurtri… et gardez l'œil ouvert pour moi, juste au cas où, d'accord ?

Alexanne sortit son cahier d'anges de son sac à dos, ainsi que sa plume d'argent. Elle ouvrit l'album à la page du dernier message et commença à écrire.

Mes chers anges,

J'ai décidé de suivre votre conseil et de transformer la petite lueur au fond de l'âme de mon oncle en un phare éclatant. Pour y arriver, je vais demander l'aide d'un expert en rétablissement des âmes. Si moi, j'ai la volonté de sauver Alexei, le curé, lui, saura comment le faire. Je vous en prie, assistez-moi ce soir et jusqu'à la fin de cette épreuve. Merci.

Alexanne

Elle referma le cahier, le déposa près d'elle et se glissa dans le sac de couchage, plaçant le sac à dos derrière sa tête pour s'en faire un oreiller. Elle posa le téléphone près de sa main, puis ferma les yeux.

Chapitre 38

Le curé

Dans le presbytère, à quelques pas de l'église, le jeune curé Sébastien Brisson allait fermer l'œil lorsqu'il entendit tous les chiens du village aboyer. Sa paroisse se situait loin des grandes villes, et même si la criminalité y était presque inexistante, il décida tout de même d'aller verrouiller les portes de l'église. Il enfila son peignoir et mit le pied dehors. Les chiens continuaient leur concert malgré les voix de leurs maîtres, qui commençaient à se faire entendre pour les calmer. Le curé franchit la courte distance qui séparait le presbytère de l'église, puis y pénétra. Il marcha dans l'allée sans se presser, entre les cinquante rangées de bancs, et alla verrouiller les deux grandes portes de l'entrée.

Au pied de la Vierge, Alexanne dormait depuis un petit moment. À côté d'elle, le cahier d'anges s'illumina soudain, comme il le faisait chaque fois qu'elle recevait une réponse. Au même moment, le curé s'était retourné pour faire le chemin inverse vers l'autel. Il s'étonna de voir une lueur aux pieds de Marie et crut que des lampions étaient peut-être tombés sur le sol. Il se hâta jusqu'à la niche, afin de prévenir un incendie, mais la lumière disparut avant qu'il l'atteigne. Il se pencha par-dessus la balustrade et aperçut l'adolescente endormie dans son sac de couchage.

– Jeune fille ? l'appela-t-il doucement.

Alexanne se mit à battre des paupières et s'assit brusquement en mettant la main sur le téléphone.

– Calme-toi. Tu n'as rien à craindre, ici.

– Êtes-vous le curé ?

– Oui, c'est moi. Je m'appelle Sébastien Brisson. Suis-moi. J'ai des chambres dans le presbytère pour ceux qui ont besoin d'un abri pour la nuit.

– Je ne suis pas une SDF. Je suis venue passer la nuit dans l'église pour vous parler avant la messe du matin. Je m'appelle Alexanne Kalinovsky et j'ai besoin de vous.

Elle sortit de son sac de couchage en gardant le téléphone dans sa main. Le curé recula, pendant qu'elle s'extirpait du petit espace entre les lampions et la statue, et l'examina avec curiosité.

– Es-tu parente avec la dame qui soigne les malades ?

– Je suis sa nièce. Mes parents sont morts au printemps, alors on m'a envoyée habiter chez elle.

– Je suis vraiment désolé, Alexanne.

– Ça va, maintenant. Je sais qu'ils sont au ciel et entre bonnes mains. Puis-je vous parler maintenant, ou préférez-vous attendre demain ?

– Je n'ai pas sommeil de toute façon, alors je vais nous préparer du chocolat chaud.

– C'est très tentant, mais j'estime que nous serons plus en sécurité dans l'église.

– En sécurité ? De quoi as-tu peur ?

– De mon oncle.

Le curé Brisson lui prit la main et l'emmena s'asseoir dans la première rangée de bancs. Les cas d'abus familiaux étaient plus fréquents à la campagne qu'à la ville. Il n'en avait pas traités souvent, car les familles les cachaient aux autorités, mais on lui avait enseigné la procédure à suivre au séminaire.

– Est-ce qu'il t'a agressée ? demanda-t-il.

– Non, et je suis certaine qu'il ne le fera pas.

– Alors, pourquoi as-tu peur de lui ?

– J'ai peur pour ceux qui m'entourent. Il a été mordu par un loup enragé et depuis ce temps, il se transforme lui-même en loup. Il fait de gros efforts pour combattre ses instincts meurtriers, mais j'ai peur qu'il finisse par ne plus y arriver.

Le curé demeura muet, la regardant avec un air incrédule plutôt vexant.

– Vous avez appris à exorciser les démons, non ?

– Es-tu en train de me dire que ton oncle est un loup-garou ?

– C'est exactement ce que je suis en train de vous dire.

– Mais mon enfant, ce sont des personnages de contes fantastiques.

– Pas dans ma famille, affirma Alexanne.

Le curé Brisson soupira en cherchant les mots qui pourraient faire comprendre à l'adolescente, sans la blesser, qu'elle fabulait.

– Vous ne me croyez pas, n'est-ce pas ? se désola-t-elle.

– Tu me dis ce que tu crois être la vérité, Alexanne, mais à mon avis, ton oncle fait plutôt une psychose. Il faudrait le faire admettre à l'hôpital psychiatrique pour qu'il y subisse des tests.

– Une psychose, c'est une maladie mentale ?

– C'est exact.

– Les gens qui en souffrent peuvent-ils se changer en loup ? Parce que mon oncle Alexei se métamorphose vraiment en animal sauvage.

Le curé fronça les sourcils et se demanda si toute la famille n'était pas affectée mentalement.

– On ne vous a pas enseigné à faire la différence à votre école de prêtres ?

– Les loups-garous et les vampires n'existent pas.

– Et les gens possédés du mal ?

– Il y en a partout dans le monde, malheureusement, et il existe une procédure destinée à chasser les mauvais esprits du corps d'un homme, mais…

– Alors, c'est exactement ce dont nous avons besoin.

Le curé demeura silencieux, voyant bien qu'il n'arrivait pas à la convaincre. Il décida donc de jouer le jeu afin de ne pas indisposer cette adolescente qui provenait très certainement d'une famille déséquilibrée et qui avait surtout besoin d'attention.

– Avant de te dire ce que je peux faire pour ton oncle, il faudrait d'abord que je puisse le rencontrer.

– Il ne devrait pas tarder à arriver. Il me traque partout où je vais.

– Il te traque ?

– Oui, sous sa forme de loup. Il faudra vous montrer très patient avec lui, car il n'est pas très sociable. Vous devrez me laisser parler en premier.

– C'est très bien, accepta le curé, qui avait bien hâte de rencontrer le pauvre homme. Laisse-moi aller chercher ce dont j'ai besoin au presbytère pour procéder à l'exorcisme.

Il demanda à Alexanne de rester dans l'église, car il n'en avait que pour quelques minutes à peine. En réalité, il voulait donner un coup de fil à la tante de l'adolescente et lui demander de venir la chercher. Il alerterait les services sociaux dès le lendemain, pour leur rapporter cette affaire.

Le curé se dirigea vers la porte, derrière l'autel. Dehors, les chiens continuaient de hurler. Au moment où il mettait la main sur la poignée de métal, un énorme loup noir s'éleva sur ses pattes arrière et lui montra ses crocs dans la partie vitrée de la porte. Saisi de terreur, le curé recula en titubant.

– Alexanne ! hurla le curé.

En entendant ce nom, le loup dressa les oreilles et fixa le prêtre avec une intensité presque humaine. L'adolescente arriva en courant et vit l'animal.

– Je vous l'avais dit qu'il viendrait !

Alexanne posa la main sur la poignée de la porte pour l'ouvrir, mais le curé lui saisit les épaules et la tira vers lui.

– Lâchez-moi ! cria-t-elle.

En voyant que le prêtre s'en prenait à l'adolescente, le prédateur fonça sur la porte pour la défoncer. Le verre de la fenêtre vola en éclats. Terrorisé, le curé entraîna Alexanne en direction des grandes portes principales.

Incapables de faire taire leurs chiens, quelques chasseurs du village s'emparèrent de leur fusil et décidèrent d'aller voir ce qui pouvait bien les exciter de la sorte. La dernière fois qu'ils avaient fait autant de tapage, c'était parce qu'un ours se promenait dans les rues. Traînés par leurs chiens en laisse, ils convergèrent tous vers l'église.

Dans le temple, le curé affolé allait atteindre les grandes portes lorsqu'il remarqua le téléphone dans la main de l'adolescente.

– Vous avez dit que vous pouviez aider mon oncle ! cria Alexanne en se débattant.

– Ce n'est pas un homme qui essaie de défoncer la porte ! C'est un animal enragé ! Donne-moi ton téléphone !

– Non !

– Les loups-garous n'existent pas ! Donne-moi ton téléphone !

– Vous êtes un homme de Dieu ! Vous n'êtes pas supposé avoir peur du mal !

– Cette bête va nous tuer tous les deux !

Ils entendirent un fracas épouvantable à l'autre bout de l'allée. En sautant sur l'autel, le loup avait jeté par terre les candélabres, l'encensoir et le livre de messe avec son support métallique. Terrorisé, le curé tenta une dernière fois d'arracher le téléphone à l'adolescente, mais elle parvint à s'enfuir entre les bancs. Les grondements sourds du loup résonnèrent dans le bâtiment.

Le curé recula lentement en direction des portes principales. Dès que son dos les heurta, il se retourna et tira le loquet. Le bruit mat des pattes du loup courant sur le plancher de bois lui glaça le sang. L'animal enragé fonçait sur lui ! Au moment où il allait prendre son élan pour lui sauter à la gorge, Alexanne courut se placer entre le loup et l'homme.

– Alex, non !

Le loup s'arrêta net, mais continua de gronder furieusement.

– Cet homme possède le pouvoir de t'aider ! Calme-toi tout de suite !

Dans un geste de panique, le curé se retourna et ouvrit les deux portes. Sur le parvis se tenaient une dizaine d'hommes armés de carabines.

– Cette bête a la rage ! cria Brisson en allant s'abriter derrière le groupe.

Les chasseurs pointèrent leurs fusils sur le loup.

– Non ! hurla Alexanne.

– Ne tirez pas ! ordonna l'un des hommes.

Il fonça dans l'église, saisit Alexanne par le bras et la tira dehors. Enragé, le loup bondit sur lui. Les chasseurs appuyèrent sur la détente. Dans un vacarme assourdissant, des éclats de plancher et de bancs d'église volèrent dans les airs.

– Assez ! cria l'un des chasseurs au bout de quelques secondes.

Ils pénétrèrent prudemment dans le bâtiment, mais ne virent le loup nulle part. L'un d'eux se pencha et vit les taches de sang sur le sol.

– Il est blessé.

Les hommes se dispersèrent à l'intérieur, arme en joue, s'arrêtant devant chaque rangée de bancs. Celui qui avait extirpé Alexanne de l'église était resté avec elle.

– Est-ce que ça va ? s'enquit l'étranger.

– Je vous en prie, ne tirez plus… réussit-elle à articuler.

Ils entendirent un autre coup de feu derrière l'autel. Alexanne ferma les yeux, horrifiée à la pensée qu'on venait probablement d'abattre son oncle.

– Il s'enfuit en direction du lac ! cria quelqu'un.

Alexanne ouvrit les paupières en remerciant le ciel. Elle pouvait encore rattraper Alexei et l'aider à s'enfuir. Elle contourna l'église et s'arrêta sur la pelouse, essayant de deviner de quel côté son oncle était parti. Une image se forma dans son esprit : le sentier qu'elle avait emprunté avec Matthieu quelques jours plus tôt pour se rendre jusqu'au lac. Elle s'élança en sens opposé à la meute qui pourchassait le loup.

Attirés par le brouhaha sur la rue principale, Paul et Matthieu arrivèrent devant l'église et ne virent pas Alexanne foncer dans une rue transversale. Sur le parvis, le curé tremblait de tous ses membres.

– Que s'est-il passé ici ? s'étonna Paul.

– Un loup… énorme… enragé… les hommes vont l'abattre…

Paul et Matthieu échangèrent un regard de panique.

– Où est Alexanne ? s'affola Matthieu.

– C'est une folle ! hurla Brisson. On devrait lui interdire de domestiquer des loups !

Matthieu bondit à l'intérieur de l'église, pendant que son père confiait le curé à des amis qui s'étaient rassemblés devant l'église. D'ailleurs, presque la moitié du village s'y trouvait.

Chapitre 39
L'homme-loup

Matthieu fouilla l'église et trouva les affaires d'Alexanne devant la niche de la Vierge. Il les ramassa nerveusement en pensant qu'elle ne pouvait pas être très loin. Il s'empressa de rejoindre son père sur le trottoir et grimpa en même temps que lui dans la camionnette.

– Il faut qu'on retrouve Alexanne, s'angoissa Paul Richard. Ces hommes vont tirer sur tout ce qui bouge.

Le cahier d'anges s'illumina sur les genoux de Matthieu, qui poussa un cri d'effroi en le laissant tomber à ses pieds.

– Mais qu'est-ce que c'est que ça ? s'étonna le père.

Le cahier s'éteignit et Matthieu le ramassa prudemment pour le remettre à son père. La couverture décorée de chérubins s'ouvrit d'elle-même et les pages se mirent à tourner pour finalement s'arrêter sur le dessin d'un quai au bord de l'eau.

– C'est le quai du père Collin ! s'exclamèrent en même temps le père et le fils.

Même s'il ne comprenait pas comment un simple cahier pouvait s'animer, Paul le remit à Matthieu et appuya sur l'accélérateur. Il leur fallait trouver Alexanne avant les chasseurs.

En faisant de gros efforts pour conserver son calme, Alexanne suivit de son mieux le sentier dans le noir. La lune éclairait la surface du lac et lui permit de retrouver le quai où la chaloupe était toujours amarrée. Elle s'arrêta, espérant qu'il y aurait une nouvelle image dans son esprit, et entendit, malgré les aboiements et les cris des chasseurs qui se rapprochaient, les gémissements d'un animal blessé.

– Alexei, où es-tu ? l'appela-t-elle en pleurant.

Elle vit alors deux yeux brillants sous le quai.

– Alexei, est-ce que c'est toi ? demanda-t-elle en s'approchant lentement.

Ses yeux s'habituant à l'obscurité, elle distingua le corps haletant du loup, à moitié dans le sable et à moitié dans l'eau, sous les planches. Il était blessé et effrayé.

– Mais comment vais-je faire pour te ramener chez nous ?

Les chasseurs et leurs chiens sortirent de la forêt. Bien décidée à protéger son oncle contre tout l'univers, Alexanne se retourna pour leur faire face. Les hommes braquèrent aussitôt les faisceaux de leurs lampes de poche sur elle.

– C'est la fille de l'église, l'identifia l'un d'eux.

Alexanne cligna des yeux, mais ne broncha pas. Elle pria silencieusement le ciel que le loup cesse de gémir. Les chasseurs levèrent leurs fusils, et l'adolescente sentit son sang se glacer dans ses veines.

– Arrêtez ! cria-t-elle.

Derrière les traqueurs, une camionnette venait de s'immobiliser en klaxonnant furieusement. Les Richard descendirent en hâte du véhicule, et Matthieu courut se poster aux côtés d'Alexanne en glissant ses doigts entre les siens.

– Merci…, murmura-t-elle, soulagée.

Paul alla se placer devant les chasseurs et abaissa certains des canons.

– Paul, mais qu'est-ce qui te prend ? s'exclama l'un des hommes. Il y a une bête enragée sous le quai !

– Vous faites tous erreur. Rentrez chez vous et laissez-moi aider ce pauvre type.

– Ce n'est pas un homme, c'est un loup !

Paul arracha une lampe de poche de la main de l'un de ses amis et poursuivit sa route jusqu'au quai. Alexanne et Matthieu se penchèrent en même temps que lui sur le sable humide, tandis que Paul dirigeait le faisceau lumineux sous le quai. Tous purent distinguer le visage ensanglanté d'Alexei Kalinovsky. Nu comme un ver, il tremblait de tous ses membres et avait de la difficulté à respirer.

– Je suis un ami de Tatiana, dit Paul au blessé. Je vais vous ramener chez elle.

Alexei montra les dents, alors Alexanne sut que c'était à elle de jouer. Elle lui tendit lentement la main, et malgré la souffrance que lui imposa ce geste, l'homme-loup étira ses doigts couverts de sang vers les siens.

– Tu peux lui faire confiance, Alexei.

– Matthieu, va chercher la couverture dans la camionnette et ouvre le coffre, ordonna son père.

Le jeune homme tourna les talons et courut jusqu'au véhicule en passant à travers les chasseurs.

– C'est bien un homme qui se trouve sous le quai ? voulut savoir l'un d'eux.

– Oui, c'en est un, affirma Matthieu en ouvrant les portes de la camionnette.

Il apporta la couverture à son père, qui avait réussi à traîner Alexei sur le sable. Paul l'enveloppa, le souleva et le transporta jusqu'à son véhicule sous les regards étonnés des chasseurs. Il le déposa dans le coffre en posant sa tête sur les genoux d'Alexanne, puis alla s'installer au volant. Combattant sa peur des loups, Matthieu s'était installé près d'Alexanne.

Lorsqu'ils arrivèrent à la maison de la guérisseuse, Tatiana les attendait. Grâce à ses pouvoirs de fée, elle avait suivi toute l'action de loin. Paul transporta le blessé dans l'une des chambres et resta pour aider la guérisseuse à prodiguer des soins à son frère.

Chapitre 40
La terreur de Matthieu

Tatiana accepta l'aide de Paul, mais demanda aux deux adolescents de quitter le chevet du blessé. Alexanne protesta, mais Matthieu finit par la pousser dans le couloir. Constatant que ses vêtements étaient couverts de sang, l'adolescente alla se changer. Fatigué et dépassé par les événements, Matthieu laissa glisser son dos contre le mur, jusqu'à ce qu'il se retrouve assis sur le plancher, à côté de la porte de la chambre de la jeune fille. Il ferma les yeux et tenta de démêler ses émotions. Aimait-il Alexanne au point de vivre ce genre de drame jusqu'à la fin de sa vie ? S'il ne connaissait rien au paranormal, il se doutait bien que la métamorphose spontanée d'un homme en loup ne se réglait pas en claquant des doigts… Des larmes de découragement coulèrent sur ses joues.

Alexanne s'assit alors près de lui et prit sa main.

– Matthieu, je suis vraiment désolée. Si tu ne veux plus jamais me revoir, je comprendrai.

– Il est trop tard pour ça, murmura le jeune homme. Je ne pourrai plus jamais me passer de toi, mais j'ai beaucoup de difficulté à comprendre ce qui s'est passé ce soir.

– Notre idée était bonne, mais le curé a paniqué au lieu de m'aider. Il m'a dit que les loups-garous et les vampires n'existaient pas et il a essayé de me protéger contre mon oncle au lieu de l'exorciser. En voyant le prêtre s'emparer de moi, dans l'église, Alexei est devenu fou de rage.

– Dis-moi qu'il n'y a pas de vampires dans ta famille, paniqua-t-il.

– Je ne connais pas encore très bien ma famille, mais elle est surtout composée de fées et ce sont des filles, pour la plupart.

– Mais les garçons ne peuvent pas être des fées.

– Matthieu, ne sois pas sexiste !

Alexanne se rappela alors qu'elle avait abandonné ses affaires dans l'église.

– Oh non ! J'ai oublié mon cahier d'anges au village !

– C'est celui qui s'allume et qui s'éteint tout seul ?

– Oui… comment le sais-tu ?

– Je l'avais sur les genoux quand il s'est illuminé de l'intérieur. C'est en regardant dedans qu'on a su que vous étiez au lac du père Collin.

– Les anges vous l'ont écrit ?

– Les anges ? répéta Matthieu. Ce n'est pas toi qui as fait ce dessin ?

Elle couvrit son visage de baisers, et même s'il adorait cette attention, il l'arrêta pour obtenir davantage d'explications sur le mystérieux album.

– Qu'est-ce que les anges ont à voir là-dedans ? insista-t-il.

– Si tu me dis où se trouve mon cahier, je vais te le montrer.

– Il est dans la camionnette.

Alexanne prit sa main et l'entraîna dans l'escalier. Ils retirèrent les affaires de l'adolescente du véhicule et s'installèrent au salon. Elle contempla un long moment le dernier dessin sous sa requête.

– Un cahier d'anges, c'est une façon de communiquer avec eux. On leur écrit, et ils nous répondent comme ils l'entendent.

– Les anges savent dessiner ? se troubla Matthieu.

– C'est bien ce qu'il semble, et ils savent écrire aussi, mais ça ne leur prend pas autant de temps que nous. Chez eux, c'est instantané. Le cahier s'illumine et c'est fait.

Alexanne glissa le bout de l'index sur les yeux brillants du loup dessiné sous le quai. Elle revint quelques pages en arrière et découvrit une inscription récente sous la lettre qu'elle avait écrite dans l'église.

– Regarde, Matthieu, c'est un nouveau message !

Il y a des gens qui représentent véritablement Dieu sur la Terre et d'autres qui prétendent le faire, mais qui n'ont pas la foi. Ta demande nous apparaît bien fondée, mais tu ne t'adresses pas à la bonne personne.

– Et c'est maintenant que vous me le dites ! se fâcha-t-elle.

– Sont-ils en train de te dire que le curé Brisson n'avait pas suffisamment la foi pour aider Alexei ? Allons-nous devoir trouver un autre curé pour l'exorciser ?

– Je me moque du temps que ça me prendra pour trouver la bonne personne. Je ne laisserai pas mon oncle souffrir ainsi jusqu'à sa mort.

– Moi, tout ce que je demande, c'est qu'il arrête de me terroriser.

Paul apparut alors à la porte du salon et posa un regard aimable sur les adolescents.

– Matthieu, viens. On s'en va.

– Peut-on laisser Alexanne et sa tante seule avec le…

Il s'arrêta juste avant de traiter Alexei de loup-garou.

– Le danger est passé, affirma Paul.

– Comment se porte mon oncle ? demanda Alexanne, inquiète.

– Il a perdu beaucoup de sang, mais il va s'en tirer.

Matthieu se leva docilement. Alexanne déposa le cahier d'anges sur la table basse et le suivit jusqu'à la porte. Elle retira le téléphone de la poche de sa veste et le tendit à

Paul en le remerciant. Elle embrassa ensuite Matthieu sur les lèvres, pendant que son père se dirigeait vers la camionnette.

– Un chevalier et une fée, s'émut Alexanne.

Matthieu lui sourit avec reconnaissance, malgré la confusion qui régnait toujours dans son esprit, et lui donna un dernier baiser.

– Je t'appellerai demain pour prendre des nouvelles de ton oncle, déclara-t-il. Essayez de le garder chez vous, d'accord ?

En réprimant un sourire, Alexanne le poussa dehors et attendit que la camionnette disparaisse au bout de l'entrée avant de rentrer. Elle referma la porte et grimpa à la chambre d'amis, dans laquelle elle entra prudemment.

Chapitre 41
Abel Collin

Assise sur une chaise, près du lit où Alexei reposait, le torse recouvert de bandages propres, Tatiana observait les éraflures qui zébraient le visage de son jeune frère. Alexanne posa la main sur l'épaule de sa tante.

– Tout ça, c'est ma faute, déplora-t-elle.

– Tu ne le connaissais même pas lorsqu'il s'est fait mordre par un loup, Alexanne.

– Les anges ont écrit, dans mon cahier, que mon idée de recourir aux services d'un curé était excellente, mais que certains hommes de Dieu ont la foi et d'autres, non.

– Ils sont donc encore d'avis qu'un prêtre peut l'aider ?

– Oui, apparemment. Mais où trouve-t-on ce genre de personne ?

– Certains diocèses possèdent des listes d'exorcistes.

– Comment savoir s'ils ont vraiment la foi ?

– Je n'en sais rien, ma chérie.

Alexanne s'approcha de son oncle et replaça ses mèches noires derrière son oreille.

– Avez-vous dû l'opérer ?

– J'ai en effet extrait des balles et des éclats de bois de son cou et de son épaule. Il a perdu beaucoup de sang, mais il est très fort. On ne peut rien faire de plus pour lui présentement.

– Si les chasseurs l'avaient tué, comme les membres de la secte l'ont fait, auriez-vous été capable de le sauver ?

– Je n'en sais rien. Mon domaine, c'est la guérison grâce aux plantes et au rétablissement de la circulation de l'énergie dans le corps. Je ne suis ni chaman ni médecin.

– Allez-vous rester auprès de lui toute la nuit ?

– Oui. Et demain, ça sera à ton tour de le veiller.

Alexanne embrassa Tatiana sur la joue et décida de prendre un bain pour se détendre. Dans la mousse jusqu'au cou, elle se mit à penser à sa vie familiale. « Pas étonnant que mon père ait voulu fuir tout ça », songea-t-elle. Mais elle n'était pas une froussarde et elle avait la ferme intention de protéger le peu de famille qu'il lui restait. « Je suis certaine que mon oncle peut devenir une bonne personne et être utile à la société », pensa-t-elle. Mais elle n'y parviendrait pas en demeurant oisive. Elle enfila son pyjama et alla écrire à ses anges.

Mes chers anges,

Si j'avais lu votre message plus tôt, nous n'en serions pas rendus là, et mon oncle ne serait pas aussi grièvement blessé ce soir. Mais ce qui est fait est fait. Vous me dites que je me suis trompée en m'adressant au curé Brisson. Dans ce cas, pourriez-vous me donner une liste de noms et de numéros de téléphone de personnes qui ont véritablement la foi et qui pourraient aider mon oncle ? Je pense qu'on éviterait beaucoup de problèmes à bien du monde de cette façon et je suis sûre que Matthieu n'aurait pas d'objection à aller chercher cet homme avec moi, peu importe où il vit... sauf au Tibet, évidemment.

Alexanne

P.-S. Protégez la famille de Matthieu et apaisez le cœur des gens qui ont eu peur ce soir, surtout celui du curé.

Épuisée, l'adolescente referma l'album et le déposa sur sa commode. Elle dormit comme une bûche et fut finalement réveillée le lendemain matin par le carillon de la porte. En pensant que c'étaient des clients de sa tante, Alexanne enfila son peignoir et ses pantoufles et descendit l'escalier. Elle ouvrit la porte d'entrée et fut bien surprise de trouver devant elle un homme d'une soixantaine d'années vêtu d'un chandail à manches courtes et d'un pantalon blanc.

– Bonjour, mademoiselle, fit poliment l'étranger. Suis-je bien chez les Kalinovsky ?

– Oui… répondit-elle. Je suis Alexanne Kalinovsky.

– Je m'appelle Abel Collin.

– Le père Collin ?

– Le seul et unique.

– Nous avons fait bien attention à votre chaloupe, je vous le jure.

– Je ne suis pas ici pour m'enquérir des péripéties de ma chaloupe. En fait, on m'a demandé de venir ici pour aider un homme à sortir des ténèbres.

– Qui vous l'a demandé ? s'étonna l'adolescente.

– Des amis à moi qui ont des ailes dans le dos.

– Vous parlez aussi aux anges ?

– Je joue même aux échecs avec eux, mademoiselle. Ils m'ont dit que cette affaire était urgente, alors pourriez-vous me conduire jusqu'à cette pauvre âme ?

– Oui, certainement ! s'exclama joyeusement Alexanne.

Elle le fit entrer, mais ne le fit pas monter tout de suite à la chambre d'Alexei.

– Beaucoup de gens ont souffert hier soir à cause d'un simple malentendu. Pour éviter de commettre deux fois la même erreur, laissez-moi vous résumer la situation. Mon oncle a été mordu par un loup qui l'a transformé en loup-garou, mais il ne s'en rend même pas compte quand il se métamorphose. J'ai lu un ouvrage sur la question et je ne suis pas d'accord que la mort soit la seule façon de le libérer de cette possession maléfique. Dans un autre livre, écrit en russe, on disait que la prière pouvait chasser le mauvais sort.

– Je suis d'accord avec vous qu'il n'est pas nécessaire de mettre un homme à mort pour le délivrer de l'emprise du mal. J'ai exorcisé Satan sous de nombreuses formes et dans bien des pays, mademoiselle Kalinovsky. Je connais fort bien mon ennemi. Ne perdons plus de temps, si vous le voulez bien...

Elle prit les devants dans l'escalier, heureuse d'avoir enfin trouvé un allié, et le fit entrer dans la chambre d'Alexei. Tatiana serra le prêtre dans ses bras avec affection, ce qui fit tout de suite comprendre à Alexanne qu'ils se connaissaient déjà. Ils parlèrent de ce qui s'était passé au village et de quelle façon Alexei combattait courageusement ses instincts primitifs. Le père Collin examina ensuite la victime inconsciente et décida que c'était à son tour de veiller sur elle.

Chapitre 42
Premier contact

Alexei dormit une journée entière avant d'ouvrir les yeux. Il battit des paupières et sentit aussitôt la présence de l'étranger, assis sur une chaise près de lui. Il se redressa malgré la douleur aiguë qui irradiait dans son épaule et dans son cou. Le loup n'étant pas complètement sorti de l'homme, il se mit à gronder sourdement. Mais cela n'impressionna nullement le père Collin, qui avait affronté bien d'autres démons.

– Tu n'as rien à craindre, Alexei. Je suis le père Collin et je suis venu t'aider.

Le blessé était beaucoup trop faible pour prendre la fuite, mais il n'avait certainement pas l'intention de laisser un prêtre s'approcher de lui.

– Je sais ce qui t'est arrivé, et tout comme ta sœur et ta nièce, je pense que ton âme peut être sauvée sans que ton corps soit obligé de mourir. Mais je ne pourrai pas te venir en aide si tu ne le désires pas. Ce n'est pas mon style non plus d'exorciser un homme de force, alors pendant que tu reprends des forces, songe à ma proposition.

Alexanne entra dans la chambre en transportant un plateau sur lequel reposaient un bol de céréales et un vase de fleurs fraîches. Alexei posa son regard sur elle, et le prêtre vit son expression passer de la méfiance à la tendresse.

– C'est l'heure de ton repas, annonça le père Collin en se levant. Je reviendrai plus tard.

Alexei conserva un silence méfiant et suivit le prêtre des yeux, tandis qu'il quittait sa chambre. Alexanne déposa le plateau sur la commode.

– Comment te sens-tu ce matin ? demanda l'adolescente.

– Mieux, mais je ne suis pas capable de m'asseoir.

– Pas de problème. Je vais te faire manger couché.

Elle plongea la cuillère dans les céréales et l'approcha de la bouche d'Alexei. Il avala la première bouchée en grimaçant, puisque mastiquer étirait les plaies de son cou et de son visage.

– Je suis désolée de t'avoir entraîné jusqu'au village, s'excusa-t-elle. Je ne savais pas que le curé Brisson n'avait aucune expérience des métamorphoses.

– Il a essayé de te faire du mal, se rappela son oncle en s'assombrissant.

– Non. Il était terrorisé et il aurait voulu que je partage son effroi, mais je t'assure qu'il ne m'a pas fait de mal.

Alexanne lui présenta une autre cuillerée de céréales, et il l'avala sans protester.

– Pourquoi l'autre prêtre ? demanda-t-il, méfiant.

– Ce sont les anges qui nous l'ont envoyé directement à notre porte, alors je pense que c'est l'homme qu'il nous faut.

– Il aura peur, tout comme l'autre.

– Je ne suis pas prête à dire ça. J'ai pris le temps de bavarder avec lui et il a une solide expérience de ce genre de phénomène. Mieux encore, tante Tatiana le connaît et elle a confiance en lui.

– Quand le loup s'empare de moi, je ne sais plus ce que je fais.

– Il saura te calmer.

– Je ne veux pas mourir, Alexanne.

– Il m'a dit qu'il pouvait sauver ton âme sans que tu perdes la vie. Promets-moi au moins d'essayer.

Alexei ne répondit pas, mais sa nièce vit dans ses yeux que cette solution lui tenait à cœur.

– Fais-le pour moi, minauda-t-elle.

– Pour toi…

Alexanne lui fit avaler une autre bouchée de céréales. Lorsque le bol fut enfin vide, elle embrassa Alexei sur le front et redescendit le plateau à la cuisine. Elle le déposa sur le plan de travail près de Tatiana qui finissait de laver la vaisselle du déjeuner.

– Je savais qu'il mangerait si c'était toi qui lui apportais sa nourriture. Est-ce qu'il est plus calme ?

– Oui, mais la présence du père Collin chez nous l'inquiète beaucoup.

– C'est une crainte tout à fait fondée.

– Survivra-t-il quand le prêtre chassera le loup de son corps ?

– Ça dépendra de l'emprise que le mal a sur lui. Mais c'est un risque qu'il devra courir s'il veut mener une vie normale.

– Et se marier et me donner un tas de cousins ? ajouta Alexanne avec enthousiasme.

– S'il en a envie.

L'adolescente se posta devant la fenêtre et regarda dehors. Elle vit alors le père Collin assis à la table de jardin, une petite valise de cuir ouverte devant lui. Il semblait en train d'écrire sur une tablette de papier, entouré de livres.

– Que fait-il ? voulut savoir Alexanne, curieuse.

– Il dresse ta carte du ciel. C'est un document qui indique la position des planètes le jour de ta naissance. C'est son passe-temps favori.

Intriguée, Alexanne sortit de la maison et courut jusqu'au potager, près duquel s'était installé le jésuite.

– As-tu réussi à le faire manger ? demanda le père Collin.

– Je lui fais presque toujours faire ce que je veux, assura l'adolescente en s'asseyant sur l'autre banc.

– Ah, la puissance de l'amour…

– C'est vraiment ma carte du ciel que vous êtes en train de dresser ?

– Oui, c'est la tienne, déclara-t-il en lui tendant une feuille sur laquelle apparaissait une grosse roue entourée de motifs étranges et d'une foule de lignes bleues et rouges.

– C'est dans quelle langue ?

– Celle des symboles. Ceux-là, fit-il en les indiquant du doigt, sont des planètes, et les autres sont des signes du zodiaque et des aspects entre les planètes. Ils représentent le ciel à ta naissance et ils déterminent ton caractère et ton avenir.

– Vous voyez mon avenir sur une feuille de papier ?

– Oui, mademoiselle. Tu seras une grande guérisseuse comme ta tante, mais ton territoire sera beaucoup plus étendu que le sien.

– Est-ce que je me marierai ?

Le père Collin répondit oui.

– Avec un homme du signe du Cancer, doux et tendre, qui te donnera au moins quatre belles filles.

– Est-ce que vous pouvez dresser la carte de n'importe qui ?

– Oui, si l'on me fournit le lieu, la date et l'heure de naissance de la personne. Tu veux que je dresse la carte de ton oncle, n'est-ce pas ?

– Ça me donnerait l'occasion de mieux le connaître, parce qu'il n'est pas très bavard.

Le père Collin accepta donc de la faire pour elle. Il ramassa ensuite ses feuilles et ses livres, les rangea dans sa petite valise et convia Alexanne à marcher dans la forêt avec lui.

Sentant la présence d'un étranger auprès de sa nièce, Alexei tenta de s'asseoir malgré ses blessures. Heureusement, Tatiana venait d'entrer dans sa chambre avec une bassine d'eau et des bandages propres. Elle les déposa rapidement sur la commode et empêcha Alexei de se lever.

– Nous t'avons demandé de rester immobile, lui reprocha sa grande sœur.

– Il y a quelqu'un avec Alexanne.

– C'est le père Collin, lui apprit Tatiana en l'obligeant à se recoucher. Tu ne pourrais pas sortir de la maison de toute façon, parce que j'ai érigé des barrières invisibles pour t'en empêcher.

– Pourquoi ?

– Parce que je veux que tu laisses cet homme t'aider. Les anges l'appuient, et je sens qu'il a le pouvoir de te libérer de l'ombre une fois pour toutes.

Alexei cessa de résister et Tatiana en profita pour commencer à défaire ses bandages.

– Ne me laisse pas seul avec lui lorsqu'il essaiera de chasser le mal de mon corps.

– Tu sais bien que je serai là avec Alexanne.

La guérisseuse commença à nettoyer les plaies de son frère avec de l'eau chaude, plutôt satisfaite de leur cicatrisation.

– Que dirais-tu de reprendre ton véritable nom après l'exorcisme ? demanda-t-elle pour lui changer les idées.

– La police voudra savoir pourquoi mon acte de décès a été déposé aux registres, et ça me causera de gros ennuis.

– Pas si tu en profites pour dénoncer la secte. N'est-ce pas la seule chose qui t'a tenu en vie toutes ces années ? Tu n'as jamais réussi à retourner à l'intérieur de la forteresse parce qu'elle était trop bien gardée, mais la police pourrait en forcer l'ouverture.

– Toutes les nuits, je rêve de planter mes crocs dans la gorge du Jaguar, et ne me dis surtout pas que c'est inutile parce que le karma va se charger de le punir. Le ciel n'opère pas assez rapidement pour moi.

– On ne peut pas accélérer la justice naturelle, mais elle finit toujours par se manifester au moment opportun. Nous ne sommes que des pions sur le grand jeu de la vie, petit frère. Il faut faire confiance aux joueurs invisibles et respecter leurs règles. Personnellement, je pense que c'est ta responsabilité de dénoncer ces atrocités et de remettre le châtiment du Jaguar entre les mains des autorités.

– Je ne sais pas si cela assouvira mon besoin de vengeance.

– Moi, j'en suis certaine. De toute façon, si le prêtre réussit à te délivrer du loup, tu ne pourras plus mordre personne.

Pour la première fois depuis longtemps, Alexei sourit avec amusement. Tatiana appliqua de nouveaux bandages sur ses blessures.

– Tu sais toujours quoi me dire pour m'apaiser.

– C'est parce que je suis ta sœur et que je t'aime. As-tu besoin que je te donne quelque chose pour te faire dormir ?

– Non. Je n'en ai pas besoin.

– Essaie de rester couché, cette fois.

Tatiana l'embrassa sur la joue, ramassa les vieux bandages et la bassine d'eau sale et quitta la pièce. Alexei se tourna immédiatement vers la fenêtre en cherchant sa nièce grâce à son esprit. Pouvait-il vraiment faire confiance au jésuite ?

Chapitre 43
Les Esséniens

Alexanne marcha dans la forêt avec le père Collin, qui était drôlement en forme pour un homme de son âge. Il gardait un pas vif et il respirait l'air frais à pleins poumons. L'adolescente en profita pour le questionner sur sa relation avec Tatiana.

– Avez-vous déjà dressé la carte du ciel de ma tante ?

– C'est la toute première carte que j'ai étudiée. Je voulais savoir pourquoi des gens comme elle se dévouaient ainsi pour les autres. J'ai découvert que même si ta tante était un Verseau, elle avait un nombre incroyable de planètes dans les Poissons, le signe du service désintéressé.

– Et ça fait longtemps que vous la connaissez ?

– Une vingtaine d'années, au moins. Nous avons vu ton arrivée sur sa carte du ciel et nous t'attendions avec impatience.

– Je suis sur sa carte à elle ? Mais comment est-ce possible ?

– Ton âme a été attirée dans cette incarnation par la sienne. Serais-tu surprise si je t'annonçais que vous vous connaissez depuis plusieurs vies déjà ?

– Non, mais que vous, un prêtre, me parliez de réincarnation, oui ! avoua Alexanne. Je pensais que l'Église vous défendait de vous intéresser aux sciences occultes !

En riant, le père Collin lui expliqua que l'Église était dirigée par des êtres humains, et que les êtres humains n'étaient pas parfaits. Il lui raconta que trois cents ans après la mort de Jésus, les dirigeants de sa religion avaient décidé d'apporter de grands changements dans les enseignements originaux du christianisme, car les juifs chrétiens de l'époque croyaient à la réincarnation, tout comme leurs ancêtres. L'Église avait alors senti son autorité menacée par cette théorie qui voulait que chaque homme soit personnellement responsable de ses propres actions. S'il faisait le bien, il serait récompensé dans ses vies futures et, s'il faisait le mal, il se retrouverait dans des circonstances difficiles qui l'aideraient à comprendre qu'il avait mal agi.

Les chefs de l'Église avaient donc cherché une façon d'asseoir leur pouvoir sur la population et ils avaient malheureusement eu recours à la peur pour parvenir à leurs fins. Ils avaient fait croire aux hommes qu'ils naissaient avec le péché et que seule l'Église pouvait les racheter. Ils avaient également inventé l'enfer et ses damnations pour attirer plus sérieusement leur attention.

– Mais la peur est l'antithèse de l'amour… se rappela Alexanne.

– C'est exact, et cette malheureuse décision, il y a mille six cents ans, a créé toutes sortes de querelles inutiles entre des gens qui avaient des croyances similaires. Personnellement, je pense que si l'Église avait conservé les enseignements originaux de Jésus et n'avait pas édicté toutes ces restrictions, il n'y aurait jamais eu de guerres de religion et aujourd'hui, tout le monde s'aimerait. Mais c'est mon opinion personnelle.

– Vous êtes très spécial pour un prêtre. Vous n'êtes pas du tout comme le curé Brisson.

Le père Collin lui expliqua qu'ils n'avaient pas reçu le même genre d'éducation spirituelle. Le curé Brisson était un jeune universitaire qui avait très peu d'expérience pratique, tandis que lui avait enseigné partout dans le monde et qu'il avait eu la chance de voir souvent la foi et l'amour à l'œuvre. La peur aussi.

Alexanne lui demanda alors de lui parler de Jésus, tel qu'il était vraiment, avant que la religion modifie son enseignement.

– Jésus, c'est le nom grec qu'on lui a donné. Il était juif et il s'appelait Yeshua. À cette époque, les juifs étaient divisés en trois sectes : les sadducéens, les pharisiens et les esséniens. Jésus était essénien parce que sa mère l'était aussi. J'ai fait des recherches sur cette secte et j'ai découvert, à ma grande surprise, que ces gens croyaient à la réincarnation et à l'astrologie ! C'est d'ailleurs pour cette raison que j'ai étudié ces deux sciences. Je me suis dit que si Jésus y croyait, alors pourquoi pas moi ? J'ai lu des tas de bouquins sur la réincarnation et j'ai appris à dresser des cartes du ciel.

– Et l'Église ne vous a pas mis de bâtons dans les roues ?

– Mes supérieurs m'ont évidemment averti que mes activités allaient à l'encontre de leurs enseignements, mais je leur ai finalement prouvé qu'elles n'allaient pas à l'encontre des croyances de Jésus en me servant de passages de la Bible, alors ils ont accepté de me laisser pratiquer l'astrologie, à condition que je ne l'enseigne pas à mes élèves.

– Alors, Jésus était astrologue. C'est incroyable.

– Je ne sais pas s'il pratiquait lui-même l'astrologie, mais je pense qu'il y croyait, comme tous les autres esséniens. C'est probablement pour cette raison qu'il connaissait la date de sa mort.

Fascinée, Alexanne continua de le questionner sur les esséniens et sur les enseignements de Jésus et ne vit pas le temps passer. Lorsqu'ils revinrent à la maison, il était presque l'heure du repas. Le père Collin aida les deux fées à préparer les légumes en continuant de leur raconter quelques-unes de ses missions dans les pays en voie de développement, et les événements étranges auxquels il avait assisté lors de certains exorcismes.

« Avec lui, on ne s'ennuie vraiment pas », constata l'adolescente, qui n'arrêtait pas de le questionner. Mais à la fin du repas, lorsque la sonnette de la porte retentit dans la maison, Alexanne prit congé de leur fascinant invité, car c'était son chevalier qui lui rendait visite. Elle ouvrit à Matthieu et lui sauta dans les bras.

– Je me suis ennuyée de toi, ronronna-t-elle dans son cou.

– Moi aussi, mais je n'osais pas t'appeler. Je pensais que vous en aviez probablement plein les bras avec ton oncle.

– Il se comporte en malade exemplaire et, si ses blessures continuent de guérir à ce rythme-là, le père Collin pourra le débarrasser du mal dans les prochains jours.

– Le père Collin ? Tu l'as finalement appelé ?

Alexanne lui expliqua qu'elle n'avait pas eu à le faire, puisque les anges le lui avaient envoyé. Ils s'isolèrent sur la galerie pour bavarder en paix, et elle lui demanda s'il avait eu des nouvelles du pauvre curé Brisson. Matthieu lui apprit qu'il était retourné dans sa famille pour l'été, et dès que les menuisiers auraient terminé les réparations à l'intérieur de l'église, on leur enverrait un remplaçant. Alexanne voulut savoir si les gens du village savaient ce qui s'était réellement passé ce soir-là.

– Pour protéger ta famille, mon père a dit à tout le monde que le curé Brisson était épuisé et que c'était son imagination qui lui avait joué un tour. Il leur a raconté que ton oncle priait dans l'église lorsque les chasseurs ont fait irruption et qu'ils se sont mis à tirer partout.

– Et moi là-dedans ? s'inquiéta-t-elle. J'étais dans l'église aussi.

– Il leur a expliqué que tu t'étais arrêtée pour parler au curé avant de te rendre chez nous.

– Je ne suis pas à l'aise avec tous ces mensonges, Matthieu.

– Que veux-tu qu'on leur dise ? Que tu avais décidé de passer la nuit toute seule dans l'église pour demander au curé d'exorciser ton oncle qui se change en loup ? Mon père avait peur qu'ils viennent jusqu'ici pour mettre le feu à votre maison.

– Les gens faisaient ça au Moyen Âge. On est au XXIe siècle quand même !

– Moi, je suis d'accord avec mon père et je préfère mentir au lieu de laisser les gens vous maltraiter.

Alexanne se blottit dans ses bras. Il était impossible de se sentir aussi bien en présence d'une personne qu'on venait à peine de rencontrer. Il fallait que ce lien intime ait commencé à se tisser dans une autre vie, dans un autre temps. Le père Collin avait raison. La théorie de la réincarnation expliquait beaucoup de choses.

Chapitre 44
Sylvain Paré

Après le départ de Matthieu, Alexanne s'arrêta à la chambre de Tatiana pour lui souhaiter bonne nuit. Avec un sourire mystérieux, Tatiana lui remit un bouquin sur les esséniens, qu'elle avait déniché dans sa grande bibliothèque.

– Le père Collin a justement commencé à me parler de cette secte ce matin, se réjouit l'adolescente. Au début, ça m'a un peu inquiétée à cause de l'expérience traumatisante d'Alexei dans la secte de la montagne.

– Les sectes juives d'il y a deux mille ans n'ont rien à voir avec ces nouveaux mouvements religieux. Elles étaient davantage des écoles de pensées différentes à l'intérieur d'une seule et même religion. Aujourd'hui, ce sont des mouvements de contestation contre l'ordre religieux en place.

– Parlez-moi de celle de la montagne. Qui est le Jaguar ? Pourquoi ses disciples ne peuvent-ils plus partir une fois qu'ils y ont adhéré ?

– Le Jaguar est le fondateur de la secte de la montagne. C'est un ancien professeur d'université qui en a eu assez de la société et de tous ses règlements qui, selon lui, le défavorisaient. Il a acheté le flanc d'une montagne, à quelques kilomètres d'ici, et y a construit sa propre société. Il a recruté des gens qui, comme lui, cherchaient une autre façon de vivre, et il les a soumis à sa loi. Au début, il n'a montré aux membres que le beau côté de leur nouvelle communauté, mais quand ils ont été suffisamment intégrés, il les a obligés à se soumettre à des règlements plus sévères.

– Donc, ils ne trouvent pas la vie parfaite qu'ils cherchaient ?

– La plupart finissent par s'apercevoir qu'ils étaient beaucoup plus libres avant d'entrer dans la secte et ils essaient de s'en échapper.

– Mais les gens qui réussissent à s'échapper ne devraient-ils pas dénoncer le Jaguar ?

– Ton oncle y songe, justement. Allez, au lit, ma chérie. Il se fait tard.

L'orpheline gambada jusqu'à sa chambre et se jeta à plat ventre sur son lit. Elle ouvrit aussitôt le livre sur les esséniens et en lut quelques pages avant de fermer l'œil.

Le lendemain matin, avant de se lever, elle en lut un autre chapitre, puis se décida à descendre au rez-de-chaussée. Elle trouva Alexei assis au salon devant le père Collin, qui lui parlait d'une voix douce. C'était la première fois qu'elle voyait son oncle aussi calme en présence d'un étranger. Un sourire apparut sur le visage de l'homme-loup lorsqu'il vit sa nièce à l'entrée. Alexanne s'approcha aussitôt de lui et ébouriffa ses cheveux.

– Abel me parlait de sa stratégie pour obliger le mal à sortir de mon corps, lui dit Alexei, confiant.

– Est-ce un secret entre hommes ? demanda l'adolescente en s'asseyant près de lui.

– Non, assura le jésuite. Mais il serait sans doute préférable que ça reste dans la famille.

– Je ne dirai rien. Quelle est votre stratégie ?

– Nous avons décidé que je serai attaché.

– Par précaution, précisa le père Collin.

– Si le loup devient trop fort, alors je ne blesserai personne, ajouta Alexei.

– Et nous, que pourrons-nous faire ?

– Lui transmettre tout votre amour, tandis qu'il combat la bête en lui. Je me chargerai de la partie religieuse de l'opération.

– Que se passera-t-il une fois que l'ombre l'aura quitté ? voulut savoir l'adolescente.

– Il redeviendra l'homme qu'il était avant la morsure du loup.

– Celui que tu ne connais pas encore, lui fit remarquer Alexei.

– Mais je crois que je l'aimerai bien quand même, celui-là, le taquina sa nièce.

Alexanne serra sa main dans la sienne pour lui faire comprendre qu'elle serait là pour l'aider.

* * *

Au village, Matthieu s'était levé de bonne heure pour mettre un peu d'ordre dans les nouvelles commandes de marchandises qu'ils avaient reçues au magasin. Il ne servait à rien de posséder des milliers de pièces pour les télévisions, les antennes, les radios ou les ordinateurs si l'on ne les classait pas pour mieux les retrouver par la suite. Tandis qu'il divisait les boîtes selon leur contenu, un étranger entra dans la boutique. Il était trop bien habillé pour être un touriste à la recherche du lac ou quelque autre endroit à visiter et il n'était manifestement pas un chasseur. Matthieu se redressa et l'observa, tandis qu'il s'approchait du comptoir. Peut-être avait-il seulement besoin d'une pile pour son téléphone mobile.

– Est-ce que je peux vous aider ? fit poliment le jeune homme.

– Je cherche Paul Richard.

– Il est parti faire une installation. Je suis son fils, Matthieu, et je connais pas mal tous nos produits.

– Je m'appelle Sylvain Paré et je ne suis pas ici pour acheter quoi que ce soit. Je suis journaliste.

Les traits de Matthieu se durcirent instantanément. Son père lui avait dit de se méfier des reporters, qui allaient certainement se manifester après ce qui s'était passé au village quelques jours plus tôt.

– J'ai entendu parler d'une histoire fascinante au sujet de cet endroit et je voulais en discuter avec ton père.

– Quelle sorte d'histoire ? se méfia Matthieu.

– Un curé aurait apparemment été attaqué par un loup-garou.

Cette fois, l'adolescent eut beaucoup de difficulté à cacher son affolement. Comment cet étranger pouvait-il être au courant de cet incident, alors que tout le village ignorait ce qui s'était réellement passé ?

– Tu sais de quoi je parle, n'est-ce pas ? fit amicalement le journaliste.

Mais Matthieu n'avait pas du tout l'intention de lui révéler le secret des Kalinovsky.

– Je n'ai rien à vous dire, se referma-t-il.

– S'agissait-il d'un résident de la région ?

– Si vous n'avez pas l'intention d'acheter quoi que ce soit, je vous demanderais de partir.

– Je ne suis pas venu jusqu'ici pour lui planter un pieu dans le cœur, Matthieu. Je veux juste écrire l'histoire de cette personne. Je n'ai même pas l'intention de dévoiler son nom.

Même s'il n'avait pas l'habitude d'être impoli avec les étrangers, Matthieu choisit de lui tourner le dos et de continuer à ranger les petites boîtes. Sylvain Paré, qui avait déjà essuyé toutes les réactions possibles de la part de témoins d'événements étranges, sut aussitôt qu'il avait trouvé un filon. Ce jeune homme savait ce qui s'était passé dans le village et, d'après sa réaction, il connaissait probablement la personne qui se changeait en loup. Un sourire triomphal sur le visage, le journaliste quitta le magasin.

Dès qu'il eut passé la porte, Matthieu composa le numéro du téléphone mobile de son père et lui raconta ce qui venait de se passer.

– Surtout, calme-toi. Il ne faut pas lui faire croire qu'on lui cache quelque chose, sinon il se mettra à questionner tous les habitants du village.

– Je pense qu'il est déjà trop tard, papa. Ça se voit sur mon visage quand je mens, alors même en refusant de lui répondre, je lui ai peut-être mis la puce à l'oreille.

– Je m'en occupe.

Lorsque Paul arriva enfin sur la rue principale, il repéra tout de suite l'étranger sur le trottoir, en train de questionner ses voisins. Il gara donc la camionnette devant sa boutique et traversa la rue pour s'assurer que les villageois ne lui racontaient pas n'importe quoi.

– Est-ce que vous avez vu le loup ? leur demandait Paré lorsqu'il arriva près du groupe.

– Oui, affirma l'un d'eux. Il était dans l'église, alors on a ouvert le feu.

– Il y avait une adolescente avec lui, ajouta un autre chasseur. Elle ne voulait pas qu'on le tue.

– Comment s'appelle-t-elle ?

– On ne connaît pas son prénom, mais on sait qu'elle est la nièce de la guérisseuse, madame Kalinovsky.

– Que faisait-elle dans l'église à une heure pareille ?

– Elle a eu un problème de conscience, intervint Paul en se mêlant au groupe. Je suis Paul Richard.

Il lui tendit la main d'une façon civilisée et même amicale. Le journaliste la serra volontiers.

– Je m'appelle Sylvain Paré. Je travaille pour *L'Insolite*, un magazine sur les phénomènes inhabituels. Un ami m'a parlé d'un prêtre terrorisé qui s'est retrouvé face à face avec un loup-garou dans ce village, alors je suis venu faire une petite enquête.

– Je suis probablement le mieux placé pour vous répondre.

Paul l'invita à prendre un café au petit restaurant du village, et les chasseurs poursuivirent leur chemin en continuant de parler de l'incident entre eux. L'électronicien et le journaliste s'assirent l'un en face de l'autre, à une table isolée, et Paul examina les traits de Paré. Il avait un don pour deviner la véritable personnalité des gens. Cet homme était probablement un bon reporter, mais travaillait-il pour les bonnes personnes ?

– Que savez-vous de la petite Kalinovsky ? demanda Paré.

– Elle a quinze ans et elle fréquente mon fils.

– Pourriez-vous me donner son adresse ?

– Pour que vous alliez lui faire peur avec vos histoires de loup-garou ?

– Donc, vous ne croyez pas que votre curé ait eu affaire à une bête ?

– Il a bel et bien vu un loup dans son église, mais c'était seulement un animal. Les chasseurs ont tiré aveuglément dans l'église. Ils ont blessé un homme et ils ont failli tuer la petite Kalinovsky. C'était un incident regrettable qui n'avait rien de surnaturel.

Paul était calme et son air naïf aurait pourtant dû convaincre le journaliste qu'il n'y avait rien pour lui dans ce petit village des Laurentides, mais l'instinct de Paré lui recommandait de pousser plus loin cette enquête.

– L'homme qui a été blessé était-il un parent de l'adolescente ?

– C'est son oncle. Comme je vous l'ai dit, ce n'était qu'un malheureux accident. Je vous en prie, ne harcelez pas les gens de la région, sinon, je serais forcé d'appeler la police.

– Message bien reçu, monsieur Richard.

Le journaliste se leva et plaça la bandoulière de son gros sac noir sur son épaule.

– Je veux que vous sachiez que je suis un professionnel, même si j'écris des articles sur des phénomènes étranges. Je ne dis que la vérité et je n'utilise jamais les noms des personnes qui sont impliquées dans ces événements. Je veux seulement informer les gens sur le paranormal.

Paré sortit une carte professionnelle de sa poche de veston et la tendit à Paul qui la prit avec un peu de réticence.

– C'est mon numéro de téléphone portable. Merci pour le café.

Le journaliste le salua et marcha lentement vers la porte pour lui donner le temps de changer d'idée. Mais Paul Richard n'avait pas l'intention d'apporter de l'eau à son moulin. Paré quitta donc le restaurant et continua de marcher sur le trottoir, le long de la rue principale, en direction de l'église.

Il trouva plusieurs menuisiers occupés à réparer des bancs sur le parvis, tandis que d'autres s'affairaient sur le plancher de bois à l'intérieur. Il les questionna au sujet des dommages, et l'un des hommes lui dit, tout comme Paul Richard, qu'il s'agissait probablement d'un vrai loup. Il lui raconta que les animaux sauvages entraient souvent dans les maisons de campagne, bien que plus rarement dans les églises. Selon lui, les animaux ne pouvaient pas se changer en humains et vice versa, et ceux qui inventaient des histoires pareilles étaient des hystériques.

Paré marcha dans l'église en essayant d'imaginer ce qui avait pu se passer et atteignit la partie arrière, où d'autres ouvriers remplaçaient la porte d'aluminium par une solide porte d'acier sans fenêtre. Il avança davantage et aperçut la porte dont la vitre avait été fracassée. Rien ne prouvait, à première vue, qu'elle ait été cassée par un animal, mais en se penchant, il découvrit des poils noirs, collés dans du sang séché, sur le verre. Un homme s'approcha de lui et s'identifia comme étant le curé temporaire du village.

– Êtes-vous le représentant de la compagnie d'assurance ? demanda le prêtre.

– Non. Je suis un journaliste de Montréal et j'ai entendu parler de ce qui était arrivé au curé Brisson.

– Travaillez-vous pour un magazine à sensation ?

– Non, pour un magazine qui enquête sur les gens qui ont vécu des choses extraordinaires comme des guérisons miraculeuses ou qui ont été attaqués par des créatures étranges au beau milieu de leur église, précisa-t-il en lui donnant sa carte. Selon vous, est-il possible que le curé Brisson ait été attaqué par un homme-loup ?

– Je ne sais pas ce qui s'est passé ici, mais l'église a reconnu l'authenticité de certaines métamorphoses dans le passé. Je ne suis pas non plus fermé à l'existence de ce genre de phénomène insolite, mais si une telle créature a attaqué un prêtre à l'intérieur même de la maison de Dieu, je pense qu'il ne s'agit plus de la simple transformation d'un homme en loup, mais plutôt de la manifestation du mal sous la forme d'un animal.

Paré se dit étonné que Satan puisse entrer aussi facilement dans une église, alors le curé lui raconta qu'un être maléfique avait probablement profité de l'arrivée de la jeune Kalinovsky pour entrer avec elle dans la maison de Dieu. Lorsqu'il le questionna à son sujet, le curé lui révéla qu'elle vivait de l'autre côté de la montagne avec sa tante, apparemment guérisseuse. Il ajouta qu'il était plutôt difficile de se rendre chez elles, parce qu'il fallait emprunter plusieurs sentiers en zigzag.

Paré lui demanda la permission de prendre des photographies des dommages, et le curé n'y vit pas d'objection. Il retourna ensuite à sa voiture et se rendit au seul garage du village pour faire le plein. Il questionna le pompiste au sujet de la région et obtint une carte plutôt détaillée du lac, de la montagne et de tous les sentiers qui sillonnaient les environs. Il acheta une bouteille d'eau et se mit à la recherche de la maison des Kalinovsky.

Chapitre 45
L'exorcisme

Lorsque Alexei déclara au père Collin qu'il avait recommencé à éprouver l'envie de tuer, il fut décidé de le débarrasser du mal avant qu'il ressente le besoin de retourner se terrer dans la forêt. Sur le lit de la chambre d'invités, le jésuite attacha les poignets et les chevilles de l'homme-loup aux montants en lui recommandant d'être très brave. Mais celui-ci demeura tendu.

– Si je meurs aujourd'hui, je ne veux pas qu'on m'enterre avec mes parents. Je veux être enterré dans la forêt, où j'ai vécu presque toute ma vie.

– Je ne crois pas que nous soyons obligés de t'enterrer avant longtemps, jeune homme, mais c'est noté, lui assura le père Collin.

Dans le couloir, Alexanne était nerveuse à l'idée d'assister à un exorcisme, même si elle était parfaitement consciente qu'il ne pouvait être évité. Tatiana l'avertit qu'il était possible que son oncle se débatte férocement et qu'il traite le père Collin de tous les noms lorsqu'il commencerait à chasser l'obscurité de son corps. Elle lui expliqua aussi que le mal existait en contrepartie du bien, pour que les gens distinguent mieux la lumière d'origine divine.

– Donc l'éternel combat entre Dieu et Satan ?

– Essaie de ne pas mettre de visage sur ces deux grandes forces universelles, lui recommanda Tatiana. Vois-les comme des amas d'énergie de couleur différente. Ils se créent lorsqu'un grand nombre de personnes ont les mêmes pensées. Certains sont positifs, comme dans les églises, et tous les endroits où les gens prient ensemble, mais d'autres sont négatifs et s'infiltrent dans les gens prédisposés à les recevoir.

– Ce sont les hommes qui créent le mal ? s'étonna Alexanne.

– Malheureusement.

– Comment donnerons-nous de l'amour à Alexei s'il est attaché sur un lit et qu'il nous injurie ?

– En faisant la sourde oreille à ce que le mal nous dira et en imaginant une belle lumière apaisante autour du corps de ton oncle. Nous ne devrons pas faillir, sinon le mal pourrait nous aspirer à son tour. Pire encore, voyant qu'elle est en train de perdre la partie, l'obscurité pourrait même le tuer.

– Êtes-vous en train de me dire que le loup pourrait sortir de son corps et pénétrer dans le nôtre ? s'effraya Alexanne.

– Ce n'est pas impossible, si notre amour n'est pas assez puissant. Mais j'ai confiance en toi, ma chérie. Je sais que tu n'as que de l'amour à donner. Est-ce que tu es prête ?

– Je vous avoue que j'ai un tout petit peu peur...

– N'oublie pas que je suis ton bouclier, lui rappela Tatiana. Je veillerai sur toi.

Alexanne prit une profonde inspiration et la suivit dans la chambre. Les yeux pâles d'Alexei épièrent tous leurs gestes avec appréhension, tandis qu'elles se plaçaient de chaque côté de lui.

* * *

Au moment où le père Collin s'apprêtait à procéder à l'exorcisme, Sylvain Paré se garait devant la maison. Il déposa la carte routière sur le siège du passager et contempla le manoir. C'était la seule habitation de la région et il y avait une automobile dans l'entrée. Il y avait donc quelqu'un à l'intérieur. Si ce n'était pas la demeure des Kalinovsky, ses occupants pourraient sans doute lui indiquer où habitait la guérisseuse.

Il descendit de la voiture, s'empara de son sac et le mit en bandoulière sur son épaule. Il inspecta sommairement les alentours et grimpa sur la galerie. Il n'y avait pas de sonnette, alors il frappa sur la porte. Personne ne vint lui répondre. Il fit donc le tour de la maison. Coquelicot sortit la tête d'une fleur en voyant passer l'étranger. Les petites créatures magiques n'étaient pas armées pour défendre leur territoire et, en général, elles préféraient prendre la fuite lorsqu'elles étaient menacées. La fée prit son envol, mais au lieu d'aller se cacher, elle suivit le journaliste en gardant ses distances.

* * *

Assis près de la tête d'Alexei, Abel Collin posa la main sur le front du possédé, qui avait choisi de lui faire confiance. Il irait jusqu'au bout de l'exorcisme, même s'il devait finalement aboutir en enfer.

– Alexei, j'aimerais que tu réaffirmes ta foi en Dieu. Est-ce que tu crois en Dieu ?

– Oui, je crois en Dieu…

Son corps fut secoué d'un terrible spasme qui fit presque pleurer Alexanne.

– Demande à Dieu de te donner la force de chasser le mal qui se trouve en toi, poursuivit le prêtre.

– Je demande à Dieu…, répéta Alexei en se tordant sur le lit.

– De te donner la force de chasser le mal qui se trouve en toi.

– De me donner la force…

Des grondements furieux sortirent de sa bouche et ses yeux devinrent tout blancs. Alexanne n'avait jamais rien vu d'aussi horrible.

– Cette requête doit venir de toi, Alexei, insista le prêtre. Nous ne pouvons pas t'aider si tu ne le désires pas.

– La force…, fit-il en combattant l'envie de mordre ceux qui l'entouraient. Donnez-moi la force de chasser le mal !

Une fureur animale s'empara de lui, et il se débattit si brutalement qu'il déplaça le lit sur le plancher et s'entailla la peau des poignets et des chevilles.

– Chassez le mal ! hurla Alexei, couvert de sueur. Aidez-moi !

Tatiana tendit les mains à Alexanne par-dessus le lit, et l'adolescente lui donna les siennes en tremblant.

– Sois brave, l'encouragea sa tante. Ferme les yeux et fais ce que je fais.

L'adolescente lui obéit aussitôt. Il n'était cependant pas facile de se concentrer au milieu des hurlements d'Alexei. Leurs mains devinrent lumineuses, et un faisceau immaculé descendit de leurs paumes pour toucher la poitrine de l'homme-loup.

* * *

Tandis qu'il contournait la maison en direction du jardin, en s'émerveillant des nombreuses variétés de fleurs que cultivaient ses propriétaires, Sylvain Paré entendit une plainte aiguë qui semblait provenir d'un animal qu'on mettait à mort. Son sang se figea dans ses veines.

Debout sur la margelle du puits, Coquelicot se demandait encore quoi faire pour l'attirer loin de la maison, dans laquelle il ne devait pas entrer. Pour faire une diversion, elle se mit à pousser sur l'arrosoir de métal et réussit à le faire tomber sur les dalles. Le journaliste sursauta et courut jusqu'au fond du jardin.

* * *

L'homme-loup se débattait avec fureur, comme si la lumière en provenance des mains de sa sœur et de sa nièce brûlait sa chair. Les montants de bois du lit se mirent à craquer, mais le jésuite ne se découragea pas pour autant.

– Tu es un enfant de Dieu, et Dieu ne t'a pas abandonné ! cria le père Collin. Reprends contact avec la lumière qui se trouve au fond de ton cœur ! Fais jaillir, dans le reste de ton corps, celle que les anges ont mise en toi le jour de ta naissance !

Alexei arrêta de se débattre et, haletant, tourna la tête vers le prêtre en grondant comme une bête sauvage. Le jésuite plaça alors sa Bible sur la tête de l'homme qui tentait de le mordre.

– J'ordonne à l'ombre qui se trouve en toi de te quitter maintenant et pour toujours !

Alexei se mit à gémir comme un enfant, et Alexanne ouvrit instantanément les yeux. La luminosité de ses mains diminua.

– Alexanne, ne perds pas ta concentration, l'avertit sa tante.

Les yeux de son oncle se révulsèrent, comme s'il était en train de mourir, et Alexanne comprit que le mal essayait de le tuer.

– Alexei, ne le laisse pas gagner ! hurla le père Collin. Tu es plus fort que Satan ! Chasse-le de ton corps ! Fais-le sortir de ton cœur ! Dieu et les anges t'en donnent le pouvoir !

Constatant qu'il était en train de sombrer dans l'inconscience, Alexanne ferma aussitôt les yeux et fit appel à tout l'amour de son jeune cœur. Ses mains devinrent si brillantes qu'elles inondèrent toute la pièce d'une lumière éclatante.

* * *

Le journaliste venait de replacer l'arrosoir de métal sur la margelle du puits, en se demandant ce qui avait bien pu la faire tomber, lorsqu'il vit une lumière éclatante jaillir de l'une des fenêtres de l'étage supérieur de la maison. Il sortit immédiatement son appareil de son étui et se mit à prendre des photos.

* * *

Sur le lit, Alexei avait cessé de s'agiter, et son regard était désormais sans vie. Alexanne leva les yeux vers le plafond et implora tous les anges du ciel de venir en aide à cet homme qui avait partagé ses vies antérieures, mais qu'elle n'avait pas encore eu le temps de bien connaître dans celle-ci.

Alexei sursauta, comme s'il avait reçu un choc électrique, et une rafale de vent glacé sembla sortir de sa bouche. Une volute noirâtre et nauséabonde s'échappa de sa poitrine. Le père Collin continuait de maintenir sa Bible sur son front en priant à voix basse. Quant à Tatiana, elle tenait fermement les mains d'Alexanne pour lui donner du courage.

* * *

Au milieu de la cour, Paré avait commencé à prendre des photos de la fenêtre illuminée lorsqu'il vit un étroit nuage noir s'échapper par le toit de la maison. Il en fit plusieurs clichés, jusqu'à ce qu'il disparaisse dans le ciel.

Comprenant qu'il s'agissait là d'un des nombreux visages du mal, le journaliste tomba sur les genoux et fit aussitôt le signe de la croix pour se protéger.

* * *

Tatiana lâcha les mains d'Alexanne, ce qui fit disparaître la lumière qu'elles produisaient. Sur le lit, Alexei gisait, apparemment sans vie. Le père Collin posa l'oreille sur sa poitrine pour écouter son cœur.

– Il est vivant ! se réjouit-il.

– Alexanne, est-ce que ça va ? s'inquiéta Tatiana en se tournant vers sa nièce.

– Non, pas vraiment. J'ai soif, comme si j'avais traversé le désert du Sahara.

L'adolescente tituba en direction de la porte de la chambre et Tatiana vint à son aide. Elle mit son bras autour de sa taille et la reconduisit à sa chambre. Elle l'allongea sur son lit et alla lui chercher quelque chose à boire. Alexanne jeta un coup d'œil au réveille-matin et s'aperçut qu'il était 4 h 44 de l'après-midi. Les anges avaient donc répondu à son appel à leur heure préférée de la journée.

Sa tante revint quelques minutes plus tard et lui tendit un verre d'un liquide verdâtre. Alexanne s'assit avec difficulté et accepta la boisson en arquant un sourcil. Tatiana lui expliqua que c'était de l'énergie liquide et lui recommanda de la boire lentement. Lorsque sa tante eut quitté la pièce, l'adolescente commença à boire le jus bizarre qui avait un goût de pomme et de cannelle.

Chapitre 46
L'antre des fées

Tout en sirotant la boisson revigorante, Alexanne vit, dans la fenêtre, la petite fée blonde qui faisait toutes sortes d'acrobaties aériennes pour attirer son attention. Intriguée, l'adolescente alla lui ouvrir. Coquelicot entra dans la chambre et se mit à gazouiller furieusement. Voyant qu'elle n'arrivait pas à se faire comprendre, la petite fée saisit une mèche de cheveux d'Alexanne et la tira jusqu'à ce que son front soit appuyé contre la vitre.

Alexanne vit alors Sylvain Paré à genoux, au milieu de la cour, le visage caché dans ses mains. Elle pivota sur ses talons et courut vers la porte. Coquelicot s'y rendit avant elle et réussit à la lui claquer au nez.

– Mais qu'est-ce qui te prend ? Cet homme a besoin d'aide !

Debout sur le crochet où était suspendu son peignoir, la petite fée se mit à gazouiller en imitant un loup en train de mourir, de la fumée s'élevant dans le ciel et retombant sur l'homme à genoux.

– C'est inutile, Coquelicot, je ne te comprends pas !

La minuscule créature se croisa les bras en adoptant un air guerrier. Alexanne ne savait pas pourquoi elle la retenait dans sa chambre, mais il était clair qu'elle ne désirait pas la laisser passer.

– Tu veux que je finisse ma potion magique ? C'est ça ?

L'orpheline s'empara du verre sur la table de chevet et en but tout le contenu en fixant la petite fée avec défi.

– Voilà, c'est fait. Maintenant, laisse-moi passer.

Coquelicot ne broncha pas.

– Si tu ne veux pas te faire assommer, je te suggère de bouger tout de suite de là, la menaça Alexanne.

Elle mit la main sur la poignée et commença à ouvrir la porte. La petite fée battit furieusement des ailes pour la tenir fermée, mais n'étant pas assez forte, elle abandonna la partie. Alexanne fonça dans le couloir et dévala l'escalier. Elle s'arrêta devant la fenêtre de la cuisine, pour observer l'inconnu avant de se risquer dehors. Il ne semblait pas menaçant et il était manifestement en détresse. Pas question de le laisser dans cet état. C'était son devoir de fée de lui venir en aide.

Elle fit un pas vers la porte qui donnait sur la cour et sentit une main lui saisir l'épaule. Elle tourna la tête et rencontra le regard inquiet de Tatiana.

– Je m'occupe de lui, déclara sa tante. Reste dans la maison.

Alexanne savait que la guérisseuse possédait des pouvoirs qu'elle n'avait pas encore développés et qu'elle pourrait mieux se défendre qu'elle si le mal habitait aussi cet homme. Elle accepta donc d'observer son intervention de loin, derrière la porte grillagée.

Tatiana s'approcha de Sylvain Paré en sondant son cœur. Il cachait toujours son visage dans ses mains, priant le ciel que l'entité maléfique ne se soit pas emparée de lui. La guérisseuse avisa le sac et l'appareil photo sur le sol, près de lui, et comprit qu'il était journaliste.

– Puis-je vous aider ?

Sylvain Paré découvrit son visage baigné de larmes. Tatiana s'approcha davantage en imaginant une belle lumière dorée autour de lui, ce qui sembla aussitôt le calmer.

– Je suis Tatiana Kalinovsky. Qui êtes-vous ?

– J'ai vu de la lumière divine dans cette fenêtre, murmura Paré, et de la fumée noire…

Il était visiblement ébranlé, et Tatiana était bien placée pour comprendre sa confusion.

– Venez. Je vais vous préparer une tisane qui va vous remettre d'aplomb.

– Non, je n'ai pas soif. Je vous en conjure, dites-moi ce qui s'est passé là-haut.

– Si vous voulez des réponses, vous devez d'abord me révéler votre identité.

– Paré… Sylvain Paré, bafouilla-t-il en fouillant ses poches à la recherche de ses papiers. Je suis journaliste.

Il se releva et lui tendit sa carte. Tatiana la prit, mais au lieu de lire ce qui y était écrit, elle en étudia les vibrations. Ressentant la sincérité de cet homme, elle lui rendit sa carte.

– Pourquoi êtes-vous sur ma propriété ?

– Je cherche la jeune fille qui se trouvait dans l'église quand on a tiré sur le loup. Je veux écrire un article sur ce qui s'est réellement passé ce soir-là. On m'a dit qu'elle était votre nièce.

– Je ne crois pas que cette jeune personne soit intéressée de se faire montrer du doigt pour le reste de ses jours, monsieur Paré.

– Non, vous ne comprenez pas. Je ne mentionne jamais les noms de qui que ce soit dans mes articles. C'est l'histoire qui m'intéresse, pas les gens qui font l'histoire. J'écris pour un magazine de phénomènes inexpliqués et de guérisons miraculeuses.

– Qui vous a parlé de cette affaire ?

– Un ami du curé Brisson, qui sait que je m'intéresse à l'insolite.

Paré ramassa son sac et son appareil photo, puis s'assit à la table de jardin. Il déposa ses affaires, remit l'appareil dans le sac et en extirpa quelques exemplaires de son magazine.

– J'ai ici des exemples d'articles que j'ai écrits. Si vous les lisez, vous verrez que je ne mentionne pas le nom de qui que ce soit, même quand il s'agit de guérisons ou d'apparitions de la Vierge, à moins que les témoins insistent vraiment. Je comprends que certaines personnes recherchent ce genre de publicité, mais je sais aussi que d'autres ne veulent pas être importunées.

– Je vous crois, monsieur Paré.

– Vous êtes la guérisseuse dont tout le monde parle au village, n'est-ce pas ?

– Oui, c'est bien moi.

– Dites-moi ce que j'ai vu dans cette fenêtre avant que je perde la raison.

– C'était un ange. Ils travaillent parfois avec moi.

– Et la fumée noire au-dessus de la maison ?

– Ça, c'est plus compliqué à expliquer.

– C'était une entité négative, n'est-ce pas ?

– Je le crains.

– Mais pourquoi une entité négative se trouvait-elle dans la même maison qu'un ange et une guérisseuse ? Est-ce lié à cette histoire de loup-garou qu'on raconte au village, à cent kilomètres d'ici ?

Tatiana lui expliqua que l'ombre avait élu domicile dans un loup, et que le loup avait ensuite mordu un homme, lui transmettant son mal.

– J'écris des articles sur le surnaturel depuis des années, mais c'est la première fois que je me heurte à une histoire de loup-garou. Je croyais qu'il n'y en avait qu'en Europe.

– Détrompez-vous.

Ayant choisi de lui faire confiance, Tatiana ajouta que la victime du loup avait un bon cœur, et qu'elle avait refusé de céder aux pressions du mal qui la poussait à mordre un autre être humain. Grâce à Dieu et aux anges, elle était désormais délivrée de l'obscurité.

Sylvain Paré voulut alors savoir de quelle façon sa nièce avait été mêlée à cette affaire. Tatiana lui expliqua que le lien entre la nièce et la victime du loup était puissant et remontait à plusieurs vies. Il était donc tout naturel qu'elle ait voulu le secourir en s'adressant au curé du village. Malheureusement, ce jeune prêtre, qui ne croyait pas aux métamorphoses, avait paniqué et provoqué tous les tragiques événements dont on reparlerait encore pendant des années au village.

Lorsque le journaliste quitta la propriété des Kalinovsky, quelques minutes plus tard, il avait suffisamment d'éléments pour écrire l'histoire de l'homme-loup, et il promit à Tatiana de lui faire parvenir une copie de son article avant de le faire paraître.

Chapitre 47
L'article

L'article de Sylvain Paré leur parvint deux semaines plus tard par la poste. Tatiana en prit connaissance avant de le lire à son jeune frère, le principal intéressé dans cette histoire invraisemblable. Alexei avait repris des couleurs, et ses blessures au cou et aux épaules étaient presque guéries. Même s'il faisait très chaud, depuis quelques jours, il refusait obstinément de porter des manches courtes. Alexanne pensait qu'il essayait probablement de cacher ses cicatrices. Elle avait beau insister pour lui faire porter des vêtements plus légers, il ne voulait rien entendre.

Ce matin-là de juillet, Alexanne le trouva dans la cour, assis à la table de jardin, en chemise à manches longues et en jeans, l'article de Sylvain Paré dans les mains. En arrivant près de lui, elle crut le voir trembler.

– Est-ce que tu as froid ?

– Oui, à l'intérieur de mon corps, depuis que j'ai été débarrassé du loup.

Elle alla donc lui chercher une couverture, qu'elle déposa sur ses épaules. Elle l'embrassa sur la joue et s'assit près de lui. Un sourire de gratitude illumina le visage d'Alexei, et sa nièce constata qu'il était un fort bel homme quand il était de bonne humeur.

– Que penses-tu de l'article du journaliste ?

– Il dit la vérité, sauf en ce qui me concerne. Il prétend que je suis un type bien et une victime des circonstances, mais c'est faux. J'ai quitté volontairement ma famille et je suis entré librement dans cette secte. Je savais ce que je risquais en m'enfuyant.

– Mais tu ignorais que tu arriverais face à face avec le loup. C'est peut-être ça que monsieur Paré essaie de dire. De toute façon, tu auras l'occasion de lui expliquer ton point de vue quand il viendra manger avec nous en fin de semaine. En attendant, concentre-toi sur ta guérison.

– Pour un homme qui n'existe plus, je ne me porte pas trop mal.

– Physiquement oui, mais il faudra que tu reprennes des forces pour continuer à développer tes pouvoirs de fée.

Il se mit à rire, même si ce geste étirait ses blessures encore fraîches et lui causait de la douleur.

– Être une fée, ça ne veut pas dire porter une robe longue et brandir une baguette magique, expliqua Alexanne. C'est avoir un grand cœur et des pouvoirs spéciaux qui nous permettent de soigner notre prochain.

– Dans ce cas, je n'en serai jamais une, puisque je ne fréquente personne.

– Pour l'instant, mais j'ai de grands projets pour toi.

Elle vit son regard s'assombrir brusquement et décida de changer de sujet avant qu'il soit tenté de filer une fois de plus dans les bois.

– Qui s'occupe de tes plantes en ton absence ?

– Personne.

– Tu étais tout seul sur ta ferme expérimentale ?

– Il n'y a jamais eu de ferme. J'ai dit ça pour que tu ne m'embêtes pas avec tes questions. Je cultivais moi-même ces plantes sur le flanc de la montagne.

– Pour passer le temps ?

– Non, pour une autre raison. En mâchant les feuilles de certaines plantes, quand le goût du sang me montait à la gorge, je me forçais à dormir suffisamment longtemps pour que l'envie de mordre me passe. Puis, j'ai essayé toutes sortes de croisements pour rendre mes végétaux plus efficaces et pour m'aider à me protéger des maladies et du froid pendant l'hiver. J'en ai apporté à Tatiana, et elle m'a dit qu'elle pourrait s'en servir pour soigner les gens. Alors, j'en ai semé d'autres pour combler ses besoins.

– Tu vois bien que tu as un grand cœur, comme une fée ! s'exclama Alexanne avec un sourire triomphant. Tu as créé des plantes pour aider ton prochain !

– Je ne suis pas une fée…

– Alors, pourquoi tante Tatiana m'a-t-elle dit que quand tu étais petit tu pouvais récupérer ta sucette, peu importait où elle se trouvait ?

Elle retira une pièce de monnaie de ses poches de salopette et la posa sur la table à environ un mètre de lui, puis le regarda droit dans les yeux pour le mettre au défi. Alexei hésita un instant, puis ne fit que poser les yeux sur la pièce de monnaie. Au grand étonnement de l'adolescente, celle-ci se mit à danser sur la table. Il tendit alors la main vers la pièce qui vola dans les airs et atterrit dans sa paume.

– Je ne sais pas comment je fais ça, déclara-t-il avant qu'elle recommence à l'assommer de questions.

– Tu es un enfant magique ! Je t'en prie, montre-moi comment faire bouger les objets !

– Comment veux-tu que je te montre quelque chose que je ne comprends pas moi-même ?

– Je t'en prie !

Il déposa la pièce sur la table et Alexanne tendit la main vers l'objet, tout comme il l'avait fait, mais il ne se passa rien et l'adolescente fit la moue. Alexei prit alors sa main dans la sienne et la dirigea une fois de plus vers la pièce, qui sauta aussitôt dans la paume de la jeune fée.

– Ce n'est pas ton esprit qui opère ce miracle ! Tes mains sont magnétiques ! Tu as des mains de guérisseur, comme tante Tatiana !

– Ah bon…

– Je veux que tu m'enseignes tout ce que tu sais ! Je veux apprendre à cultiver les plantes médicinales ! Je veux faire bouger les objets et je veux parler aux animaux par la pensée !

– Et toi, est-ce que tu m'apprendras à parler aux anges ?

– Oui !

Tatiana les appela pour le repas. Alexanne entraîna donc Alexei vers la maison. Juste avant d'arriver à la porte grillagée, il se retourna vers la table au fond du jardin.

– Tu as oublié ta monnaie, lui dit-il en tendant la main.

Malgré la distance, la pièce fendit l'air et se retrouva entre ses doigts. Il la remit à Alexanne avec un sourire moqueur et entra dans la cuisine sous son regard stupéfait. L'adolescente déjeuna avec sa tante et son oncle. « Comme une vraie famille », pensa-t-elle.

– Tante Tatiana, Es-tu d'avis qu'Alexei possède le pouvoir de double vue sans le savoir ?

– C'est en effet un homme mystérieux qui ne parle pas beaucoup de lui-même, répondit la guérisseuse.

– Parce que je n'ai rien à dire, grommela Alexei.

Alexanne se leva, plongea la main dans la plante suspendue au milieu de la grande fenêtre et en retira la petite fée blonde encore tout endormie. Elle se rassit et posa Coquelicot sur la table, près de son bol de céréales.

– Qu'est-ce que tu vois ? demanda Alexanne.

– C'est un oiseau-mouche, répondit son oncle en haussant les épaules.

Insultée par sa méprise, la petite fée se redressa fièrement.

– Je t'en prie, fais au moins l'effort de te concentrer, exigea Alexanne.

Il fixa donc l'étrange oiseau avec attention. Graduellement, il se transforma en minuscule fillette blonde avec des ailes de libellule.

– Mais qu'est-ce que c'est que ça ? s'étonna-t-il.

– C'est une fée, évidemment.

– Donc, si je peux voir cette petite chose, je pourrai aussi voir les anges ?

Fâchée d'avoir été qualifiée de « chose », Coquelicot adressa des gazouillis courroucés à cet humain insolent, puis s'envola pour aller se cacher dans la plante suspendue, en la faisant balancer au bout de sa chaîne.

– Elles agissent toutes comme ça ? demanda Alexei.

– Coquelicot est plutôt susceptible.

– Est-ce que tu vois d'autres petits êtres comme elle ?

– Pour l'instant, je ne vois qu'elle et des bouts d'anges.

– Mais avant la fin de l'été, déclara Tatiana, elle verra de plus en plus ce qui peuple le monde invisible, parce que son pouvoir de double vue progresse très rapidement. Et si elle continue de te harceler, je crois bien que tu en feras tout autant.

Alexanne sourit avec amusement, mais son oncle, lui, n'était pas du tout prêt à assumer son identité de fée. Il baissa les yeux sur ses céréales et mangea sans faire d'autres commentaires.

Chapitre 48

Les pouvoirs magiques

Après le repas, tandis que Tatiana et Alexanne rangeaient la cuisine, Alexei disparut dans la maison. L'adolescente le retrouva une heure plus tard dans le salon, couché en boule sur le sofa, une couverture sur ses épaules, dormant d'un sommeil profond. Elle déposa le cahier d'anges que Tatiana lui avait donné et une plume sur la table basse et l'embrassa sur la joue sans le réveiller. Elle sortit ensuite de la maison pour aller aider sa tante à arroser les fleurs, mais découvrit qu'elle avait presque terminé. Elle s'assit donc sur le gazon et la regarda abreuver les derniers géraniums.

– Parlez-moi des êtres invisibles que je verrai pendant l'été, réclama-t-elle.

– Tu verras sans doute les elfes qui habitent la forêt, les gnomes qui habitent la terre et les fées qui sont un peu partout, répondit Tatiana.

– Pas de lutins ?

– Pas par ici.

– Quand allez-vous me montrer à « voir » davantage ?

– Quand tu te sentiras prête à faire cet effort supplémentaire.

– Je me sens prête maintenant !

Tatiana déposa l'arrosoir et lui expliqua que chez les humains, les sens étaient limités et peu fiables.

– Les fées, et certaines personnes ayant développé leurs dons de voyance, possèdent un sixième sens qui leur permet de voir, d'entendre et de ressentir au-delà des sens humains.

Elle appuya le doigt au milieu du front d'Alexanne.

– Il y a, à cet endroit, une petite glande qui dort chez la plupart des gens. Mais chez les fées, elle s'active dès qu'elles atteignent l'âge de cinq ou six ans.

– Hannah Ivanova était-elle aussi une fée ? voulut savoir Alexanne.

– Oui, et elle avait aussi le pouvoir de guérison, mais elle ne l'a utilisé que pour soigner Alexei. C'était une femme plutôt discrète qui limitait ses activités à sa maison. Elle préférait s'occuper de son jardin et de sa famille.

– Pourquoi a-t-elle maltraité votre frère au point de lui faire quitter la maison ?

– Pour plusieurs raisons. Elle n'était pas contente de vivre au Canada. Et puis, Alexei l'a probablement prise au dépourvu quand il a commencé à exercer ses pouvoirs dès le berceau. Puisqu'il était un garçon, il n'était pas censé posséder ces facultés. Il ne faut pas oublier non plus que ton oncle ne s'est pas développé comme les autres enfants. Il était plutôt désespérant.

– Est-ce elle qui vous a enseigné à être guérisseuse ?

– Non. J'ai surtout reçu mon enseignement de mes tantes en Russie. Puis, en arrivant ici, je me suis débrouillée toute seule. Cela a retardé l'épanouissement de certaines de mes facultés, mais j'ai quand même réussi à accomplir ma mission dans cette vie. J'ai aidé beaucoup de gens à recouvrer la santé et maintenant, c'est à mon tour de t'enseigner à déployer tes ailes.

– Que me montrerez-vous au juste ?

– À voir, à entendre et à ressentir comme tu le devrais. Pour l'instant, tu ne vois que les fées, mais bientôt, tu verras aussi l'énergie des choses et des gens. Il est relativement facile de la voir à l'extérieur du corps parce qu'elle est lumineuse et colorée, mais il est difficile de voir celle qui circule dans les objets.

Tatiana lui expliqua que c'était grâce à cette faculté qu'elle pouvait déceler les maladies des personnes qui venaient la consulter. Elle identifiait les blocages d'énergie et faisait le nécessaire pour les éliminer. Alexanne voulut évidemment savoir si elle arrivait à sauver tous ses patients.

– On ne peut guérir que ceux qui veulent vraiment guérir. Rappelle-toi que Dieu nous a fait cadeau de notre libre arbitre. Il appartient donc à chacun de nous de l'utiliser, même pour combattre la maladie. Une fée ne peut rien faire pour une personne qui a décidé de quitter cette vie.

– Dites-moi ce qui se passera quand mon pouvoir d'entendre se manifestera.

– Tu comprendras le langage des fées et des autres êtres invisibles, ainsi que celui des animaux et des plantes. Tu entendras chanter l'eau et tu n'auras plus besoin de ton cahier d'anges pour communiquer avec eux.

– Et le troisième pouvoir ? Celui de ressentir ?

– C'est un pouvoir qui ressemble à l'écholocation des dauphins, sauf qu'au lieu de projeter des sons pour repérer ce qui t'entoure, tu utiliseras plutôt tes pulsions cérébrales. C'est grâce à ce pouvoir que je sais que ton oncle est toujours endormi sur le sofa du salon et que monsieur Provencher s'en vient tondre le gazon.

– Jusqu'où s'étend ce pouvoir ? Jusqu'à Montréal ?

– Je ne connais aucune fée qui soit suffisamment puissante pour localiser des gens aussi loin. Par contre, je pourrais sans doute porter le mien aussi loin que le village de Matthieu.

– Est-ce grâce à ce pouvoir que vous avez retrouvé Paul Richard le jour où il a tenté de se suicider ?

– J'ai senti un grand désespoir et je suis allée au secours de cette pauvre âme en difficulté.

Elle expliqua aussi à sa nièce que les fées étaient des porteuses de flambeaux et que c'était de leur devoir de combattre le mal, peu importait où il se trouvait, surtout dans le cœur des hommes.

– En respectant leur libre arbitre, ajouta Alexanne, pour montrer qu'elle avait bien retenu la leçon.

– C'est exact.

– La raison pour laquelle vous n'avez pas pu débarrasser vous-même l'âme d'Alexei de l'ombre, c'était à cause de son libre arbitre ?

– Il fallait qu'il veuille s'en sortir lui-même, et il ne croyait pas pouvoir le faire. Je n'ai apparemment pas eu les bons arguments pour le convaincre.

Le camion de monsieur Provencher s'arrêta dans leur entrée avec un petit tracteur à gazon dans le compartiment arrière.

– Vraiment, vous m'impressionnez, tante Tatiana.

– Toi aussi, jeune fille.

Tatiana se fit un devoir de lui présenter ce rare voisin. C'était un homme jovial, qui aimait beaucoup la terre, et qui respectait les talents de la guérisseuse.

Au même moment, tandis qu'Alexei dormait encore sur le sofa, le cahier d'anges s'illumina près de lui. Ressentant une curieuse énergie, il se réveilla en sursaut. Sur ses gardes, il regarda autour de lui et comprit qu'elle provenait du cahier. Il le souleva et l'ouvrit. À sa grande surprise, un mot était écrit sur la première page. Il glissa le doigt le long des lettres dorées, mais ne put pas les déchiffrer. Des larmes commencèrent à couler en silence sur ses joues. En se rappelant que c'était le Jaguar qui l'avait empêché d'apprendre à lire, il lança la plume à l'autre bout du salon d'un geste furieux.

Coquelicot, qui passait justement devant la fenêtre du salon, sentit sa colère. Elle fila aussitôt jusqu'à Alexanne, et tira sur une mèche de ses cheveux. Habituellement, lorsqu'elle agissait de la sorte, c'était pour signaler que quelque chose n'allait pas. L'adolescente s'excusa donc auprès des adultes et suivit la créature magique. Elle entra dans le salon, et trouva Alexei assis sur le sofa, serrant le cahier d'anges contre sa poitrine et pleurant à chaudes larmes.

– Mais qu'est-ce que tu as ? s'inquiéta l'adolescente en courant jusqu'à lui.

– Rien, maugréa-t-il en essuyant ses larmes.

– Tu me connais maintenant, Alexei. Tu sais bien que tu peux me parler de ta peine.

Il déposa le cahier d'anges sur la table à café.

– Les anges t'ont-ils écrit quelque chose qui t'a causé du chagrin ?

Il secoua la tête pour indiquer que non. Décidée à en avoir le cœur net, Alexanne étira le bras et s'empara de l'album.

– Je n'ai pas le droit d'ouvrir un cahier d'anges qui ne m'appartient pas, mais je le ferai si tu ne me dis pas ce qu'ils ont écrit.

– Il y a quelque chose sur la page, mais je ne sais pas ce que c'est.

– Est-ce écrit en russe ?

– Je n'en sais rien…

– Me donnes-tu la permission de regarder ?

Il baissa honteusement la tête, incapable de lui avouer qu'il était analphabète. Alexanne ouvrit donc le cahier et fut surprise de ce qu'elle y trouva.

– Tu pleures parce qu'ils ont écrit ton nom ?

– C'est mon nom ? s'étonna-t-il.

Alexanne le lui montra et lui expliqua que les anges y avaient seulement écrit *Alexei*. Il y jeta un coup d'œil furtif et baissa aussitôt les yeux.

– Ce n'est donc pas la raison pour laquelle tu pleures, comprit l'adolescente.

– Laisse-moi tranquille.

– Pas avant que tu me dises ce que tu as.

– Ce cahier ne me servira jamais à rien. Tu peux le garder, si tu veux.

– Maintenant que les anges ont commencé à communiquer avec toi ? Tu plaisantes ?

– Mais moi, je ne pourrai jamais communiquer avec eux, parce que je ne sais pas écrire.

– Tu ne l'as jamais appris ou tu l'as oublié ?

– On ne me l'a jamais enseigné.

– Même à l'école…

– Il n'y en avait pas par ici. Ma mère a enseigné l'alphabet russe à Tatiana et à Vlado, mais pas à moi.

– Et dans la secte ?

Alexanne vit tous ses muscles se raidir.

– Non. On m'a juste forcé à parler…

– Ce qui veut dire que tu n'as pu lire l'article de monsieur Paré ?

– Tatiana me l'a lu la nuit dernière, admit-il honteusement.

– Bon, dans ce cas, je vais devenir ton professeur privé.

– Je suis bien trop vieux, maintenant.

– On n'est jamais trop vieux pour apprendre. Je vais aller chercher tout ce qu'il nous faut.

Elle l'embrassa sur le nez et quitta la pièce en vitesse. Il l'entendit monter à l'étage des chambres en gambadant et se demanda si c'était une bonne idée de passer autant de temps avec elle, car son attirance envers elle ne s'était pas éteinte en même temps que sa possession.

Coquelicot se posa sur la table basse et lui tendit la plume qu'elle avait ramassée sur le sol. Alexei la prit du bout des doigts, et la fée recula, car elle continuait de le craindre.

– Merci… murmura-t-il, embarrassé.

Chapitre 49
Un allié

Paul Richard était assis devant l'écran de l'ordinateur du magasin et se concentrait sur sa comptabilité. Ce matin-là, le logiciel lui en faisait voir de toutes les couleurs. Il pouvait réparer tous les circuits de cet appareil, mais il n'arrivait pas à maîtriser tous les logiciels qu'on inventait chaque mois. Le véritable expert en informatique, c'était Matthieu, mais il n'était pas encore arrivé. Paul essaya une autre fois d'entrer les données, mais les touches ne semblaient pas vouloir répondre, et la machine continuait d'émettre des signaux sonores de détresse. À son grand soulagement, Matthieu entra finalement dans la boutique avec une enveloppe à la main.

– Mais où étais-tu passé, toi ?

– Je suis désolé d'être un peu en retard. Le père Collin avait une enveloppe à me remettre pour Alexanne. Je la lui apporterai en fin de semaine, à moins que tu aies besoin de la camionnette, évidemment.

– Si ça continue comme ça, il va falloir acheter une deuxième voiture. Et, avant que tu me le demandes, non, nous n'avons pas les moyens d'acheter une Ferrari.

– Moi, tant que ça roule, ça m'est égal. Et je suis certain qu'Alexanne s'en moquerait qu'elle soit neuve ou vieille.

– Quelles femmes extraordinaires que ces Kalinovsky !

– Elles sont magnifiques, lumineuses, intelligentes, stimulantes, intéressantes, déclama Matthieu… mais elles restent à l'autre bout du monde. J'aimerais tellement passer plus de temps avec Alexanne. J'aimerais la serrer dans mes bras tous les jours.

– Chaque chose en son temps, fiston.

– Tu peux bien parler, toi, tu peux embrasser maman quand tu veux.

– Mais j'ai commencé par la fréquenter avant de l'épouser. Et nous allions dans des écoles différentes à cette époque-là. Les filles avec les filles, et les garçons avec les garçons. C'est seulement plus tard que les écoles sont devenues mixtes. Et puis, je suis allé étudier l'électronique, pendant que ta mère participait à toutes les grèves de son collège.

– Maman ? s'étonna Matthieu.

– Pour elle, la justice n'avait pas de prix. Elle aurait dû devenir avocate, mais elle a préféré attaquer le mal à la racine et enseigner au primaire pour apprendre aux enfants à penser par eux-mêmes. Une sacrée femme, ta mère.

– Mais tu la voyais quand même plus souvent que je vois Alexanne.

– C'est vrai. On vivait au moins dans le même quartier de la ville de Québec.

En poussant un grognement de frustration, Paul lui demanda de faire fonctionner l'ordinateur, qui n'en faisait qu'à sa tête. Avec un sourire amusé, Matthieu le rejoignit derrière le comptoir et examina rapidement la situation. Il pressa une seule touche et le programme de comptabilité apparut.

* * *

Alexanne commença par enseigner les voyelles à son oncle. Elle lui remit des feuilles lignées et l'observa, tandis qu'il formait des *a* avec beaucoup d'application. Il leva soudain la tête et lui demanda de lui apprendre à écrire son nom. Elle écrivit donc *Daniel Kalinovsky* et *Alexei Kalinovsky* sur deux feuilles différentes et lui indiqua que c'était là ses deux noms.

– Ça fait beaucoup de lettres, se découragea-t-il.

Alexei se mit aussitôt à reproduire les lettres de *Daniel Kalinovsky* sur la première feuille. Alexanne passa affectueusement les doigts dans ses longs cheveux noirs, mais rien n'aurait pu le déranger tellement il était concentré.

Ce soir-là, alors que l'adolescente se mettait au lit, Tatiana la rejoignit dans sa chambre pour lui dire qu'elle était bien fière qu'elle consacre autant de temps à son oncle.

– C'est la moindre des choses que je puisse faire pour lui, et puis, c'est plaisant d'enseigner l'écriture à quelqu'un qui veut apprendre.

– Tu es la première à l'intéresser à l'écriture. J'ai bien essayé, mais il trouvait toujours des prétextes pour éviter les leçons. Tu as un pouvoir impressionnant sur lui, mais tu dois faire attention de ne pas en abuser.

– Tante Tatiana, si vous ne parliez que le russe à la maison, comment avez-vous appris le français ?

– Je l'ai appris ici, avec madame Carmichael.

– Si vous aviez pu aller à l'école, qu'auriez-vous aimé faire dans la vie ?

– Exactement ce que je fais maintenant, répondit sa tante en souriant. Bonne nuit, Alexanne.

Tatiana l'embrassa sur le front et l'orpheline passa ses bras autour de son cou pour la serrer avec amour.

– Je suis contente d'être ici plutôt qu'à Montréal, dans une famille d'accueil.

– Je t'avais dit que nous finirions par nous entendre.

Le lendemain, lorsque le journaliste Sylvain Paré arriva à la maison, Alexanne eut l'occasion de constater par elle-même qu'elle exerçait une certaine emprise sur son oncle. Elle ouvrit la porte au reporter et le trouva habillé exactement comme la première fois qu'elle l'avait vu avec son sac en bandoulière.

– Ton oncle est-il là ? demanda-t-il.

– Oui, mais il est plutôt nerveux à l'idée de vous rencontrer.

Alexanne conduisit Sylvain au salon, où il déposa son sac et enleva son veston en observant la beauté du style ancien de la pièce.

– J'espère que ce n'est pas à cause de l'article, s'inquiéta-t-il.

– Oh non, pas du tout. Il faut que vous sachiez qu'il n'a pas eu beaucoup de contacts avec d'autres êtres humains pendant sa vie. Il ne sait pas comment se comporter en présence d'hommes ou de femmes qui ne lui veulent pas de mal. Je vous en prie, soyez patient avec lui. Je vais aller le chercher. Faites comme chez vous.

Elle monta au premier étage et trouva Alexei assis sur son lit, profondément malheureux.

– Je ne serai pas capable de lui parler, s'effraya-t-il.

– Il est normal que tu sois troublé à l'idée de rencontrer un étranger. Ça nous arrive à nous aussi. Mais tous les gens que nous croisons dans la vie ont quelque chose à nous apporter.

– Il a écrit un article sur moi. Il ne veut pas m'apporter quelque chose.

– Il veut seulement que tu sois d'accord avec ce qu'il dit, et il veut aussi apprendre à te connaître. Ce que tante Tatiana lui a dit à ton sujet l'a fasciné. Il s'intéresse vraiment à toi, Alexei.

– Il va être déçu de voir que je ne suis rien du tout.

– Rien n'est plus faux. Tu es un des hommes les plus intéressants que je connaisse. Et, à moins que tu sois ouvertement méchant avec lui, je ne vois pas pourquoi il ne t'aimerait pas.

– Il ne m'aimera pas à cause de ce que j'ai fait.

– Il n'est pas venu jusqu'ici pour te juger. Il veut seulement bavarder avec toi.

Au lieu de perdre son temps à discuter avec lui, Alexanne lui prit la main et l'entraîna vers la porte.

– Ce journaliste sait que tu as vécu en marge de la société. C'est ça qui le fascine.

Alexei commença par résister, puis se laissa traîner jusqu'au salon. Dès qu'il vit entrer l'ancien homme-loup, Sylvain Paré déposa son cahier de notes et se leva en souriant. Kalinovsky était exactement comme il l'avait imaginé : grand, mince, athlétique, les cheveux longs et les yeux remplis de méfiance. « Un homme sauvage, un enfant qui a grandi dans un autre monde », pensa le journaliste.

– Monsieur Paré, je vous présente Daniel, né Alexei Kalinovsky.

Elle poussa son oncle devant elle et Paré s'aperçut qu'il tremblait de nervosité, comme une bête qu'on place dans une cage pour que tout le monde l'observe. Le reporter lui tendit une main amicale pour le rassurer, mais Alexei recula.

– C'est une marque d'amitié, expliqua Alexanne. Quand quelqu'un nous tend la main, on la serre comme ça.

Alexanne serra la main de Paré en exemple. Alexei observa leurs mains avec curiosité, en pensant que c'était plutôt là une façon de se faire voler son énergie. Sylvain lui tendit ensuite sa main sans aucune arrière-pensée et Alexei accepta de la serrer en tremblant légèrement.

– Tu peux t'asseoir maintenant, chuchota Alexanne à son oncle.

Alexei s'assit sur le sofa, tendu, prêt à prendre la fuite… comme Orion. Le journaliste s'installa sur le fauteuil devant lui, captivé par les réactions de cet homme exceptionnel. Alexanne lui demanda si elle pouvait assister à leur entretien, et le reporter assura que oui.

– Avez-vous lu mon article, monsieur Kalinovsky ?

– Je ne sais pas lire.

– Ma tante le lui a lu à haute voix, répondit Alexanne.

– Êtes-vous d'accord avec la succession des événements dans le temps ?

– Oui.

– Y a-t-il quoi que ce soit que vous aimeriez changer dans mon récit ?

– Je ne veux pas que vous disiez que je suis victime des circonstances. Ce n'est pas vrai. Je savais ce que je faisais quand je me suis sauvé de la maison et quand je suis entré dans la secte, tout comme je savais ce que je risquais quand j'en suis parti.

– Vous êtes entré dans la secte avec l'intention de vous faire endoctriner et torturer ?

– Non… C'était l'hiver et j'avais faim. On m'a dit que ces gens recueillaient ceux qui n'avaient plus rien dans la vie et je n'avais plus rien.

– Combien de temps y êtes-vous resté ?

– Je n'en sais rien… peut-être une dizaine d'années.

– Avez-vous été bien traité ?

– Non, s'assombrit Alexei.

– Accepteriez-vous de m'en dire davantage à ce sujet ?

– On m'a forcé à faire beaucoup de choses contre mon gré. On m'a battu jusqu'à ce que j'accepte de parler et quand j'ai commencé à le faire, on m'a fait comprendre que je ne pouvais pas dire n'importe quoi. On voulait que je m'en tienne à l'enseignement du Jaguar, mais certaines de ses affirmations étaient ridicules.

– Est-ce pour cette raison que vous vous êtes sauvé ?

– C'est une des raisons. Je ne voulais plus suivre le reste du troupeau. Je ne voulais plus vivre sous la domination d'un homme qui se prenait pour un dieu. Je voulais être maître de ma propre vie et voir ce qu'il y avait au-delà des palissades.

– Saviez-vous qu'on essaierait de vous tuer le jour où vous avez décidé de partir ?

– Oui, mais la mort me semblait préférable au cachot.

Alexei lui dévoila que ceux qui affrontaient le Jaguar ou qui défiaient son enseignement étaient enfermés dans un cube en ciment, creusé dans le sol, où on les laissait réfléchir pendant de nombreux jours. En général, les condamnés ne pouvaient en sortir qu'en implorant le pardon du Jaguar. Il lui avoua y avoir passé pas mal de temps lui-même, parce qu'il n'acceptait pas de s'abaisser devant le chef de la secte. Mais on finissait toujours par le laisser sortir pour y mettre quelqu'un d'autre.

– Et on tentait encore de vous ramener dans le droit chemin ? demanda Paré.

– Je croyais que vous vouliez écrire un article sur le loup, se durcit Alexei.

– C'est exact, mais je rêve d'écrire un jour un article qui dénoncerait les activités illégales des sectes pour accélérer leur bannissement. Mais vous avez raison. Je suis venu ici pour vous parler du loup. Alors, dites-moi ce que vous avez ressenti lorsque cet animal vous a mordu. Quelles images sont-elles passées devant vos yeux ?

L'ancien disciple lui raconta le même récit qu'à sa nièce.

– Comment avez-vous su que vous mourriez si vous mordiez quelqu'un ?

– Je le savais, c'est tout, et j'ai combattu cette impulsion, pas parce que j'avais peur de mourir, mais parce que je voulais mordre le Jaguar, personne d'autre. Je voulais lui montrer qu'il n'était pas un dieu, et qu'il pouvait souffrir et mourir comme tout le monde. Mais il n'est jamais sorti des palissades.

– Mais si vous l'aviez mordu, il serait devenu un homme-loup lui aussi et il serait devenu très dangereux.

– Il n'aurait fait du tort qu'à une seule personne pour ensuite trouver la mort, au lieu de continuer de torturer des centaines de disciples.

– Je comprends. Votre sœur m'a dit que c'est votre nièce qui vous a permis de vous en sortir sans y perdre la vie.

– C'est vrai. Si Alexanne n'avait pas cru en moi, je n'aurais jamais pu m'en tirer. Je lui dois la vie.

– Il est très intéressant d'apprendre que l'amour peut sauver les hommes de ce genre de malédiction, songea tout haut Paré.

– L'amour peut accomplir toutes sortes de miracles, monsieur Paré, confirma Alexanne.

Le journaliste leur montra les photographies de la maison qu'il avait prises à partir du jardin : celles de la lumière éclatante dans la fenêtre de la chambre et celles de la fumée s'échappant par cette même fenêtre. Les Kalinovsky furent tous les deux fascinés par ces images.

– Je ne publierai pas ces photos sans votre approbation.

– Pourquoi voudriez-vous les publier ? se méfia Alexei.

– Parce que avant aujourd'hui, personne n'a jamais vu l'entité responsable des métamorphoses et peut-être aussi des cas de vampirisme ou de possession démoniaque. Je pense que c'est mon devoir de mettre les gens en garde. Il y en aura certainement qui douteront de l'authenticité de ces photographies, mais ça m'est égal. Moi, je sais qu'elles montrent exactement ce que j'ai vu.

Paré leur demanda ensuite la permission de photographier la forêt où Alexei avait vécu, afin de joindre les images à son article. Ils se mirent alors en route pour la montagne.

Chapitre 50
Le cauchemar

Alexei conduisit Alexanne et Sylvain Paré dans une clairière, où il avait défriché le sol pour faire pousser toutes sortes de végétaux, en rangées plus ou moins symétriques. C'étaient les plantes médicinales qu'il cultivait depuis plusieurs années.

– Où avez-vous appris la botanique ? voulut savoir Paré.

– Avec un des membres de la secte.

Le journaliste fit quelques clichés de la serre improvisée, protégée du vent par les arbres. Alexei leur montra ensuite la tanière où il avait vécu, et le journaliste en photographia l'entrée. Alexanne observa avec curiosité cette tranche de la vie secrète de son oncle bien-aimé, sans dire un mot, de peur qu'il n'arrête de se confier. Au bout d'un moment, elle constata qu'il était pâle et visiblement épuisé. Tandis que Sylvain Paré examinait l'endroit, Alexei cherchait son souffle, le dos appuyé contre un arbre. Elle regretta aussitôt de l'avoir amené aussi loin de la maison, alors qu'il n'était pas complètement remis de l'exorcisme.

L'adolescente attendit que ses joues reprennent des couleurs avant d'annoncer qu'ils devaient rentrer. Ils marchèrent plus lentement et Alexanne insista pour garder la main de son oncle dans la sienne.

– Avez-vous d'autres questions ? demanda Alexei en haletant.

– Non, affirma le journaliste, mais quelque chose me trouble beaucoup dans l'histoire de votre vie, monsieur Kalinovsky. Il semble que le sort s'acharne continuellement contre vous. Votre famille, la secte, le loup… J'ai du mal à concevoir que quelqu'un puisse avoir une vie aussi difficile.

Alexei demeura silencieux.

– Je pense que la réponse se trouve dans la théorie de la réincarnation, répondit Alexanne pour lui. Bien souvent, quand des situations difficiles nous assaillent, c'est que nous sommes en train de nous débarrasser de vieilles dettes karmiques.

– Mais qu'avez-vous fait de si terrible dans vos autres vies pour mériter toutes ces souffrances ?

Bouleversé par la possibilité qu'il ait pu commettre quelque atrocité dans une autre incarnation, l'homme-loup sombra davantage dans la tristesse. Alexanne le secourut une fois de plus en faisant remarquer à Sylvain Paré que le moment était mal choisi pour en discuter.

Ils rentrèrent à la maison et trouvèrent Tatiana qui les attendait. Elle avait sûrement ressenti le malaise de son frère. Elle demanda à Alexanne de faire asseoir leur invité dans la salle à manger et aida Alexei à grimper à sa chambre. Tatiana les rejoignit quelques minutes plus tard avec un gros plat de lasagnes fumant. Le journaliste lui demanda où était Alexei, et elle répondit qu'il était trop épuisé pour manger.

– Il pensait avoir la force de faire tout ce chemin dans la forêt, parce qu'il se croit souvent invincible, ajouta-t-elle. Auriez-vous la bonté d'ouvrir cette bouteille de vin, monsieur Paré ?

Pendant que les fées mangeaient avec leur invité, Alexei refit le cauchemar qui le hantait depuis des années. Son esprit le ramena dans le temps, à l'époque où il était adolescent et vivait dans la forteresse du Jaguar. À peine sorti de l'enfance, il avait commencé à s'interroger au sujet de sa vie remplie de gestes répétitifs et inutiles. La voix du chef de la secte retentit alors dans son rêve. « Lève-toi, fainéant ! Tout le monde ici fait sa part, toi y compris ! Debout ! » Il vit la lanière du fouet s'élever au-dessus de lui comme un serpent menaçant. Lorsqu'elle mordit la peau de son dos, Alexei se réveilla en sursaut et s'assit, tout pantelant de terreur.

Il regarda autour de lui et comprit qu'il était chez sa sœur. Il se laissa retomber mollement sur le dos, mais fut incapable de fermer l'œil, car il continuait d'entendre la voix du Jaguar dans ses oreilles.

* * *

En quittant la maison des Kalinovsky après un succulent repas, Sylvain Paré remercia Tatiana et lui demanda s'il pourrait écrire un jour un article sur ses talents de guérisseuse et sur son appartenance au royaume des fées. Elle répondit, avec un sourire énigmatique, qu'elle y songerait. En refermant la porte derrière lui, Tatiana se tourna vers sa nièce.

– C'est toi qui lui as dit que nous étions des fées ?

– Non, c'est votre frère. Il est beaucoup trop franc quand il se décide à ouvrir la bouche. Est-ce que vous allez raconter notre histoire de famille à monsieur Paré ?

– Je n'en sais encore rien.

Tandis qu'elles se dirigeaient toutes les deux vers la cuisine pour aller laver la vaisselle, le journaliste marchait jusqu'à sa voiture, garée dans l'entrée. Il n'y avait aucun lampadaire dans le rang, alors il chercha ses clés dans la lumière bleutée de la lune, et ouvrit la portière. Une main se posa brutalement sur son épaule, le faisant sursauter. Deux yeux pâles s'enfoncèrent dans son âme.

– Alexei… se détendit Paré en le reconnaissant.

– Peut-on vraiment faire arrêter un chef de secte par un simple article dans un magazine ?

– C'est un peu plus compliqué que ça, mais oui, je sais comment faire arrêter ce genre de criminel.

– Dites-moi comment.

– J'ai des amis dans la police. Je peux leur raconter ce que vous m'avez dit sur cette secte. Ils me font confiance. Ils savent que je suis sérieux dans mon travail, même si je m'intéresse au paranormal.

– Pourquoi est-ce compliqué ?

– Les policiers voudront vous questionner, puisque vous êtes ma seule source d'information sur la secte.

Alexei recula dans l'obscurité, craignant déjà cet éventuel contact avec d'autres hommes.

– Ils peuvent vous protéger contre le chef de la secte en échange de votre témoignage, déclara Paré pour le rassurer.

– Je ne connais pas la loi, mais je sais que la parole d'un homme qui n'existe pas ne vaut rien du tout. Je suis né Alexei Kalinovsky, mais quand je suis arrivé dans la secte, on a rédigé mon acte de décès. J'étais bien content de cesser d'exister à l'époque, mais aujourd'hui, ça me permettrait de me venger du Jaguar. Je ne peux pas témoigner en tant que Daniel Kalinovsky non plus, parce c'est un nom qu'Alexanne m'a donné pour me faire oublier celui que j'ai reçu dans la secte.

– Laissez-moi en parler à mon ami policier. Je pense qu'il est illégal de déposer de faux certificats de décès, et vous n'êtes sûrement pas le seul à qui c'est arrivé dans la secte. Il saura quoi faire.

– Ma sœur ou ma nièce ne doivent pas être mêlées à cette histoire, mais je veux la peau du Jaguar.

– Je vais faire tout ce que je peux pour qu'il termine sa vie en prison. Merci de m'avoir accordé tout ce temps, monsieur Kalinovsky.

Ne sachant pas ce qu'il fallait dire ou faire à la fin d'un entretien, Alexei se contenta de reculer lentement en direction de la maison. Le journaliste lui jeta un dernier regard, toujours aussi fasciné par cet homme qui n'avait pas été contaminé par la société. Il grimpa dans sa voiture en se promettant de revenir visiter les Kalinovsky, dès qu'il le pourrait.

Chapitre 51

Les plantes médicinales

En se rendant chez Charles Provencher pour livrer des pièces électroniques, Matthieu en profita pour s'arrêter chez Alexanne afin de lui remettre l'enveloppe du père Collin. Mais il ne trouva que Tatiana dans la cour, en train d'arroser ses fleurs. Il s'approcha d'elle et lui demanda où était sa belle.

– Elle est partie dans la montagne avec son oncle pour aller chercher des plantes médicinales, l'informa-t-elle.

– Pourriez-vous lui remettre cette enveloppe ?

– Certainement.

– Je lui donnerai un coup de fil ce soir.

– Je lui passerai le message, mon beau Matthieu.

Il retourna à la camionnette en se demandant si c'était une bonne chose que sa belle passe autant de temps avec un homme aussi dangereux. Tandis qu'il poursuivait sa route dans le rang, plusieurs kilomètres plus loin, sur le flanc d'une montagne, Alexanne et Alexei déterraient de jeunes plants et les plaçaient dans de petits pots afin de les transporter jusque chez Tatiana. Alexei s'arrêta un instant pour regarder travailler sa nièce.

– Les plantes t'aiment déjà, constata-t-il.

– Tu comprends le langage des plantes ?

– J'ai compris celui des plantes, des arbres et des animaux, bien avant de comprendre celui des humains.

– Est-ce que tu entends aussi chanter l'eau ?

– Oui, et aucun ruisseau ne joue la même musique. L'eau qui ne bouge pas ne chante pas. Elle émet une sorte de bourdonnement.

– Tu ne peux plus le nier maintenant. Tu es véritablement un être magique. Mais tante Tatiana m'a dit que les fées développaient leurs dons dans un certain ordre. Elles commencent par voir, ensuite entendre et finalement ressentir. Alors comment se fait-il que tu puisses entendre l'eau chanter, alors que tu ne pouvais pas voir Coquelicot ?

– Pourquoi me poses-tu toujours des questions difficiles, grommela-t-il en poursuivant son travail.

– C'était surtout une réflexion. Je veux juste essayer de te comprendre.

Alexanne venait de se découvrir une passion. Arroser les fleurs, c'était amusant, mais transplanter de jeunes plants, en faisant bien attention à leurs racines, lui donnait davantage l'impression qu'elle faisait quelque chose d'important.

– Quand tu étais petit, est-ce que tu voyais des fées et des anges ? demanda-t-elle à son oncle.

– Je ne m'en souviens pas.

– Mais tu te rappelles avoir entendu parler les arbres.

– Je mémorise plus facilement ce que j'entends.

– Tiens, moi, c'est ce que je vois.

– Les arbres parlent entre eux et ils bavardent avec les fleurs qui poussent à leur pied. Je me souviens même d'un tilleul qui chantait pour endormir les petits oiseaux dans leur nid lorsque les parents allaient chercher de la nourriture. Sa chanson avait le don de me calmer, moi aussi.

Surprise qu'un végétal puisse avoir ce genre d'interaction avec un animal, l'adolescente fixa Alexei avec étonnement. Croyant qu'il était la cause de sa stupeur, Alexei baissa les yeux et s'éloigna d'elle.

– Ne pars pas ! s'exclama Alexanne.

– Je ne veux pas t'embêter avec mes histoires.

– Mais elles sont magnifiques ! Moi, je n'ai jamais rien vécu de tel.

– C'est étonnant, puisque Tatiana dit que tu es beaucoup plus forte que nous.

– J'ai du potentiel, c'est vrai, mais je commence à peine à me servir de mes yeux de fées. Toi, non seulement tu vois l'énergie, tu entends aussi parler les arbres, chanter les rivières et tu es capable de faire venir les objets jusqu'à toi !

– J'ai toujours fait ça et après, je n'ai plus jamais rien appris d'autre.

– Parce que tu t'es retrouvé entre de mauvaises mains, mais imagine un peu les pouvoirs que tu posséderais aujourd'hui si tu avais reçu l'enseignement d'une autre fée.

– J'y aurais probablement résisté…

Il plaça le dernier pot dans la caisse de bois.

– Reviendrons-nous chercher le reste des plants ? s'enquit l'adolescente en s'essuyant les mains.

– Pas avant d'être certains que ceux qu'on plantera à la maison survivront.

Il transporta la caisse de bois jusqu'à la brouette qui les attendait dans le sentier, plus bas dans la montagne, et retroussa ses manches pour la première fois depuis que sa nièce le connaissait. S'il était élancé et plutôt mince, Alexei avait des bras musclés. Toutefois, ils étaient zébrés de cicatrices. Alexanne aurait aimé le questionner à ce sujet, mais elle craignit qu'il ne l'abandonne dans les bois s'il s'agissait d'un sujet délicat.

– Me montreras-tu à quoi servent toutes ces plantes ?

Alexei se mit à pousser la brouette et l'adolescente marcha à ses côtés.

– Si tu veux, mais il faudra que tu écoutes bien ce que je te dis, parce que certaines d'entre elles sont mortelles.

– Mais à quoi ça sert de cultiver des plantes qui tuent ?

– Quand on sait s'y prendre, on peut les transformer en médicaments très puissants. C'est la science des guérisseuses comme Tatiana.

– Est-ce qu'elle l'a acquise en Russie ?

– Je ne pense pas. C'est la femme qui possédait cette maison qui lui a tout montré. C'était une sorcière pas mal douée.

– Une sorcière ? s'effraya Alexanne. Est-ce qu'elle jetait des sorts ?

– C'est quoi un sort ?

– Changer quelqu'un en grenouille, obliger quelqu'un à nous aimer, faire arriver toutes sortes de malheurs à quelqu'un que l'on n'aime pas.

Il fut si surpris par sa description des sorcières qu'il ne sut même pas quoi lui répondre.

– Dans ce cas, dis-moi ce qu'est une sorcière, pour toi.

– C'est un nom qu'on donne parfois aux guérisseuses d'ici. Elles ne changent personne en animal.

– Ça me rassure.

Ils marchèrent en silence pendant quelques minutes, au grand soulagement d'Alexei.

– Est-ce que la secte est quelque part sur cette montagne ? lui demanda alors sa nièce.

– Tu poses beaucoup de questions.

– C'est ainsi qu'on apprend.

– Au cas où tu ne l'aurais pas remarqué, il y a plusieurs montagnes dans la région. Les plus grosses portent des noms, mais pas les petites. Il y a celle qui est juste derrière la maison de ma sœur, et celle-ci, pas loin derrière.

– Et celle de la secte ?

Alexei soupira, découragé.

– Ça ne te servirait à rien de le savoir.

– Je ne voudrais pas me promener dans les bois et tomber sur ces gens par inadvertance.

– C'est trop loin pour tes petites jambes.

– Pardon ! Je suis très douée en gymnastique !

– C'est quoi de la gymnastique ?

– Ce sont des mouvements qui font travailler tous les muscles du corps, comme la course, le saut, les pirouettes.

Il lui jeta un regard découragé. « Il ne connaît pas la moitié des mots que j'emploie », constata Alexanne. À sa grande surprise, son oncle déposa la brouette au pied d'un vieil arbre aux larges branches.

– Grimpe, ordonna-t-il à Alexanne.

– Quoi ?

– Il n'y avait pas d'arbres dans ta gymnastique ?

Une fois provoquée, Alexanne pouvait devenir aussi entêtée que n'importe quel Kalinovsky. Elle se mit donc à escalader le chêne et se rendit compte, au bout de quelques minutes, qu'Alexei la suivait.

– Arrête, fit-il lorsqu'ils furent près du sommet.

– Tu ne vas pas me demander de sauter, au moins.

– Si tu es une fée, tu devrais pouvoir voler, non ? se moqua-t-il.

– Ce n'est pas drôle du tout, Alexei.

Il s'assit à côté d'elle sur la branche et lui pointa le nord.

– Tu vois la fumée, là-bas ?

– Oui, je la vois.

– Juste en dessous, c'est la secte.

– C'est à combien de kilomètres de la maison ?

– C'est quoi un kilomètre ?

– Décidément, il va falloir tout t'apprendre ! C'est une mesure de distance.

– Je sais seulement que c'est à plus d'une heure d'ici.

– Tu sais lire l'heure, mais tu ne connais pas les kilomètres ?

Il sortit une vieille montre de gousset de sa poche de pantalon.

– Où est la maison de tante Tatiana, à partir d'ici ?

Il tourna la tête en direction opposée.

– Elle est à droite de cette montagne, droit devant toi.

La forteresse du Jaguar s'élevait donc au nord-est de la propriété de la guérisseuse. Comment le mal et le bien avaient-ils pu cohabiter aussi longtemps dans la même région, sans qu'il n'y ait d'étincelles ?

– Maintenant, saute, la taquina Alexei.

– Si tu insistes, tu vas le regretter !

Son oncle redescendit sur le sol avec l'agilité d'un écureuil.

– Ça, c'est ma gymnastique à moi ! cria-t-il, les pieds sur terre.

Il s'assit près de la brouette et attendit qu'elle le rejoigne, une demi-heure plus tard.

– Pourquoi n'es-tu pas resté pour m'aider ? lui reprocha Alexanne.

– C'est ainsi qu'on apprend, répliqua-t-il en lui répétant ses propres paroles.

– Tu te dérides de plus en plus rapidement, si tu veux mon avis.

Ils poursuivirent leur route et arrivèrent à la maison à la fin de l'après-midi. Tatiana les attendait près d'un grand rectangle de terre défrichée, au-dessus duquel était tendue une toile semi-transparente à environ un mètre du sol. Curieuse, Alexanne toucha au tissu léger du bout des doigts.

– À quoi cela sert-il ?

– C'est pour protéger les plantes du soleil et des pluies violentes, expliqua Tatiana.

– Mais il n'y en avait pas, là où elles poussaient dans la montagne.

– Elles étaient protégées par les arbres, affirma Alexei en sortant la caisse de bois de la brouette et en la déposant sur le sol.

– Est-ce que je peux vous aider à les transplanter ? supplia Alexanne.

– Si tu veux, répondit Tatiana, à moins que tu ne préfères ouvrir l'enveloppe que le père Collin t'a fait livrer ce matin.

– Où est-elle ?

– Sur la table de la cuisine.

Sa curiosité l'emportant, l'adolescente courut vers la maison. Alexei posa aussitôt un regard reconnaissant sur sa sœur.

– Mes oreilles bourdonnent encore de toutes ses questions, grommela-t-il en commençant à sortir les plants de la boîte.

– À son âge, on veut tout savoir, Alexei.

Alexanne trouva l'enveloppe sur la table. Elle s'assit et déchira le papier pour aller plus vite. Un large sourire éclaira son visage lorsqu'elle y découvrit deux cartes du ciel, soit la sienne et celle d'Alexei. Elle se mit d'abord à lire celle de son oncle.

Un Scorpion ascendant Scorpion, cet homme possède une implacable volonté, une puissante capacité d'agir et une impressionnante intensité émotive.

Elle n'apprit rien sur Alexei qu'elle ne savait déjà. C'était un homme excessif en tout, qui n'avait pas peur du sacrifice et de l'effort. Il ne voulait surtout pas que les autres voient ses faiblesses. « Comme tous les Kalinovsky, quoi ! » pensa l'adolescente, amusée. Ses aspects planétaires indiquaient aussi qu'il manquait de tact, mais qu'il était d'une franchise exemplaire. Robuste physiquement, il ne reculait jamais devant le danger. La dernière partie de la carte du ciel intéressa davantage l'adolescente, puisqu'elle parlait de ses dons. Elle mentionnait, en toutes lettres, que son oncle possédait une intuition remarquable, qu'il pouvait presque lire dans les pensées des autres et qu'il avait le potentiel d'accomplir des miracles.

– Des miracles ? répéta Alexanne, impressionnée.

Elle bondit vers la porte grillagée, pour aller discuter de ces affirmations avec ses aînés, mais s'arrêta net devant le spectacle qui s'offrait maintenant à elle. À genoux dans le jardin, Alexei et Tatiana transplantaient les plants avec leurs mains, dont s'échappait une lumière blanche !

– Pourquoi me cache-t-il tout ce qu'il sait faire ? s'étonna-t-elle.

Elle voulut ouvrir la porte, mais Coquelicot atterrit aussitôt sur sa main et secoua la tête pour lui recommander de ne pas y aller.

– C'est tante Tatiana qui t'a demandé de jouer au chien de garde ?

La petite fée plaça ses poings sur ses hanches pour lui faire comprendre qu'elle n'appréciait pas cette comparaison.

– Est-ce qu'un jour, j'arriverai à faire ce qu'ils font ?

Coquelicot affirma que oui d'un signe de tête. Elle s'accrocha au pouce d'Alexanne qui retourna s'asseoir à table pour lire sa propre carte. Captivée par les couleurs sur le papier, la petite fée se mit à les suivre à quatre pattes.

Lorsque Alexei mit le dernier plant en terre, sous le regard satisfait de sa sœur, il était épuisé. Ses mains cessèrent de briller et il eut du mal à se remettre debout.

– C'est assez pour aujourd'hui, décida-t-il.

– Je suis bien contente que tu aies décidé de t'en occuper ici plutôt que dans la montagne, déclara Tatiana.

– Il faudra un jour ou l'autre révéler à Alexanne tout ce que nous savons faire, parce qu'il est certain qu'elle finira par nous voir soigner les plantes avec de la lumière.

– Chaque chose en son temps, petit frère, chaque chose en son temps.

– Elle m'a dit qu'elle n'entendait ni les plantes ni les arbres, mais qu'elle avait commencé à voir leur énergie.

– Cela ne saurait tarder. Elle progresse très rapidement.

Ils allèrent laver leurs mains dans l'eau fraîche du puits, contents de leur travail.

Chapitre 52
Un chevalier romantique

Alexanne lisait sa carte du ciel, la petite fée assise sur son épaule, lorsque Tatiana et Alexei entrèrent dans la cuisine. Dès qu'elle vit l'homme-loup, Coquelicot s'envola et se réfugia dans la plante suspendue devant la grande fenêtre.

– Je n'ai pourtant jamais mangé de fées ! s'exclama Alexei, moqueur.

La fougère frissonna de peur, ce qui le fit éclater de rire.

– Arrête de terroriser Coquelicot, l'avertit Tatiana.

Alexei s'assit devant Alexanne pour voir ce qu'elle lisait.

– En passant, Matthieu m'a dit qu'il t'appellerait ce soir.

– Il est si romantique, mon beau chevalier, commenta l'adolescente.

– C'est quoi, romantique ? demanda Alexei.

– Autrefois, c'était un homme courtois et gentil qui se battait pour conquérir l'élue de son cœur et qui avait toujours de belles choses à lui dire. Matthieu est davantage un chevalier du XXIe siècle. Il n'aime pas se battre, mais il est très poétique.

– C'est quoi un chevalier ?

– C'est un homme des temps anciens, honnête et valeureux, toujours prêt à donner sa vie pour la femme chère à son cœur.

– Moi, est-ce que je suis un chevalier ?

– Non, toi, tu es plutôt un mercenaire, le taquina Tatiana.

Un autre mot qu'il ne comprenait pas. Il pencha doucement la tête en plissant les yeux.

– C'est un guerrier qui ne reconnaît l'autorité de personne, expliqua Alexanne. Ils sont leur propre patron et ils ne s'intéressent aux femmes que lorsqu'ils en ont envie.

– Mais je ne suis pas comme ça, se défendit-il.

– As-tu déjà connu l'amour, Alexei ? demanda Alexanne.

– Une seule fois… se rappela-t-il, avec tristesse.

– Lorsque tu vivais dans la secte ?

– Il n'y avait que le Jaguar qui avait le droit d'aimer les femmes.

– Alors, tu n'as jamais été amoureux ?

Il fixa Alexanne et ses yeux se chargèrent de larmes, puis se leva et quitta la cuisine.

– Alexei ! s'exclama sa nièce, bouleversée.

Elle le poursuivit dans l'escalier, mais se fit claquer la porte au nez. Elle voulut tourner la poignée de la porte, mais elle était verrouillée.

– Je n'ai pas voulu te faire de la peine. Je t'en prie, ouvre-moi.

Elle eut beau insister, aucune réponse ne lui parvint de l'intérieur de la pièce. Découragée, l'adolescente redescendit à la cuisine, où Tatiana avait commencé les préparatifs du repas.

– Je pense qu'il me déteste, maintenant, déplora Alexanne.

– Arrête de dire des bêtises. Il t'adore.

– Je ne voulais pas le blesser. Je voulais seulement qu'il me parle un peu de son passé.

– Il est très secret en ce qui concerne son cœur.

– Il a peut-être été trahi par une femme, ou trompé. Peut-être qu'il était amoureux d'un autre homme ?

– Si tu ne deviens pas guérisseuse, lance-toi dans l'écriture de feuilletons télévisés, car tu as certainement l'imagination nécessaire pour y faire fortune. Je vais aller lui parler. Reste ici.

– Mais…

– Pas de mais.

Tatiana grimpa à l'étage et frappa deux petits coups sur la porte de la chambre. Elle s'ouvrit instantanément, même si son petit frère était assis en tailleur sur son lit, à l'autre bout de la pièce.

– La question d'Alexanne était tout à fait innocente, lui fit remarquer la guérisseuse.

– Pourquoi ne peut-elle pas me laisser tranquille ?

– Parce qu'elle n'a que quinze ans et qu'elle veut tout savoir.

– Je ne veux pas lui parler de ce que j'ai vécu dans la forteresse.

– Dans ce cas, tu n'as qu'à le lui dire franchement. Elle comprendra.

– Et je ne suis pas un mercenaire !

– J'ai fait cette comparaison pour souligner que tu n'acceptes pas l'autorité, toi non plus.

– Et je suppose que les chevaliers l'acceptent, eux ?

– C'étaient des hommes très disciplinés qui respectaient la volonté de leur roi et des femmes pour lesquelles ils combattaient. Nous savons, tous les trois, ce que tu penses de la discipline.

Alexei ne pouvait certes pas le nier.

– Je ne me suis jamais imposé à une femme, précisa-t-il, mais elles m'ont toujours fait du mal…

– Les femmes ne sont pas toutes comme notre mère, Alexei. Hannah était une femme profondément meurtrie, et nous étions tous trop jeunes pour l'aider. Tu dois lui pardonner, comme je l'ai fait.

– Je ne suis pas comme toi.

– Allez, reviens à table avec nous. Je suis certaine que nous arriverons à épuiser le sujet sans te blesser.

Il fit un signe de tête négatif, alors elle n'insista pas, sachant qu'il était têtu comme une mule. Alexanne se chagrina lorsqu'elle vit sa tante revenir seule dans la cuisine.

– Il est fâché contre moi, n'est-ce pas ?

– Non, ma chérie. C'est beaucoup plus compliqué que ça. Il est incapable de pardonner à Hannah ce qu'elle lui a fait et, à cause d'elle, il ne fait plus confiance aux femmes. Je pense aussi qu'il est fâché contre la secte qui l'a empêché de donner libre cours à ses impulsions de jeune homme.

– Et puisque sa carte du ciel indique qu'il est passionné en amour, il est presque certain qu'il a dû avoir des élans envers des femmes qui lui étaient défendues et qu'il a été sévèrement puni pour sa témérité.

– Ça ne serait pas étonnant, mais je doute que nous arrivions à le lui faire dire un jour.

Tatiana retourna devant la cuisinière. « Elle est encore jeune pour entendre parler de ces choses », pensa sa tante, éduquée par des parents russes.

– Alexei m'a dit que la propriétaire de cette maison était une sorcière, lui dit alors sa nièce.

– Elle était herboriste, et je ne l'ai jamais vue faire rôtir de chauve-souris, si c'est ce que tu veux savoir. Ton oncle n'emploie pas toujours les bons mots pour s'exprimer.

– Parlez-moi de madame Carmichael.

– Juste avant la guerre, elle a épousé un jeune homme très riche, mais il est mort lors des premiers combats. Rongée par le chagrin, elle s'est retirée du monde et elle a fait bâtir sa maison dans un coin perdu de la province. Elle passait ses journées à cultiver son jardin et à pleurer son mari, jusqu'à ce qu'elle rencontre un vieux chaman qui lui a enseigné sa science. Elle a commencé par soigner les chasseurs et les touristes qui se blessaient dans la montagne. Puis, les villages sont apparus dans la région, et leurs habitants ont d'abord pensé qu'elle était une sorcière.

– Mais elle n'avait pas de pouvoirs magiques ?

– Elle avait seulement un merveilleux don. À la révolution industrielle, avec l'argent qu'elle avait placé dans une banque aux États-Unis, elle a entièrement rénové la maison pour la moderniser. L'électricité et le téléphone ont complètement changé sa vie, car elle pouvait travailler plus longtemps sous un meilleur éclairage et faire bouillir plus rapidement ses mixtures. Puisque les médecins se faisaient rares à l'époque, les gens ont commencé à venir chez elle pour soulager leurs malaises.

– Elle soignait les malades et elle est finalement tombée malade elle-même ? se rappela Alexanne.

– Elle était très âgée au moment où j'ai commencé à prendre soin d'elle. Elle m'a appris tout ce qu'elle savait jusqu'à sa mort, il y a quelques années. Elle avait de grandes connaissances de médecine naturelle, mais elle n'était pas du tout une sorcière.

– Est-ce que les vraies sorcières existent ?

– Probablement. Le monde est rempli de choses étranges. Mais ne t'en inquiète pas trop. Cette maison et tous les environs sont sous la protection des anges.

Rassurée, Alexanne poursuivit sa lecture de sa carte du ciel, tandis que la maison se remplissait de délicieux arômes.

Chapitre 53
Le rival

Une fois repue, Alexanne grimpa de nouveau à la chambre d'Alexei et le trouva assis dans son lit à écrire son nom sur une feuille de papier. Par politesse, elle frappa quelques coups sur la porte, au lieu d'entrer. Il leva un regard courroucé sur elle.

– Je suis venue m'excuser de t'avoir vexé.

Il baissa les yeux sur son travail.

– Tu n'es pas un mercenaire, Alexei. Tu es un homme qui n'a pas encore vécu. Ce n'est pas ta faute si ton bagage de connaissances n'est pas le même que celui des hommes de ton âge. Mais il n'est pas trop tard pour rattraper le temps perdu.

Il garda le silence et continua de former des lettres.

– Aimerais-tu apprendre d'autres consonnes, ce soir ?

Il n'eut pas le temps de répondre que le téléphone sonnait dans la chambre de Tatiana. Le visage d'Alexanne s'illumina de joie et elle tourna les talons. Furieux que le jeune homme lui ravisse une fois de plus l'attention de sa nièce, Alexei projeta le crayon et les feuilles au milieu de la pièce et se précipita dans l'escalier. Tatiana l'attendait sur la dernière marche.

– Votre relation n'est plus la même dans cette vie-ci, Alexei. Elle n'est plus ton épouse, désormais. Tu dois te couper de ton passé et accepter d'assimiler tes leçons avec elle d'une autre façon.

– Tout ce que j'ai été se trouve encore ici ! tonna-t-il en frappant son poing sur son cœur.

– Notre âme n'oublie rien de ce qu'elle a expérimenté durant toutes ses incarnations, c'est vrai. Toutefois, nous changeons de corps et de personnalité à chaque vie et les liens que nous avons tissés avec ceux que nous avons aimés se modifient.

– J'ai moi aussi le pouvoir de ressentir, et je sais qu'elle n'est revenue que pour moi !

– Elle n'est pas née dans notre famille pour t'épouser, mais pour payer ses dettes karmiques envers toi. Tu dois apprendre à faire la différence, Alexei.

– Tu te trompes !

Il tenta de contourner Tatiana, mais elle lui bloqua le chemin avec son bras.

– Tu lui as sauvé la vie plusieurs fois et elle est revenue pour te rendre ta bonté.

– Si c'était vrai, l'amour que je ressens pour elle serait disparu après l'exorcisme, mais il est encore là, alors ça veut dire quelque chose.

– Tu n'es plus un loup, tu es un homme maintenant. Il est tout à fait normal que tu ressentes des besoins d'homme, mais la loi de Dieu te défend de séduire ta propre nièce.

Alexei la fixait avec des yeux chargés de colère, mais jamais il n'aurait levé la main sur sa sœur.

– Rappelle-toi que c'est grâce aux anges que tu es encore en vie.

Il poussa un cri de rage, et Tatiana jugea plus prudent de s'écarter de son chemin. Il ouvrit la porte principale si durement qu'elle frappa le mur et fit trembler tous les cadres.

Tandis qu'elle bavardait avec Matthieu au téléphone, Alexanne entendit le vacarme et craignit qu'une nouvelle crise ne secoue sa famille. Elle mit fin à sa conversation avec son ami, sans lui faire part de son inquiétude, et courut à la chambre d'Alexei. Il n'y était plus. Elle pivota sur ses talons et dévala l'escalier. Sa tante était en train de ramasser un cadre qui s'était fracassé sur le plancher.

– Est-ce que c'était un tremblement de terre ? s'effraya Alexanne.

– Non, c'était plutôt un tremblement de cœur. Viens t'asseoir avec moi, ma chérie. J'ai besoin de te parler.

L'adolescente comprit que c'était encore plus grave qu'un déchaînement de la nature.

– Alexei est amoureux de toi, lui avoua Tatiana en s'asseyant sur le sofa.

– Amoureux de moi ?

– Il est beaucoup plus attaché à toi que tu le penses.

– Mais c'est complètement ridicule ! Je l'aime parce qu'il est mon oncle !

– Ce qui est tout à fait naturel. Parce que tu as été élevée normalement, tu as des réactions normales. Pas lui.

– Dans ce cas, je vais lui expliquer clairement notre situation.

– J'ai bien peur que ce soit plus compliqué que tu le penses, car il n'a pas appris à démêler ses désirs, encore moins à les maîtriser.

– Suis-je en danger dans cette maison ?

– Pas tant que je veillerai sur toi. Je suis par contre inquiète pour Matthieu, en qui il voit un rival.

– Mais je ne veux pas arrêter de sortir avec Matthieu à cause de lui ! J'aime Matthieu ! Et j'aime aussi mon oncle, mais autrement !

– J'aimerais que vous soyez très prudents pendant qu'Alexei découvre sa véritable place dans cette vie.

– Donc plus question que Matthieu me rende visite ici. J'irai plutôt au village. Mais j'ai toujours la ferme intention de m'expliquer avec mon oncle. Je sais qu'il m'écoutera.

L'air d'incrédulité sur le visage de Tatiana lui fit comprendre qu'elle ne croyait pas vraiment au succès de cette entreprise.

– Faites-moi confiance et dites-moi où se trouve Alexei en ce moment.

– Il s'est enfoncé dans la forêt, alors tu lui parleras plus tard, ou demain. Je t'en prie, fais attention. Lorsqu'il devient émotif, il est impossible à maîtriser.

Alexanne aimait trop sa vie de famille pour la laisser éclater en morceaux. Elle grimpa à sa chambre et se mit à écrire dans son cahier d'anges. Jusqu'à présent, ils ne l'avaient pas laissée tomber.

Mes chers anges,

Vous m'avez rendu mon oncle et je vous en remercie. Son corps guérit bien et vite, mais son cœur a de la difficulté à suivre. Je l'aime beaucoup et je veux qu'il m'aime aussi, mais avec le respect dont un oncle doit faire preuve envers sa nièce. Enfin, vous savez ce que je veux dire. Aidez-moi à garder cette famille unie. Elle a assez souffert.

Alexanne

Un éclair déchira la nuit. « Mon Dieu, faites qu'Alexei rentre avant que la pluie se mette à tomber », songea-t-elle. Elle enfila son pyjama et lut un autre chapitre de son livre sur les esséniens. Lorsque l'orage éclata avec force, Alexei était toujours dehors. Alexanne se rendit donc à la chambre de sa tante, qui brossait ses cheveux, comme elle le faisait toujours à cette heure-là.

– Il a réussi à se rendre dans sa tanière, l'informa Tatiana avant que sa nièce lui pose la question.

– Mais il est dangereux de rester dehors pendant un orage !

– Il n'en a plus conscience.

– Oh non… Ne me dites pas qu'il a mâché les feuilles de ses plantes analgésiques…

– C'est ce qu'il fait chaque fois qu'il veut engourdir son mal. Allez, va te coucher, maintenant. Il n'y a rien que nous puissions faire pour lui jusqu'à son retour.

Angoissée, mais sachant très bien que sa tante avait raison, Alexanne retourna dans son lit. Comment allait-elle apprendre à cet homme sauvage à dominer ses impulsions, alors qu'il se droguait dès qu'il était contrarié ? Elle observa les éclairs par la fenêtre de sa chambre jusqu'à la fin de la tempête.

Chapitre 54
Le dragon

Alexanne venait à peine de sombrer dans le sommeil lorsqu'elle fut réveillée par un bourdonnement sourd qui fit trembler toute la maison. Elle s'assit brusquement dans son lit, effrayée. Elle vit alors une boule de feu passer devant sa fenêtre qui se dirigeait vers la montagne.

– Tante Tatiana ! hurla-t-elle en quittant son lit.

Elle fonça dans le corridor et se heurta à sa tante qui venait à sa rencontre. C'était le milieu de la nuit, mais elle était déjà tout habillée.

– J'ai vu un dragon par la fenêtre !

Une explosion secoua la région. L'adolescente se jeta dans les bras de sa tante, qui la serra contre elle pour la rassurer.

– Il va mettre le feu partout !

– Je t'en prie, calme-toi. C'est un hélicoptère, et il vient de s'écraser dans la montagne.

– La montagne d'Alexei ?

– Retourne dans ton lit et restes-y jusqu'à ce que je revienne.

– Il a été blessé et vous vous portez à son secours, c'est bien ça ?

– Non, Alexanne. Il y a des survivants, et je vais les maintenir en vie jusqu'à l'arrivée des secours.

– Dans ce cas, j'y vais avec vous.

– Ce n'est pas une bonne idée.

– Je n'ai pas peur du sang et des morts ! J'ai bien plus peur de rester ici toute seule ! Et puis, si je suis réellement une future guérisseuse, il faudra bien que je m'habitue à ce genre de situation, non ?

– Mais tu n'es pas encore prête, et la dernière chose que je veux, c'est te traumatiser.

– J'y vais avec vous, que vous le vouliez ou non.

Tatiana soupira en pensant qu'en fin de compte, son frère et sa nièce se ressemblaient beaucoup. Ils étaient tous les deux déterminés, têtus et intraitables.

– Habille-toi et va chercher les grosses lampes de poche dans le placard de l'entrée, céda Tatiana. Nous sortons par la cuisine.

L'adolescente se précipita vers sa chambre pour s'habiller, puis alla chercher ce qu'elle demandait. Elle enfila une veste et la rejoignit dans la cuisine. Tatiana lui remit un gros sac à dos et en transporta un autre. Elles quittèrent la maison par la porte arrière et se dirigèrent vers la forêt en éclairant leurs pas grâce aux torches électriques. À l'orée du bois, deux yeux rouges apparurent entre les arbres. Alexanne s'arrêta net, et sa tante posa aussitôt une main réconfortante sur son épaule.

– C'est Orion, lui apprit-elle. Il va nous conduire directement sur les lieux de l'écrasement. De cette façon, nous gagnerons du temps.

Les deux fées suivirent le loup dans la forêt et l'adolescente finit par comprendre que cet animal était véritablement leur allié. Il trottinait devant elles et s'arrêtait de temps à autre pour s'assurer qu'elles le suivaient. Au bout d'une heure, elles arrivèrent enfin sur le flanc de la montagne. La carcasse de l'hélicoptère brûlait entre les arbres encore détrempés par l'orage.

Alexanne promena son regard autour d'elle. Des débris jonchaient le sol et pendaient même dans les branches. Tatiana lui demanda de déposer son sac et de trouver des survivants. Il était important que l'un d'eux leur dise combien de passagers il y avait dans cet appareil, afin de les retrouver tous.

L'adolescente explora le terrain avec sa lampe de poche, pendant que sa tante faisait la même chose en direction opposée. Les gémissements des blessés lui donnaient la chair de poule, mais elle voulait se montrer brave. C'est alors qu'elle remarqua un bras accroché à une branche. Elle mit aussitôt la main sur sa bouche pour ne pas vomir et poursuivit sa route en détournant le regard. Quelques mètres plus loin, elle découvrit le corps mutilé d'un homme habillé en vert foncé.

– Aidez-moi… murmura une voix.

Alexanne se précipita dans les fougères et trouva un soldat ensanglanté, couché sur le dos. Il tentait désespérément de se redresser.

– Ne bougez pas, nous allons vous aider, lui dit-elle en éclairant son visage.

Ses yeux sombres étaient remplis d'effroi.

– Nous avons été touchés par la foudre…

– Combien y avait-il de soldats dans l'hélicoptère ?

– Huit… avec le pilote… de l'armée canadienne…

– Tante Tatiana ! J'ai trouvé un survivant ! Il dit qu'ils sont huit !

– Prends une couverture dans ton sac à dos et couvre-le ! S'il a des blessures qui saignent abondamment, utilise des compresses pour arrêter le sang !

Alexanne retourna chercher son sac, en retira le matériel et examina le soldat en écoutant son discours saccadé. Il pensait avoir un bras cassé, peut-être même être blessé au dos et sa poitrine était couverte de sang. L'adolescente détacha son manteau et sa chemise et vit qu'il s'agissait d'une profonde lacération.

– Je ne suis pas en danger de mort… Allez soigner les autres…

L'adolescente le couvrit et lui recommanda de rester calme. Puis, elle s'empara de son sac à dos, de sa lampe de poche et continua à fouiller la forêt. Non loin, elle trouva un autre soldat, qui ne bougeait plus. Elle ignorait s'il était mort ou inconscient, mais déposa tout de même une chaude couverture sur son corps, juste au cas où.

À quelques pas d'elle, une fusée d'urgence éclata, illuminant la forêt de rouge. En étouffant un cri de surprise, Alexanne distingua un peu plus loin les yeux pâles de son oncle. Il plantait des fusées auprès de chaque blessé. Elle brûlait d'envie de lui demander où il avait appris à s'en servir, mais il était déjà parti. Elle retourna donc auprès du deuxième soldat qu'elle avait trouvé. Elle préférait en sauver un seul plutôt que de tourner en rond sans rien faire et les voir tous mourir.

– Est-ce que je vais mourir ? murmura le pauvre homme.

– Pas si vous restez calme. Les secours vont bientôt arriver.

– Alors, pourquoi Dieu nous envoie-t-il des anges ?

Elle regarda autour d'elle, mais n'en vit aucun. Le blessé était sans doute en train de divaguer.

– Je vous en prie, restez tranquille.

– Qui êtes-vous ?

– Nous habitons la région et nous avons vu votre hélicoptère s'écraser dans la montagne.

– Si vous n'êtes pas des anges, pourquoi avez-vous des ailes dans le dos ?

Alexanne regarda derrière elle sans voir d'ailes. Mais son regard s'arrêta sur Tatiana, à genoux près d'un autre soldat. Elle avait posé des mains lumineuses sur sa tête. Cela ne l'étonna pas outre mesure, car elle savait qu'elle était guérisseuse, mais lorsqu'elle vit Alexei faire la même chose pour un autre blessé, l'orpheline se sentit trahie. S'il était guérisseur lui aussi, pourquoi s'entêtait-il à lui dire qu'il ne possédait que les pouvoirs fondamentaux des fées ?

– Ne me laissez pas... murmura le soldat couché devant elle.

– Je reste avec vous, le rassura Alexanne. Nous allons nous occuper de vous dans un petit instant. Tenez bon.

Elle chercha son oncle des yeux et vit qu'il était auprès d'un autre homme. De ses mains s'échappait une lumière éclatante. C'est alors qu'elle entendit le bourdonnement du moteur d'un deuxième hélicoptère. Tatiana la rejoignit et s'agenouilla de l'autre côté du blessé. Elle retira la couverture et examina sommairement ses blessures, puis elle plaça ses deux mains quelques centimètres au-dessus de sa poitrine et l'inonda de lumière.

– Je savais que vous étiez des anges... se réjouit le soldat. Vous aussi vous avez des ailes...

– Fermez les yeux et conservez vos forces, lui recommanda Tatiana d'une voix douce. Essayez de ralentir votre respiration.

Alexanne était émerveillée par la puissance de sa tante. Lorsque l'homme eut fermé les paupières, cette dernière lui enveloppa la tête de lumière. Elle se dirigea ensuite vers le soldat inconscient. L'adolescente lui emboîta aussitôt le pas.

– Est-ce que vous l'avez guéri ?

– Non, ma chérie. Je n'ai fait qu'arrêter l'hémorragie. Il a besoin de soins que je ne peux pas lui prodiguer ici.

Elles se penchèrent sur la victime suivante, et Alexanne chercha à localiser Alexei. Il n'était plus nulle part. Soudain, une forme blanchâtre se détacha d'un des soldats et s'éleva tout doucement vers le ciel. Tatiana vit le visage transfiguré de sa nièce. Si elle apercevait ce phénomène, c'est que son pouvoir de double vue s'était grandement développé.

– Nous ne pouvons pas tous les sauver, ma chérie.

– Vous l'avez vu, vous aussi ?

– C'est une âme qui retourne vers le monde spirituel.

– Il est mort ?

– Ses blessures étaient trop graves.

– Sont-ils tous en train de mourir ? s'effraya-t-elle.

– Quatre d'entre eux nous ont déjà quittés. Les autres sont stables. Ne cède surtout pas à la peur, Alexanne. Ce n'est pas le moment d'attirer des entités négatives ici.

– Oui, vous avez raison, se ressaisit-elle. Les hélicoptères que je viens d'entendre, est-ce que c'étaient les secours ?

– Oui. Ils sont presque arrivés.

La jeune fée se mit à marcher entre les victimes, dans la forêt illuminée de rouge, tout en priant pour les blessés. Elle vit alors, entre les arbres, les rayons des puissantes torches militaires. Une dizaine de soldats émergèrent de la forêt avec des civières de plastique et de gros sacs à dos. Ils s'éparpillèrent pour s'occuper des leurs et un officier se présenta à Tatiana, qui s'était relevée.

– Il y a quatre morts et quatre blessés, lui rapporta-t-elle.

– Merci de vous être portée à leur aide, lui dit l'officier. Puis-je connaître votre nom ?

– Je m'appelle Tatiana Kalinovsky et voici ma nièce, Alexanne.

Pendant que les soldats déposaient autant les survivants que les morts sur les civières, la guérisseuse expliqua à leur officier qu'elles habitaient tout près et qu'elles avaient vu l'hélicoptère en difficulté. Elles avaient tout de suite pensé qu'il y aurait des blessés et s'étaient mises en route dans cette forêt qu'elles connaissaient fort bien.

Il leur offrit une escorte pour rentrer chez elles, mais Tatiana n'en voulut pas. Les deux fées ramassèrent leurs sacs à dos et quittèrent les lieux sous le regard étonné de l'officier. Sur l'une des civières, le soldat qu'on était en train d'attacher ouvrit subitement les yeux, heureux de voir ses compagnons.

– J'ai vu des anges… murmura-t-il.

– On a besoin d'un tranquillisant ici, fit le soldat infirmier.

– Ils existent…

Alexanne jeta un dernier coup d'œil à cette scène qu'elle n'allait jamais plus oublier.

Chapitre 55

L'homme-fée

Tatiana traîna les pieds jusque chez elle, suivant son fidèle loup. Alexanne était demeurée silencieuse sur le chemin du retour, ayant surtout réfléchi à tout ce qu'elle avait vu cette nuit-là. Toutefois, lorsqu'elles entrèrent enfin dans la cuisine, l'image de son oncle projetant de la lumière sur les tempes des blessés refit surface dans ses pensées.

– Vous m'avez menti tous les deux au sujet des pouvoirs d'Alex, reprocha-t-elle à sa tante.

– Nous en reparlerons demain, ma chérie, répliqua la guérisseuse, d'une voix lasse.

– Tante Tatiana, est-ce que ça va ?

– J'ai besoin de me reposer maintenant.

Elle grimpa à sa chambre et referma la porte derrière elle. Alexanne comprit alors que les guérisseurs mettaient leurs piles énergétiques à plat lorsqu'ils soignaient les gens. Elle se dirigea vers sa propre chambre, se laissa tomber sur son lit, tout habillée, et s'endormit presque aussitôt.

Elle ne revit Tatiana que le lendemain, vers midi. Elle se berçait dans la cuisine en buvant du thé. Elle semblait fatiguée et son visage était très pâle.

– Es-tu encore fâchée ? voulut-elle savoir, sans même se retourner vers sa nièce.

– Oui, mais moins qu'hier. Dites-moi pourquoi vous m'avez menti au sujet de votre frère.

– Si, à ton arrivée, je t'avais dit que j'étais une fée et que ton oncle en était une lui aussi, mais qu'il se métamorphosait en loup en raison d'une terrible malédiction, tu aurais pris tes jambes à ton cou et tu ne serais jamais plus revenue. J'avais envie de te connaître, alors j'ai décidé de t'apprivoiser petit à petit et j'ai persuadé mon frère de faire la même chose.

– Je ne suis plus cette petite fille innocente, tante Tatiana. Dites-moi tout maintenant.

Alexanne tira une chaise pour s'asseoir devant la guérisseuse.

– Que veux-tu savoir, exactement ?

– Hier, mon oncle savait exactement quoi faire pour soigner les blessés et je l'ai aussi vu utiliser de la lumière lorsque vous avez transplanté les plantes médicinales. Je me doute depuis un moment qu'il est un être magique, lui aussi, mais jusqu'à quel point ? Il doit bien penser que je suis une petite sotte à qui il peut faire croire tout ce qu'il veut.

– Tu te trompes, Alexanne. C'est moi qui ai insisté pour qu'il fasse preuve de retenue.

– Maintenant que je n'ai plus peur de la magie, dites-moi ce qu'il est, au juste.

– Il est le premier garçon à naître avec les pouvoirs des femmes Ivanova et, ce qui est le plus remarquable chez lui, c'est que ses facultés n'étaient pas latentes. Elles étaient toutes fonctionnelles dès son premier souffle. Il ne les maîtrisait évidemment pas, parce qu'il n'était qu'un bébé, mais ses pouvoirs étaient réels, et ils ont rendu notre mère complètement folle. Tout petit, il voyait, il entendait et il ressentait. Son cerveau avait une image si complète de tout ce qui l'entourait qu'il n'avait pas besoin de nous demander ce que nous pensions ou ce que nous voulions. Il le savait. C'est probablement pour ça qu'il ne parlait pas. Le langage était une faculté dont il ne voyait pas l'utilité.

– Je sais que vous le traitiez bien, mais qu'en est-il du reste de la famille ?

– Igor ne parlait pas tellement plus qu'Alexei. Il passait toutes ses journées à l'extérieur et il laissait la responsabilité de l'éducation des enfants à sa femme. Lorsqu'il rentrait, bien souvent, nous étions tous couchés.

– Mais j'ai vu Alexei assis sur le plancher, dans le noir. Vous n'allez tout de même pas me faire croire qu'il ne l'entendait pas pleurer !

– Ma mère menait notre famille d'une main de fer. Si elle avait décidé d'abandonner son bébé à son sort, Igor ne pouvait pas s'opposer à sa volonté.

– Est-ce que tous les Russes sont comme ça ?

– Certainement pas. Je te parle de ce qui se passait chez nous, pas du tempérament de toute une nation, tout de même. Nous n'étions pas une famille comme les autres, en raison de nos dons et aussi de notre isolement.

– Et mon père, comment se comportait-il avec son petit frère ?

– Vlado ne voyait pas ce qu'il ne comprenait pas. Alexei était un grand mystère pour lui.

– Il avait peur de lui, donc.

– Peut-être bien…

– Mais vous, vous aimiez Alexei et vous preniez soin de lui.

– Nous avions beaucoup de points communs, lui et moi. Ça m'a vraiment brisé le cœur quand il s'est enfui de la maison. Je savais où il était allé, mais je n'avais pas le droit d'intervenir dans son destin. Au fond, j'espérais qu'un jour il reviendrait vers moi.

– Hier soir, vous doutiez-vous qu'il viendrait vous aider à soigner les soldats ?

– Non. Il est impossible de deviner ce qu'il va faire. Quand nous sommes arrivées toutes les deux sur les lieux, il était déjà là. Je l'ai vu sortir des restes de l'hélicoptère en feu avec les fusées d'urgence.

– Mais j'ai regardé de ce côté moi aussi, et je ne l'ai pas vu !

– Il a appris à se fondre à son environnement, surtout dans la forêt. Il pourrait être à deux mètres de toi, que tu ne le saurais pas.

– Possède-t-il plus de pouvoirs que vous ?

– C'est possible...

Alexanne crut déceler de la frayeur dans la voix de sa tante.

– Dites-moi à quoi vous pensez, en ce moment.

Tatiana soupira de découragement.

– Il y a une prophétie... Un enfant mâle est censé naître chez les Ivanova avec le pouvoir de faire autant le bien que le mal, et de détruire toutes les fées. Dès son premier geste magique, j'ai su que c'était lui... Lorsqu'il est revenu chez moi, après la morsure du loup, j'ai compris que je ne m'étais pas trompée...

– Qu'allons-nous faire ?

– Ce que font toutes les fées : l'aimer inconditionnellement et le ramener sur le bon chemin, chaque fois qu'il s'en écarte.

– Où est-il, en ce moment ?

– Il est toujours dans la montagne et, comme je te l'ai dit tout à l'heure, il est inutile de partir à sa recherche. Nous ne le trouverons pas s'il ne désire pas qu'on le découvre. Nous devrions plutôt nous concentrer sur tes pouvoirs.

– Je suis d'accord.

– Lorsque tu auras mangé, je t'enseignerai à voir l'énergie des plantes et des arbres.

– Merveilleux ! Mais dites-moi, pourquoi y a-t-il une tache noire au milieu de votre poitrine ?

– Tu la vois ? s'égaya Tatiana. C'est très, très bien.

– Je la vois, mais je ne sais pas ce que c'est.

– Lorsqu'on guérit les gens, il arrive qu'on leur donne un peu trop de notre propre énergie. Il faut ensuite refaire nos forces par le repos, la prière et la méditation. J'ai sauvé plusieurs blessés graves cette nuit, alors aujourd'hui, je vais surtout prier.

– Votre frère est-il dans le même état que vous ?

– Je n'en sais rien. Je peux juste t'affirmer qu'il est en train de se reposer.

Tatiana ferma les yeux, et Alexanne décida de la laisser tranquille. Elle mangea ses céréales et sortit dans la cour pour observer l'énergie des plantes médicinales. Elle ralentit sa respiration comme sa tante le lui avait enseigné et exprima intérieurement la volonté de « voir ». Un beau halo de couleur doré entoura alors toutes les feuilles, comme si elles s'étaient allumées de l'intérieur. Alexanne leva les yeux sur les grands arbres et vit chacune de leurs branches, entourée d'une lumière verdâtre. Tout s'illuminait : les fleurs, les plantes, l'herbe, les arbustes, les arbres !

Coquelicot se posa sur son épaule et regarda dans la même direction pour voir ce qui la fascinait ainsi.

– Je vois l'énergie ! s'exclama l'adolescente.

La petite créature balança doucement la tête de gauche à droite, comme pour lui dire : enfin !

– Es-tu la seule fée de la région ?

Coquelicot se tourna vers les rosiers, à gauche, et se mit à gazouiller. Une centaine de petites têtes blondes, brunes, rousses et noires émergèrent des fleurs, et Alexanne fut si surprise qu'elle sursauta. Matthieu arriva au même moment dans la cour et l'interpella. L'adolescente perdit instantanément sa concentration. Toutes les fées disparurent, et le paysage perdit ses belles couleurs.

Alexanne courut se jeter dans les bras de Matthieu et le serra avec affection.

– Je ne pensais pas que tu t'étais autant ennuyée de moi, la taquina-t-il.

– J'ai tellement de choses à te raconter ! Tu ne croiras jamais ce que j'ai fait la nuit dernière !

– Et moi, j'ai quelque chose à te montrer.

Il prit sa main et l'emmena devant la maison, où l'attendait la nouvelle voiture que ses parents lui avaient offerte pour son anniversaire, le matin même. Alexanne lui dit qu'elle était contente pour lui, mais déplora de ne pas lui avoir acheté de présent.

– Tu es mon plus beau cadeau, affirma-t-il.

Ils s'embrassèrent un long moment. Puis, se rappelant le danger que Matthieu courait en présence de son oncle, Alexanne lui demanda de lui faire faire une balade. Le jeune homme lui ouvrit galamment la portière du côté passager, puis alla s'asseoir derrière le volant. Il fit démarrer le moteur avec fierté, et la voiture s'éloigna de la maison.

Alexanne se mit à chercher une fréquence radio. Elle n'aperçut donc pas Alexei qui les observait, caché entre les arbres. Tandis qu'ils roulaient dans le rang bordé d'arbres, l'adolescente s'aperçut que les rues bondées et bruyantes de Montréal ne lui manquaient plus. Même ses anciens amis n'étaient plus qu'un souvenir. Elle appartenait désormais à cet endroit paisible, auprès de sa tante, des fées et d'un homme-loup réformé, là où les pouvoirs magiques dont elle avait hérité pourraient enfin s'épanouir. Son seul souhait était maintenant de déployer ses propres ailes.

Bientôt,
le tome 2

MIKAL

Lorsque les policiers commencèrent à s'approcher des grandes portes de la forteresse, les sentinelles, au sommet des palissades, ouvrirent le feu sur eux. L'équipe d'assaut se replia aussitôt derrière les voitures blindées, et Mélissa se retrouva accroupie aux côtés de Christian. Les balles de fusil s'enfonçaient dans la tôle des voitures et dans l'écorce des arbres.

– Qu'est-ce qu'on fait, maintenant ? demanda Mélissa en risquant un œil en direction de son capitaine.

Christian ordonna à ses hommes de remonter dans les voitures, dès que les membres de la secte arrêteraient de tirer, et de les garer plus loin sur la route.

* * *

Immobiles et attentifs au milieu du jardin, Tatiana et Alexei n'avaient rien manqué de ce qui se passait à la forteresse, même si elle se situait à des kilomètres de la maison de la guérisseuse, grâce à leur faculté de localiser les gens.

– Personne n'a été blessé, déclara Tatiana avec soulagement. J'imagine qu'ils vont aller chercher des renforts.

– Ça n'y changera rien. Moi, je pourrais faire ouvrir ces portes.

– Il n'en est pas question, Alexei. C'est beaucoup trop dangereux.

– La plupart des disciples ne croient plus aux paroles du Jaguar. Ils mourront s'il continue à tenir tête aux policiers.

– Je ne peux pas te laisser risquer ta vie ainsi.

– Tu ne peux pas m'en empêcher non plus.

Sentant enfin arriver l'heure de sa vengeance, Alexei se tourna vers Alexanne qui, le teint livide, assistait silencieusement à leur échange.

– Tu connais le numéro de téléphone des policiers, alors tu vas les appeler pour moi, ordonna-t-il.

– Non, Alexei. Ne me demande pas ça.

Ne désirant pas discuter avec cette adolescente aussi têtue que lui, il lui saisit brutalement le bras et l'entraîna vers la maison.

– Alex, ne lui fais pas de mal ! l'avertit Tatiana en les suivant.

Il traîna l'adolescente jusqu'à l'unique téléphone de la maison, dans la chambre de la guérisseuse, et la força à s'asseoir sur le lit. Il déposa brutalement l'appareil dans les mains d'Alexanne, son regard de fauve planté dans le sien. Tatiana s'arrêta à la porte, et Alexanne la supplia des yeux.

– Je vais les appeler pour toi, Alex, offrit Tatiana. Cette enfant est morte de peur.

– Non ! rugit-il. Elle passe son temps à me dire qu'elle est prête à tout pour que j'aie enfin une vie normale ! Qu'elle le prouve maintenant !

Prise à son propre piège, Alexanne composa le 911 et fut mise en communication avec la Sûreté du Québec.

– Bonjour, monsieur, fit-elle d'une voix mal assurée. Je m'appelle Alexanne Kalinovsky et j'ai des renseignements importants pour votre équipe, qui effectue en ce moment une perquisition dans une secte près de chez moi.

– Un instant, je vous prie.

On passa aussitôt l'appel à un enquêteur, et Alexanne lui répéta la même chose.

– Êtes-vous à l'intérieur de la forteresse, mademoiselle ?

– Non, mais je sais ce qui se passe là-bas. Je dois absolument parler à Christian Pelletier.

– Je vais voir ce que je peux faire. Restez en ligne.

L'attente lui sembla durer une éternité, mais Alexanne reconnut tout de suite la voix du policier.

– Alexanne, ce n'est vraiment pas le moment, maugréa Christian. Nous avons de gros ennuis en ce moment.

– Oui, je sais. C'est pour ça que je vous appelle.

– Dis-lui que j'arrive, fit alors Alexei.

Il quitta la chambre avant que Tatiana puisse l'arrêter.

Table des matières

Imprimé en France
par Corlet Imprimeur
14110 Condé-sur-Noireau
Dépôt légal : juin 2011
N° d'impression : 137681
ISBN : 978-2-7499-1447-3
LAF 1450